Kai von Kindleben

Die neuen, höchst amüsanten Abenteuer des Barons von Münchhausen

oder:

Wer die Wahrheit spricht, braucht ein schnelles Pferd.

Eine phantastische Lebensgeschichte in drei Abteilungen:
Abenteuer in Russland, zur See und in der Heimat

Edition Roter Drache

1. Auflage Februar 2020

Copyright © 2020 by Edition Roter Drache
Holger Kliemannel, Haufeld 1, 07407 Rudolstadt
edition@roterdrache.org; www.roterdrache.org

Umschlag- und Titelbild: Kai von Kindleben
Buchgestaltung Text/ Layout: Sabrina Schmidt
Buchgestaltung Grafiken: Kai von Kindleben
Lektorat: Sabine Thiele
Gesamtherstellung: Jelgava typografia, Lettland

ISBN 978-3-946425-99-1

Inhalt

Zweite Abteilung: Abenteuer auf See

Dritte Abteilung: Abenteuer in der Heimat

Prolog

So seid denn aufs Herzlichste begrüßt, meine liebwerten Freunde!

Seid überdies versichert, dass es mir die größte Freude bereitet, euch alle abermals versammelt zu sehen, hier im großen Salon auf meinem Gutshof. Macht es euch nur recht bequem in den Lehnsesseln und auf den Chaiselongues. Füllt die Gläser bis zum Rand, und greift ganz ungeniert in die Obstschalen auf den Tischen, wenn euch danach ist. Bekanntlich dauern unsere Zusammenkünfte mitunter reichlich lang. Meinetwegen sollen es der vergnüglichen Stunden gewohnt viele werden. Und ich möchte auch einen jeden ermuntern, während der Pausen die Kuriositäten und Trophäen an den Wänden und in den Schränken ruhig etwas genauer zu betrachten. So manches seltene Stück, das ihr dort in Augenschein nehmen könnt, wird uns in meinen Geschichten sogleich wieder begegnen. Etwa das Blatt abgegriffener Tarotkarten oder jene kleinen blechernen Wappenschilde, die auf der Kommode liegen. Den kapitalen Schwertfisch über dem Kamin habe ich im Verlauf meiner Weltreise selbst gefangen, ebenso den grimmigen Eisbären da im Eck. Diesen ließ ich gründlich reinigen und ausstopfen, denn er ist das einzige Tier, das ich jemals völlig intakt von einer Jagd mitbringen konnte – mit bloßen Händen habe ich ihn zur Strecke gebracht. Aus Rücksicht gegenüber den Zweiflern, die unaufhörlich Beweise verlangen, verzichte ich dieses Mal auf übertrieben viele Ausschmückungen beim Erzählen. Das wäre nur Wasser auf ihren Mühlen. Aber lasst euch gesagt sein, dass der schlagende Beweis für meine Lauterkeit die simple Tatsache ist, dass ich sogar die gefahrvollsten Abenteuer überleben konnte und jetzt vor euch sitze, um darüber Bericht zu geben. Ich werde den Johann noch anweisen, schnell ein Feuer anzumachen. Es ist doch schon merklich kühler an den Abenden geworden.

Bevor ich allerdings mit der Schilderung dessen beginne, was mir im Laufe meines ereignisreichen Lebens widerfahren ist, erlaube ich mir, ein Pfeifchen anzuzünden; gestopft mit dem edelsten Tabak aus Vorderasien, dem meine Stimme ihren angenehm samtigen Wohlklang verdankt.

Nun, meine Freunde, da alles vorbereitet ist, will ich euch nicht länger auf die Folter spannen. Wider die philisterhaften Kleingeister, welche mich fortwährend Lügen strafen, berichte ich euch heute nur von dem, was sich tatsächlich zugetragen hat und dessen Zeuge ich – Gott sei's gedankt – sein durfte.

Erste Abteilung:
Abenteuer in Russland

1.

Wie Münchhausen sich selbst zum Mond schoss

Zur Zeit des großen Türkenkrieges, als ich meinen Dienst beim Regiment der Braunschweig-Kürassiere in Russland leistete, stellten die Osmanen die mächtigste Kanone der östlichen Hemisphäre direkt vor unsere Linie bei Chotyn hin. Drei Jahre Fertigungszeit hatten sie auf die Konstruktion dieser enormen Waffe verwendet. Der Beschuss unserer Festung ließ nicht lange auf sich warten, und bereits die ersten, noch unsauber gesetzten Ladungen verrieten, dass die Mauern dieser Gewalt nicht lange würden standhalten können.

Noch bevor die zunächst zaghaften Rufe der Mannschaften nach Kapitulation lauter werden konnten, ersann der Generalstab eine Kriegslist, welche die vorherrschende Situation zu unseren Gunsten wenden sollte. Das Ganze war nicht völlig unerwartet gekommen: Spione hatten die Österreicher, die früher noch zu den Freunden zählten, schon seit Baubeginn der Kanone mit streng geheimen Nachrichten versorgt. Der Beschuss unsrer Festung war demnach offensichtlich nur als ein Probeschießen gedacht, um später mit reichlich mehr Erfahrung die Stadtmauern von Wien niederreißen zu können. Schon damals hatte man Pläne geschmiedet, wie die Kanone zu vernichten sei. Nur bis zu jenem Tage, als dieses bronzene Ungetüm vor unseren Linien auftauchte, hatte keiner gewusst, wo genau es seinen ersten Einsatz haben würde. Nun stand es trutzig auf russischem Land, und es war an den Braunschweigern, dieses Monstrum auf die eine oder andere Weise untauglich zu machen.

Lediglich ein Wagemutiger mit genügend Schneid musste sich finden, der dieses Kommando auch durchführen würde. Keinem besseren Mann hätte man die Aufgabe übertragen können als einem waschechten Münchhausen, das kann ich mit Fug und Recht behaupten. Ich meldete mich daher freiwillig. Die Generäle offenbarten mir ihr Vorhaben und betrauten mich schließlich mit dieser überaus wichtigen Mission. Bei Erfolg winkten eine Beförderung und die Gewissheit, Tausenden Kameraden Tod und Gefangenschaft erspart zu haben.

Mit einer Manövertasche, in die man die notwendige Ausrüstung und eine reichlich lange Zündschnur gepackt hatte, schlich ich alsbald durch die sternenklare Nacht. Über verschlungene Pfade pirschte ich mich ins feindliche Lager und schaffte es auch, von den Wachen unbemerkt bis zur Kanone vorzudringen. Für einen Moment blickte ich ehrfürchtig in ihren düster-ruhenden Schlund, den ich nun aber schnellstmöglich, so wie es der Plan vorsah, mit Schießpulver vollzufüllen gedachte. Unweit von da erspähte ich das Zelt, in dem selbiges gelagert wurde. Das Glück war mir wie gewohnt wohlgesonnen und der Boden unter meinen Füßen sehr sandig. Er wich mit Leichtigkeit der Klinge meines breiten Messers, und so konnte ich bald ein Fässchen nach dem anderen durch eine Mulde unter der Zeltbahn ins Freie schaffen. Um Zeit zu sparen, bugsierte ich die Pulverfässer gleich ganz in das Rohr hinein, jedoch rollten sie irgendwann einfach wieder vorn heraus. Also kurbelte ich das Geschütz mühselig nach oben, bis es so steil wie möglich gen Himmel zeigte. Nachdem noch weitere zwanzig oder dreißig Fässer darin Platz gefunden hatten, setzte ich unter Zuhilfenahme einer hölzernen Hebeapparatur eine schwere Eisenkugel oben auf, welche allein durch ihr großes Gewicht die ganze Füllung fest nach unten zusammendrückte.

Dann legte ich eine lange Lunte und – ach herrje, Kruzitürken, verflixt nochmal – bemerkte erst da, dass im gesamten Lager kein einziges Licht brannte; wohl aus Angst, dass der große Pulvervorrat in die Luft fliegen könnte. Der Gedanke genügte, um meiner ernsten Miene ein Lächeln abzuringen. Eifrig holte ich Feuerstein, Stahl, aber auch Zunder hervor und entfachte damit die Zündschnur. Wenn ich bisher auch noch so leise, ja beinahe lautlos gewesen war, das Schlagen von Stein auf Stahl ließ sich nicht geräuschlos anstellen.

Leider brachte mir dies zuerst die Nachtwache und schließlich die halbe türkische Streitmacht Mahmuds des Ersten auf den Hals. Hässliche Flüche ausstoßend, drängten sie sich um das monströse Kanonenrohr, auf dessen Spitze ich mich flugs gerettet hatte. In diesem Getümmel, durch all den aufgewühlten Staub, bemerkten sie zu meinem Glück nicht, dass dicht bei ihren Füßen die Lunte immer weiter glomm. Sie stachen mit ihren langen Lanzen nach mir, sodass ich notgedrungen im Inneren des Rohres Schutz suchen musste. Dort hockte ich also, gefangen und sehnlichst auf Erlösung hoffend.

Ich starrte durch die kreisrunde Öffnung über mir. Wie durch ein Teleskop sah ich den Mond, der mir in jener Nacht viel größer erschien, näher an der Erde stehend als sonst. Endlos lange Minuten verstrichen, ohne dass etwas passierte. Schon befürchtete ich, dass einer mit seinen schmutzigen Stiefeln auf die Glut getreten war und mir dieser glatte Metallschlund umsonst zur auswegslosen Falle würde, ohne dass ich meinen Auftrag fertig ausgeführt hätte. Seufzend schloss ich mit meinem noch jungen Leben ab: »Fürs Vaterland.« Kaum ausgesprochen, schnitt ein scharfes Zischen durch den Bauch des Ungetüms, schwoll sofort an zum Getöse, sodass ich die Hände auf die Ohren pressen musste. Gleichzeitig spürte ich einen gewaltigen Stoß und wurde mitsamt der Kugel, begleitet von einem immensen Donnerknall, in die Höhe katapultiert.

Aus sicherer Entfernung sah ich, wie unter mir der Stolz des Morgenlandes durch ein beeindruckendes Feuerwerk furios in tausend Stücke gerissen wurde. Zudem legte der Flammenball blitzartig Hunderte Zelte ringsherum in Schutt und Asche. Glücklich, dem Feind und diesem Inferno entkommen zu sein, raste ich nun – aufgrund der Umstände unfreiwillig mit der Kugel verbunden und kurzzeitig taub – geradewegs auf unser leuchtendes Nachtgestirn zu.

2.

Wie Münchhausen die Mondwüsten durchwanderte

Je weiter mich die türkische Kanonenkugel von meiner Mutter Erde wegbrachte, desto deutlicher nahm diese die Gestalt eines von flaumigen Wattewolken umtanzten blaugrünen Balls an. Die Luft dort oben wurde merklich dünner. Außerdem fuhr mir eine nie zuvor gespürte, durchdringende Kälte in die Glieder. Mehrere Male kämpfte ich gegen die Ohnmacht, klammerte mich noch fester an die Kugel, die mich ja doch ins Verderben schoss. Während ich krampfhaft versuchte, bei Bewusstsein zu bleiben, ging segensreich hinter dem Erdenrund die Sonne auf und schickte mit ihrem vertrauten grellen Licht auch wohlige Wärme. Konzentriert wendete ich meinen Blick nun auch in die Flugrichtung. Bruder Mond war fast erreicht, doch das Geschoss wurde keinen Deut langsamer. Angestrengt grübelte ich nach, wie es sich wohl anhalten ließe. Doch solcherlei Munition hat eine andere Bestimmung. Also musste ich meinen Flug auf überlegte Weise beenden. Vorsichtig schob ich mich auf alle viere und stieß mich mit einem kraftvollen Ruck von meinem unbequemen fliegenden Untersatz ab. Ein paar Mal drehte ich mich um die eigene Achse und fiel, mal trudelnd, mal kreiselnd, tiefer und tiefer. Die geringe Anziehungskraft des Erdtrabanten spielte mir in die Hände – von dem Eisengewicht befreit, schwebte ich so leicht wie ein Insekt mit zarten Flügeln zur Oberfläche des Mondes. Die Kanonenkugel bohrte sich vor mir still in den weichen Boden und hinterließ dabei einen weiteren kleinen Krater in der Mondhülle. Mein Aufsetzen verursachte nur Fußabdrücke im schimmernden Sand.

Da stand ich nun als erster Mann auf dem Mond. Und wie wunderbar kam es mir vor, als ich bemerkte, dass fast alles dort aus reinem Silber war! So weit das Auge reichte, Silber in jeder erdenklichen Form: spiegelblank polierte Felsen und glänzende Steine, selbst der matte Sandstaub glitzerte wie bei uns auf der Erde nur der Schnee auf den Feldern in der Mittagssonne. Alles schien aus dem grauen Edelmetall zu bestehen. Damals wähnte ich mich schon als gemachten

Mann, denn nach altem Brauch und guter Sitte fallen dem Entdecker sämtliche Rechte an seinem Fund zu. Jedoch befand ich mich in der reinsten Wüstenei und zudem auf der Tagseite des Mondes, auf die seine Schwester, die Sonne, mit aller Kraft brannte. Diese Wüste war mit den unsren kaum zu vergleichen. Jede noch so kleine glänzende Fläche reflektierte das Sonnenlicht und vervielfachte dessen Wirkung enorm. Wäre die Sahara ein Backofen, so dürfte man die silberne Mondwüste getrost einen Brennofen nennen. In dieser Umgebung konnte ich nicht lange bleiben und mich meiner neu entdeckten Reichtümer erfreuen. Es galt daher, sich in Bewegung zu setzen und die kühlere Nachtseite zu erreichen. Ein prüfender Griff nach der Manövertasche, die ich auf meinem kühnen Ritt durch den Kosmos wundersamerweise nicht verloren hatte, beruhigte mich ob der vorhandenen Marschverpflegung. Guter Dinge machte ich mich auf den Weg.

Bestimmt wollt ihr wissen, wie das Laufen auf den Sternen vonstattenging? Nun, doch um einiges anders als hier bei uns. Man rollt beim Schritt nicht über den Fußballen ab. Vielmehr stößt man sich mit der gesamten Sohle nach oben und schwebt auf diese Weise wie losgelöst ein ganzes Stück weit, bevor man wieder den Boden berührt – fast meint man zu fliegen. Ein geübter Wandersmann kommt auf diese Weise ungemein gut voran.

Einige Tage muss ich wohl schon unterwegs gewesen sein, wobei dies schwer zu schätzen ist, wenn der Tag nicht wie gewohnt mit der Dunkelheit endet, sondern immerfort so hell bleibt, wie es auf dieser Seite des Mondes nun mal der Fall ist. Lediglich meine schmaler werdende Ration ließ mich ungefähr erkennen, wie viel Zeit bereits vergangen sein mochte. Oft glitten große Schatten über die graue, funkelnde Ebene vor mir. Sie stammten von riesigen Vögeln, die in ihrer Gestalt denen in unserer Welt gleich waren, aber zehnmal größer als der größte uns bekannte Adler, dafür freilich ein wenig schwerfällig. Ich konnte sie mühelos beobachten, wenn sie sich an den zahlreichen heißen Quellen sammelten, um ihren Durst zu stillen. Behäbig senkten sie die Köpfe, die im aufsteigenden Dampf verschwanden. Ihre mächtigen Krallen umschlossen den silbernen Felsenrand der Wasserlöcher, und bei jeder Bewegung erhob sich ein Rascheln

in ihrem braun-grauen Gefieder, dass ich mich unter den Blätterwipfeln eines Baumes wähnte. Dennoch wagte ich mich an die Quellen heran und füllte meine Feldflasche mit Wasser. Der schier endlos scheinende Marsch verlangte meinem Körper viel ab. Ohne Wasser wäre ich verloren gewesen.

Irgendwann erreichte ich die Grenze zur dunklen Seite entkräftet, aber unbeschadet. Es ist ein bizarres Schauspiel, dieser wie mit dem Lineal gezogene Rand der hellen Seite und dahinter das Dunkel der Mondnacht. In einiger Entfernung vor mir bemerkte ich auf dem Weg ein seltsames Wesen, das in der Mitte des Übergangs vom Tage zur Nacht saß. Es dürfte grob geschätzt dreißig Schritt in der Länge gemessen haben. Seinen Kopf und die vordere Hälfte des Körpers versteckte es in der Finsternis. Das pelzige Hinterteil mit den beiden überdimensionierten, buntgemusterten Fittichen zeigte in die Richtung, aus der ich mich ihm näherte. Form und Zeichnung der Flügel verrieten mir, dass dieses Wesen zur Gattung der Nachtfalter gehören musste.

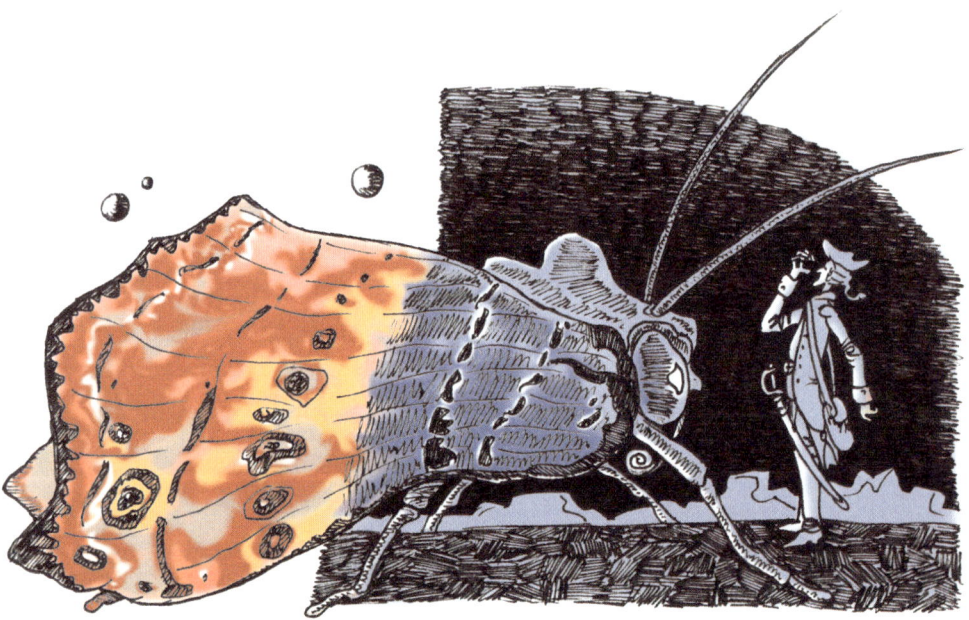

Behutsam lief ich daran vorbei, durchschritt die Lichtgrenze. Der Übergang vom Licht zum Dunkel geschieht abrupt, geradeso, als ginge man senkrecht in ein mit rabenschwarzer Tinte gefülltes Bassin hinein. Die Nacht umhüllte mich

angenehm kühl. Meine Augen brauchten eine Minute, um sich an die Finsternis zu gewöhnen. Als ich die Umgebung zumindest wieder schemenhaft wahrzunehmen glaubte, kam es mir vor, als stünde ich keine zwei Armlängen vom mächtigen und behaarten Kopf des Mottenwesens entfernt. Sanft streichelten seine Fühler über mein Gesicht, und plötzlich durchfuhr mich ein Kribbeln und Fließen. Schlagartig erkannte ich, dass die Motte so bis in die hintersten Winkel meines Verstandes vordrang, derer ich nicht Herr bin. Da blätterte ihr Geist ungeniert durch meine ureigenen Gedanken wie in einem Buch. Im Austausch dafür sandte sie mir Bilder. Bilder, durch die ich den Grund ihres Seins erfuhr. Seit Anbeginn der Zeit sitzt sie dort oben auf dem Mond, ständig mit dem Kopf in der Nacht. Von der allerhöchsten Macht berufen, wacht sie über die Träume jeder guten Seele auf der Erde. Und wirklich kam auch mir ihre Sendung wie der wunderschönste Traum vor, aus dem man niemals erwachen möchte. Doch dann breitete sie majestätisch ihre Flügel aus, flatterte kurz, sodass eine Windböe mich erfasste und weit weg von ihr in die schwarze Wüste hineinwehte.

Einem Backfisch gleich, dem eben die erste Liebe begegnet und ruckzuck wieder abhandengekommen war, fand ich mich verloren im scheinbaren Nichts wieder. Nur kalte gleichgültige Dumpfheit beherrschte den blinden Augenblick. Als Raum, Zeit und Verstand langsam zurückkehrten, durchströmte mich indes eine bedingungslose Zufriedenheit. Saumselig streifte ich die Tasche von meiner Schulter und kippte den Inhalt vor mir auf den Boden. Mit allem Brennbaren, also auch der Tasche selbst, entzündete ich ein Feuer. Die lustig züngelnden Flammen brachten die Silberfelsen ringsum zum Funkeln. Um die Orientierung wiederzufinden, taugte das allerdings wenig. Die Wärme des Feuers und das Glitzern waren nun der einzige Trost, der mir geblieben war.

Das Flackern lockte eine Mondelster zu meinem Lagerplatz. Interessiert hüpfte sie näher heran, nicht ohne die Steine links und rechts ihres Weges mit dem Schnabel anzuheben und darunter nach etwas Essbarem zu suchen. In einer Felsspalte verborgen, wartete ich auf den günstigsten Augenblick, um ihr meinen Gürtel um die Stelzenbeine zu werfen. Der kam, als sie mir den Rücken kehrte und ihren Kopf neugierig in eine Höhlung gegenüber steckte. Ich sprang hervor, fesselte ihre Beine behänd aneinander und hielt mich an dem Lederriemen fest. Panisch schrie sie auf, hackte zwei-, dreimal nach mir, ohne mich zu treffen und

erhob sich dann hastig in die Lüfte. Der intensive Ausflug, den mir die ehrwürdige Motte ins Land der Träume beschert hatte, muss so nachhaltig gewesen sein, dass ich einen minimalen Teil ihrer Fähigkeiten noch in mir trug. Nur so ist es zu erklären, dass ich zu diesem Zeitpunkt mühelos in den Gedankenkreis der Elster eindringen konnte und sie auf diese Weise in Richtung meiner Heimaterde zu lenken vermochte.

Weil der Ort nach dem Lauf der Gestirne denkbar günstig lag und um die Mutter einmal wiederzusehen, hielt ich mit der Elster auf meine Geburtsstadt Bodenwerder zu. Dort, vor den Mauern auf einem weiten Felde gelandet, dachte ich zunächst daran, das Tier für die Kuriositätenschau zu behalten. Dementgegen verspürte ich denselben, mir gleichfalls angeborenen Freiheitsdrang auch in dem Vogel, was mich veranlasste, die Schlinge zu lösen und ihn anständig freizugeben. Somit flog die Elster zurück zum Mond – und mich hatte die gute alte Erde wieder.

Hinzuzufügen wäre lediglich noch, dass meine telepathischen Fähigkeiten, je weiter das Erlebte in der Vergangenheit lag, immer deutlicher schwanden, bis ich nach einigen Monaten zu meinem Bedauern über keinerlei übersinnliche Begabung mehr verfügte.

3.

Wie Münchhausen einen Krieg der Welt vorausahnte

Mit mehreren Mondsteinen in der Tasche, bekanntlich aus reinstem Silber und von einer stattlichen Größe, schickte ich mich an, ins nahegelegene Lustschloss Salzdahlum-Wolfenbüttel bei Braunschweig zu fahren, wo ich früher schon einmal als Page gedient hatte. Dort residierte und regierte Prinz Anton Ulrich, bekannt für sein Talent als Stratege, Feldherr und Diplomat. Letzteres und die Hochzeit mit der Regentin Anna Leopoldowna, deren Sohn bereits im Säuglingsalter zum Zarewitsch ernannt worden war, verschafften dem Prinzen exzellente Beziehungen nach Russland. Das ließ mich die notwendige Bonität erahnen, die für mein Begehren, ihm den gesamten Mond zu verkaufen, unbedingt vonnöten war.

Schon aus der Ferne bemerkte ich das nervöse Treiben rund um das Schloss. Etliche schwere Reisekutschen standen in der Auffahrt, Adjutanten huschten herum, und die Dienerschaft verlud gewaltige Gepäckstücke. Braunschweig-Kürassiere bewachten die Schlossanlage, die stark an Versailles erinnert. Meine einstigen Kameraden machten reichlich verdutzte Gesichter, als sie mich erkannten. Von ihnen erfuhr ich, dass der Krieg gegen die Türken mittlerweile beendet war. Die Kommandantur hatte mich aufgrund meines erfolgreichen Himmelfahrtkommandos zum Fähnrich befördert und feierlich zu einem Helden erklärt. Zu einem toten Helden! Da ich nach der Explosion nicht zum Rapport in die Festung zurückgekehrt war, sei man davon ausgegangen, dass ich in der Feuerwolke verdampft sein musste. Umso überschwänglicher fiel nun das Hallo aus, mich doch noch unter den Lebenden zu sehen. Mit so vielen Lorbeeren geschmückt, hatte ich keine Mühe, auch ohne Anmeldung und Audienz gleich bis zum Prinzregenten selbst vorgelassen zu werden. Seine Durchlaucht Anton Ulrich lauschte meinen Ausführungen interessiert, doch erstaunlicherweise reagierte er auf mein Angebot weniger überrascht, als ich

erwartet hatte. Er bat sich Bedenkzeit aus und lud mich, den ausgezeichneten Kriegshelden seines Regiments, ein, solange sein Gast zu bleiben und außerdem gleich mit ihm retour nach Russland zu reisen. Ich willigte ein, und so führte mich das Schicksal nach Sankt Petersburg, in die Residenz der Mächtigsten aller Russen, an den Zarenhof.

Ehrfürchtig betrachtete ich die prunkvolle Anlage. Sicherlich war es auf den zweiten Blick ein Palast wie viele andere. Jedoch stand die Sonne bei unserer Ankunft tief und verlieh der noch regennassen Fassade einen schimmernden Glanz, gerade so, als wäre der Bau gänzlich mit rotem Gold überzogen worden. Der verheißungsvolle Anblick beeindruckte mich sehr, fast wie ein Kind von einem Märchen in dessen Bann gezogen wird. Alle Kraft der russischen Seele und der unfassbar große Reichtum des riesenhaften Landes spiegelten sich in jenem Moment für mich darin wider. Dies war der Augenblick meiner Verblendung. Ferner gestattete man mir dort gleich uneingeschränkte Bewegungsfreiheit. Ich nutzte diese Gelegenheit, um mich bekannt zu machen, und traf dabei auf einen mächtigen Landsmann namens Ernst Johann von Biron, ehemaliger Oberkammerherr der Zarin und neuerlich berufener Vormund des noch unmündigen Ivan VI. In dieser Position leitete er sämtliche Staatsgeschäfte und lenkte im Namen des Säuglings als vorläufiges Reichsoberhaupt die Geschicke des gewaltigen Russischen Reiches. Es fand sich, dass Biron und ich eines Abends in der roten Galerie mit einer Flasche Tokajer beisammensaßen. Im Reden über so manche An- und Ungelegenheit kamen wir zwangsläufig auf mein Geschäft zu sprechen, weswegen ich nach Sankt Petersburg mitgereist war. Biron zeigte sich ebenfalls interessiert und machte mir gleich verschiedene Angebote für meinen Mond. Von Mengen an Geld, Ländereien, Titeln und dergleichen war die Rede. Und so viel kann ich euch verraten, knausrig war er nicht. Wäre ich ein gewissenloser Mensch, hätte ich den Preis noch ein gehöriges Stück in die Höhe verhandelt und angenommen. Doch ich fühlte mich Prinz Anton Ulrich verpflichtet. Zumindest wollte ich ihm die Möglichkeit geben mitzubieten. Biron meinte, es wäre nur recht und billig von mir, schließlich hätte ich ihm diesen Mond ja zuerst angeboten. Die nächsten Wochen waren zäh und ungewiss. Sicherlich, die Kontrahenten hielten mich frei. Es gab keine Lustbarkeit, die ich zum Zeitvertreib nicht hätte in Anspruch nehmen können, zumal die Gebote auch noch kontinuierlich stiegen.

Aber eine Entscheidung zu treffen, wem ich den Zuschlag geben sollte, fühlte ich mich immer weniger in der Lage. Dies geschah weder aus Spekulation noch aus Arroganz. Nein, es war eher ein unbehagliches Gefühl. Und je länger dieses anhielt, desto augenfälliger wurden die Gründe dafür.

Eine zum Vergnügen veranstaltete Treibjagd durch die herbstlichen Wälder sollte der Wendepunkt sein. Häscher mit langen Stangen liefen vor der Jagdgesellschaft her und scheuchten das Wild aus dem Unterholz in unsere Richtung. Füchse, Waschbären, Fasane, Wildsäue und sogar ein Braunbär rannten uns vor die geladenen Büchsen. Kaum wähnte man eines der Tiere in Schussweite, brach zu meinem Erstaunen eine Knallerei en gros aus, wie ich sie sonst nur von militärischen Formationen her kannte. Dabei schafften es die Hoheiten mit einer Selbstverständlichkeit, gleichzeitig zu lachen und zu töten, dass mir schauderte. Die jämmerlichen Kreaturen waren jedes Mal so gründlich zusammengeschossen, dass man ihre zerrissenen Kadaver einfach an Ort und Stelle für die Hunde liegen ließ. Zwar bin ich zugegebenermaßen auch ein passionierter Jäger, doch dieses Gemetzel verleidete es mir. Ich feuerte an diesem Tag keinen einzigen Schuss ab. Ferner hegte ich heimlich den Wunsch, diese Gesellschaft schnellstmöglich verlassen zu können. Leider brach über Nacht der berüchtigte russische Winter herein. Außerordentliche Mengen von Schnee machten die Straßen vorerst unpassierbar und verwandelten die Landschaft hinter der Stadt in eine steinhart gefrorene Eiswüste.

Ist man gegen seinen Willen derart vom Wetter festgesetzt, kommt einem selbst ein Palais schnell wie ein Gefängnis vor. Die dunkle Jahreszeit war angebrochen, und mit ihr wurden die Schatten in den Gemächern breiter.

Üblicherweise trafen sich die Herrschaften nun häufig im Salon nah den Kaminfeuern und pflegten dort ihre Marotten. Im Schein der Kerzen, mit einem Gläschen Wein beim Tabakscollegium ereignete es sich, dass Biron meine Tabaksdose auffiel. Das feinziselierte Jagdmotiv auf dem Deckel erregte sein Interesse. Bereitwillig reichte ich sie ihm. Als er die Dose an sich nahm, berührten sich unsere Fingerspitzen kurz. Ob nun ein kleiner Rest der metaphysischen Fähigkeiten von meiner Mondreise zu diesem Zeitpunkt noch in mir wirksam gewesen ist oder ob mein fabelhafter Geist das Folgende bloß fantasierte, ist unerheblich. Es übermannte mich nämlich infolgedessen die Vision eines bevorstehenden

Krieges. Biron führte darin eine derart riesige Armee an, dass sie Mann an Mann bis hinter den Horizont reichte. Erst zwang er seine politischen Gegner in die Knie, nur um sie danach hinzurichten. Hierauf machte er sich jede russische Seele Untertan und fiel schließlich mit seiner unbesiegbaren Streitmacht über die restlichen Länder her. Nach dem Sieg bezahlte er seine Soldaten mit frischen Silbertalern, auf deren Rückseite er ein Porträt seiner selbst in Erlöserpose hatte prägen lassen. Schlussendlich galt sein Diktat auf der ganzen großen Erde.

Mit weit aufgerissenen Augen stierte ich Biron betreten an, sodass er meinte, ich wolle die Tabaksdose sofort zurück. Sachte stellte er das Erbstück wieder auf die Tischplatte und beglückwünschte mich zum Besitz eines solch edlen Exemplars. Späterhin im Alkoven, der Bettnische also, entschied ich mich, den bereits aufgesetzten Kaufvertrag niemals zu unterzeichnen. Ich kam zu der Einsicht, dass es das Beste wäre, alles Mondsilber genau dort zu belassen, wo es sich befand. Ein solcher Schatz in den falschen Händen brächte zwangsläufig das Gefüge der Welt

durcheinander und würde die Völker in nie dagewesenes Unglück stürzen. Den größten Wert hätte der Mond für die Menschen, wenn er weiterhin einfach nur ihre Nächte erhellte. Davon war ich nach dieser Warnung vollends überzeugt.

Am kommenden Tag, als ich den Sankt Petersburgern endgültig die kalte Schulter zeigen wollte und eben im Begriff war, heimlich abzureisen, überschlugen sich die Ereignisse. Eine weitere Thronerbin, Elisabeth Petrowna, begehrte ihr Recht auf die absolute Macht. Es kam ihr gelegen, dass die höchsten Ämter in Russland derzeit zumeist Ausländer innehatten, allen voran der vom Volk wenig geliebte Biron. Das Militär hinter sich wissend, zettelte sie einen Staatsstreich an. Ihre Truppen stürmten den Palast. Die Wachmannschaft leistete der Übermacht keinerlei Widerstand und ergab sich kampflos. So gelang es, die Majestäten ohne jegliches Blutvergießen zu entmachten. Da ich mich auch noch in dem erlauchten Kreis aufhielt, wurde ich mit festgesetzt und ebenfalls des Hochverrats angeklagt. Man inhaftierte mich kurzerhand bis zum Prozess in der Zitadelle von Riga. Was für ein Glück das war! Denn diese Festungsanlage sah ich nicht zum ersten Mal.

4.

Wie Münchhausen aus der Feste Dünamünde entkam

Die Gefängniszitadelle befindet sich einige Meilen außerhalb der Stadtmauern, direkt am Meer, wo die Düna in die Ostsee mündet. Zu dieser Jahreszeit bläst an jener Küste ein schneidendkalter Wind vom Wasser her. Wie es sich geziemt, sperrte man mich keineswegs mit Landstreichern und Gesindel in ein dreckiges Kellerverlies. Standesgemäß erhielt ich ein kleines Zimmer im Ostturm, nicht gänzlich ohne Annehmlichkeiten. Wären die Gitter vor Tür und Fenster nicht gewesen, hätte man sich in diesen vier Wänden beinahe wohlfühlen können. Der Freiheit beraubt, gilt aber jeder Gedanke der Flucht. Zumal die prekäre Lage für mich durchaus kopflos hätte enden können. Die Mauern waren dick, sämtliche Ausgänge wurden streng bewacht, und draußen, die halbzugefrorene Ostsee im Rücken, erstreckte sich die schneebedeckte Weite Livlands. Dies galt es mitzubedenken – falls ein Ausbruch überhaupt gelingen sollte …

Die nächsten Wochen nahm ich keine Mahlzeiten mehr zu mir, mit dem Erfolg, dass mein Körper deutlich abmagerte. Wenn einer der Wärter den Raum betrat, zeigte ich mich nur noch eingehüllt in eine große graue Wolldecke. Die Speisen ließ ich im Kaminfeuer verschwinden. So schöpfte niemand Verdacht. Sämtlicher hinderlicher Kleidungsstücke entledigt, passte ich irgendwann durch die Gitterstäbe der Tür hindurch.

Zu nächtlicher Stunde konnte ich nun völlig nackt, wie der Herr mich geschaffen hat, in den schummrigen Kasematten umherstreunen. Dabei entwendete ich manchem schlafenden Posten im Vorübergehen jeweils nur eine Kleinigkeit. Auf diese Weise fiel der Diebstahl weniger ins Gewicht, und ich kam zu vielen nützlichen Dingen, bis hin zu einem Degen und einer geladenen Pistole.

Einmal erhaschte ein junger Soldat im schwachen Schein seiner Laterne einen Blick auf meine bleiche, verhärmte Gestalt. Mein ganzer feiner Plan hätte augenblicklich dahin sein können! Doch er stand bloß wie angewurzelt da, ohne Alarm zu schlagen. Geistesgegenwärtig hob ich meinen dürren Arm nach oben, um mit dem knochigen Finger auf ihn zu deuten: »Bist du es, welcher mich gemordet hat?« Mehr musste ich nicht sagen. Noch im selben Atemzug löste sich seine Angststarre, die Laterne fiel scheppernd auf den Steinboden und verlosch, während er panisch durch die dunklen Gänge floh. Fortan machte das Gerücht vom Gespenst im Zwinghofe bei der Mannschaft die Runde. Höchste Zeit für mich, die Flucht zu wagen, bevor der Schwindel auffliegen konnte.

Am letzten Tag des Jahres bot sich endlich eine Gelegenheit. Die halbe Garnison war mit den Vorbereitungen für die bevorstehende Neujahrsfeierlichkeit beschäftigt. Der Hauptmann hatte die Reglements ein wenig gelockert, und so fing die Truppe bereits ab Mittag an sich zu besaufen. Gleich nach dem abendlichen Kontrollgang zwängte ich mich ein allerletztes Mal hinaus. Meine nahebei abgelegten

Habseligkeiten angelte ich eine nach der anderen durch die Eisenstäbe aus meiner Zelle, schnürte alles mit dem Rock zu einem Bündel zusammen und sprang dann leichtfüßig, den Degen voran, die Turmtreppe hinunter. Genügend Enthusiasmus besaß ich, an einer brauchbaren Idee, wie ich hinausgelangen könnte, haperte es hingegen noch.

Wie schon so oft half mir die Dunkelheit, unauffällig vorwärtszukommen. Außerdem kannte ich mich in der Festungsanlage bestens aus, hatte ich doch selbst vor einiger Zeit darin noch Dienst getan. Leider war keiner meiner damaligen Kameraden mehr da. Nachdem die Türken zurückgedrängt worden waren, hatten die Schweden Russland den Krieg erklärt, und das gesamte kampferprobte Regiment war an die finnländische Grenze versetzt worden.

Mit Bildern aus vergangenen Tagen im Kopf erreichte ich die Küche. Der Koch und mehrere Gehilfen waren eben fleißig dabei, das Festmahl anzurichten. Obwohl die Hauptspeise erst Augenblicke zuvor aus dem Backofen geholt worden war, drängten die Ordonnanzen entnervt darauf, sie nun ohne Aufschub zu servieren. Also verschwanden alle aus der Küche in einen Nebenraum, um dort ihre schmutzigen Schürzen gegen frische auszutauschen.

Zwischen all den unbeaufsichtigten Pasteten, Kuchen und Obsttellern dampfte auch ein knusprig-braunes Straußentier vor sich hin, welches allein durch seine stattliche Größe imponierte. In der Gewissheit, dass solch eine Extravaganz ohne Zweifel direkt vor dem Gouverneur abgestellt wird, kam mir der tollkühne Gedanke, mich im Inneren des Tieres unbemerkt zu postieren. Husch – schon war ich in der Küche. Nachdem ich den Braten der Länge nach aufgeschlitzt und die Füllung in einen Bottich unter dem Tisch entsorgt hatte, stieg ich flugs hinein. Kniend, die Rippenbögen als Griffe benutzend, klappte ich den Vogel um mich herum wieder zu und genoss das würzige Dampfbad darin. Zwei Beiköche trugen mich kurz darauf in aller Ruhe, an sämtlichen Dienstgraden vorbei, auf einem Silbertablett zum Kommandanten. Kaum war der Meisterkoch dann mit seiner appetitlichen Vorrede zum Abschluss gekommen, dass allen schon das Wasser im Munde zusammenlief, nahm ich ihm das Tranchieren ab, indem ich die Rippen einfach losließ.

Sowie der Brustkorb auseinanderfiel, erhob ich mich rauchumspielt aus dessen Ummantelung. Fassungslosere Gesichter hatte ich nur selten gesehen. Die Augen des Kochs quollen zur Größe von Hühnereiern auf. Die des Gouverneurs

ebenfalls, als mein Finger auf ihn zeigte. Jene jüngst entstandene Legende gebrauchend, fragte ich ihn mit hohler Stimme: »Bist du es, welcher mich gemordet hat?« Pures Entsetzen fuhr ihm in die Glieder, und sein dicker roter Kopf verlor die natürliche Farbe. Einer der Offiziere rief: »Es ist der Geist von Tschernykow. So hat man ihn doch feige gemeuchelt!« Vielleicht verlieh mir mein Bart, der mir während meiner Haftzeit gewachsen war und der in dieser Form von vielen so getragen wurde, eine große Ähnlichkeit mit diesem Tschernykow. Gott weiß, wer er gewesen ist und auf welche glücklose Weise er aus dieser Welt hatte scheiden müssen. Umsonst war er jedenfalls nicht gestorben. Denn nun rettete sein Tod immerhin ein Leben.

Mein Blick haftete noch am Gouverneur.

»Nein, du bist es nicht!«, entließ ich ihn, um mich nun dem Rest der Anwesenden zuzuwenden. Ein eleganter Sprung brachte mich von dem Serviertablett auf die lange Tafel. Ohne das Geschirr mit den Füßen zu berühren schritt ich mit akrobatischem Geschick über den reich gedeckten Tisch. Angst, Ehrfurcht, Demut, Delirium – alles konnte ich in den Gesichtern der Sitzenden erkennen. Und endlich auch Erleichterung, als ich am Ende der Tafel hinuntersprang, um mit meinem Bündel in der Hand schnurstracks zum Ausgang zu laufen. Der Festungskommandant eilte mir nach und befahl den Wachen von der Galerie herunter, jedwede Türe vor mir zu öffnen. Niemand sollte sich erdreisten, mich, den unglückseligen Wiedergänger, aufhalten.

Froh, diesen bösen Geist gerade noch mit der letzten Stunde im alten Jahr zurücklassen zu können, wagte es kein Kerl, sich mir in den Weg zu stellen. Vollkommen unbehelligt gelangte ich in den Hof, wo die noblen Schlittenkutschen der Gäste standen. Manche warteten fertig angespannt und abfahrbereit unter den Vordächern. Aufgrund des Wetters saß aber kein einziger Kutscher auf seinem Bock. Vermutlich feierten sie im Schutz der Stallungen gelassen bis zur Mitternacht noch ihr eigenes Jahreswendfest. Die niedrigen Temperaturen griffen mein bares Äußeres sofort an. Die Kälte schmerzte wie tausend Nadelstiche auf der Haut. Schleunigst stieg ich in die erste Karosse mit einer geschlossenen Kabine. Die Pferde nun aber wie gewöhnlich mit der Peitsche lostreiben zu wollen, wäre bei diesem Wetter ohnehin aussichtslos gewesen. Dichter, feuchter Nebel und die unbarmherzige Kälte sorgten dafür, dass jeder klamme Gegenstand dort draußen

sich auf einmal blitzartig erhärten konnte. Der Riemen fröre sicher gleich beim ersten Ausholen in der Luft fest. Egal wie oft man daraufhin versuchte, ihn dennoch weiter zu benutzen, er bliebe solange ein Eiszapfen, bis es irgendwann wieder wärmer werden würde. Dann wäre es allerdings ein Leichtes. Denn taut der Riemen langsam auf, muss ihn der Kutscher bloß in die Nähe der Tiere halten, und unwillkürlich würde dieser ganz von allein auf ihren Hinterteilen eine Polka tanzen. Aber dies nur am Rande.

Gottlob kannte ich einen geheimen Pfiff aus meinen Kriegstagen, der die Gäule selbst im ärgsten Wetter in Bewegung setzen konnte: Hui – schon ging es los!

Dies hervorragende Fuhrwerk öffnete mir leichter als gedacht weiter Tür und Tor. Den Wachposten scheinbar wohlbekannt, schlossen diese dem herannahenden Wagen die Gefängnispforte wie selbstverständlich auf, und bevor ihnen auffiel, dass überhaupt kein Kutscher auf dem Bock saß, war ich mit meinem Gefährt auch schon an ihnen vorübergeprescht. Der Ausbruch war geglückt.

Derweil ich mir endlich meine warmen Sachen überstreifte, schaute ich durch die kleine hintere Luke hinaus und sah, wie sich die Lichter der Zitadelle schnell entfernten und schlussendlich im Nebel verschwanden.

5.

Wie Münchhausen
in der Neujahrsnacht eine arme Seele rettete

Noch saß ich schlotternd in der Kutsche, unternahm den nur bedingt von Erfolg gekrönten Versuch, mich an einer Laterne zu wärmen und verputzte eilig die mitgebrachte Gefängnisration – weichen Käse und einen Kanten Brot. Die Pferde liefen währenddessen führungslos, aber gemächlich durch Nacht und Nebel. Nachdem wir mehrere Brücken passiert hatten, wurde mir klar, dass sie wohl instinktiv gewohnte Wege abtrabten, die sicherlich in Richtung ihres Stalls abzielten. Diese Karosse machte keinen ärmlichen Eindruck, musste demnach einer Person höheren Standes gehören, die wahrscheinlich auch eine gute Besitzung in der Stadt ihr Eigen nannte. So führte meine Fahrt freilich direkt auf Riga zu. Eilends warf ich einen langen, schweren Kutschermantel über, den ich im Staukasten unter dem Sitz gefunden hatte, zog die Jalousien an den Fenstern zu und kletterte mit der Laterne in der Hand nach vorne auf den Kutschbock. Das hätte mir noch gefehlt, dass deshalb irgendeine Tor- oder Brückenwache die Kutsche inspizierte, weil sie ohne Licht und Führung dahinrollte. Ein querliegender Schlagbaum versperrte mir dann auch bald den Weg. Ein unauffälliges Wendemanöver war nun nicht mehr möglich. Also blieb mir einzig die Flucht nach vorn.

Ich hielt die Kutsche an und tat so, als bekäme ich aus der Kabine heraus die Anweisung, hurtig weiterzufahren. Zwei Soldaten bequemten sich daraufhin aus dem warmen Wachhaus heraus. Mit gespielter Ungeduld deutete ich auf das Wappen an der Kutschentür. Einer der Posten kam näher, erkannte es wohl und winkte seinem Kameraden kurz zu. Die Schranke öffnete sich, und ich durfte passieren – mitten ins Herz der Stadt hinein.

Dieses Fuhrwerk erwies sich wahrlich als Glücksgriff, und Fortuna blieb mir auch weiterhin hold. Ein aufkommender Wind blies den garstigen Nebel davon, sodass die Sicht sich wieder klärte. Allerdings tänzelten nun Schneeflocken vom Himmel hernieder, zunächst nur ein sachter Reigen, nachher ein kräftiger Flockenwirbel.

Bald glitzerten überall Kristalle auf den Straßen, auf denen sich trotz der niedrigen Temperaturen feiernde Menschen drängten. In warme Mäntel gehüllt und von Fackelträgern begleitet, liefen sie meist in Gruppen umher. Ihre lauten Gesänge, besonders aber die Feuerwerkerei vor dem Stadtschloss machten die Gäule unruhig, und ich hatte meine liebe Not, dass sie mir nicht durchgingen. Auf einem großen baumumstandenen Platz im Park loderte ein riesiges Neujahrsfeuer. Drumherum traten gut und gerne dreihundert stramme Kerle mit freien Oberkörpern gegeneinander an, um nach alter Tradition im Schnee zu raufen. Sie rannten aufeinander los, packten zu und zwangen einander zu Boden, bis schließlich einer von beiden aufgab. Danach tranken sie mit erhitzten Köpfen und lachenden Augen zusammen Brüderschaft.

Der Kern der Stadt schien kopfzustehen, worüber man die bittere Kälte für den Moment gut vergessen konnte. Dort versammelten sich in jener Nacht und zu dieser Stunde fast alle Bewohner und Gäste des Viertels. Weil der Trubel stetig größer wurde, musste ich des Öfteren anhalten, um die eine oder andere heitere Gesellschaft vorbeizulassen. Bei einer dieser Gelegenheiten sprang eine Frau beschwingt aus ihrer Gruppe hervor und streckte mir einen Becher heißen Wein nach oben. Mit einem wenig vornehmen Hofknicks verabschiedete sie sich gleich wieder in unzweideutiger Weise von mir, um dann tanzend und scherzend mit der Schar weiterzuziehen.

Hinter den vereisten Fassaden, in den behaglichen Stuben der Aristokraten, erahnte ich herausgeputzte Bäume und reichgedeckte Tische, an denen man im Kreise der Familie festlich dinierte, plauderte und der Hausmusik frönte. Gediegene Stuben, in denen es einem an nichts mangelte, außer an Aufrichtigkeit vielleicht. Dankbar prostete ich der Dirne erneut zu. Sie war jedoch bloß noch einer von vielen Schatten in einer Seitengasse. Ich trank genüsslich den Rest ihres Weines. Er wärmte die steifgefrorenen Glieder vortrefflich und gab auch meinem Wagemut wieder Auftrieb.

Kaum war die Straße vor mir frei, fuhr ich unwirsch an. Einfach geradezu, Hauptsache weg aus dem Zentrum in ein ruhigeres Randviertel, wo die Bebauung enger wurde. Fernab dieses Spektakels feierte man lieber drinnen in den dunstigen Spelunken. Draußen zeigte sich kaum jemand. Das fahle Licht meiner Kutschenlampen streifte da flüchtig im Vorbeifahren einen Elendshaufen,

der in einer kleinen Nische an der Stadtmauer lag. Weil ich unter den Lumpen menschliche Züge zu erkennen glaubte, bremste ich die Kutsche und stieg ab. Dort schlief in der Tat ein ältlich wirkender Mann, zusammengerollt und in abgerissener Kleidung, dem dieser Platz im Schnee als Nachtlager wohl tauglich schien. Der arme Teufel verströmte einen hochprozentigen Atem und hätte in seinem Zustand den frostigen Neujahrsmorgen vermutlich nicht überlebt. Deswegen hievte ich die halberfrorene Jammergestalt in die etwas wärmere Kutsche und weckte den offensichtlichen Gewohnheitstrinker mit ein paar vorsichtigen Schlägen auf die kalten Wangen.

»Wo wohnst du, Väterchen?«, wollte ich wissen. Er öffnete die Augen und schaute mich mit einem weltfernen Blick an. Seine kältegraue Nase nahm zunächst wieder eine rosa Farbe an und leuchtete schließlich so rot wie eine Glühkohle, dann teilte ein Grinsen seinen Rauschebart. Mit dieser fröhlich entrückten Miene presste er einige schwer verständliche Worte zwischen den schmalen blauen Lippen heraus. Es klang für mich wie »totes Tier am Fischmarkt«. In Richtung des Fischmarktes fahrend, fand ich dann selbiges Tier tatsächlich an besagter Stelle auf ein Schild gemalt vor. Seine Bleibe nannte sich »Zum roten Stieren« und machte äußerlich den Eindruck einer ortsüblichen Kaschemme. Die Musik und das Krakeelen im Gastraum hörte man bis auf die Straße.

Durch ein mit den Fingern freigewischtes Löchlein in den sonst völlig beschlagenen Fensterscheiben lugte jemand heraus. Da ich den Alten nun vor der Kutsche auf seine klapprigen Beine gestellt hatte, öffnete sich die Eingangstür. Ausgelassenes Gejohle schlug uns laut entgegen. Gleichzeitig quollen Licht, Qualm vom schlechten Knaster und eine dralle Wirtsfrau daraus hervor. Als sie uns ihre Hand hilfreich entgegenstreckte, wirkte es geradeso, als strahlte eine erhabene Gloriole um ihre Erscheinung herum. Kopfschüttelnd packte sie den stadtbekannten Bacchusbruder grob im Nacken und schob ihn mit den Worten »Na komm schon rein, du Zausel!« an sich vorbei in ihre Gaststube.

»Gott vergelt's, gnädiger Herr!«, bedankte sie sich im Namen des Geretteten bei mir. »Wir sind nur arme Leute, es reicht nicht weit. Doch auf einen Krug Bier könnt ich Euch bitten!« Dabei machte sie eine einladende Geste.

So sprechen nur gute Christenmenschen, dachte ich bei mir. Weil ich aber den Hilflosen in treuen Händen wusste, lehnte ich dankend ab, um nicht noch mehr

Zeit zu verlieren. Ich durfte doch keinesfalls über meiner guten Tat vergessen, dass ich nach wie vor auf der Flucht war und schleunigst Land gewinnen musste.

Zum anderen Stadttor wieder hinauszukommen, erwies sich als leichtes Unterfangen, da die Wachen vor allem die Einfahrenden beachteten. Demjenigen, der nach draußen wollte, öffnete man flott mit wenig Augenmaß und oft auch ohne Kontrolle.

Hinter dem Torbogen breitete sich die scheinbar endlose schneeweiße Ebene Livlands, einem Leichentuch gleich, vor mir aus. Wenn ich an der Stelle von einem Leichentuch spreche, dann ist das in diesem Zusammenhang mehr als bloße Wortspielerei. Ein seltsamer Anflug von Herzeleid erfasste mich ganz unerwartet an diesem Ort. Das erste Mal in meinem Leben fühlte ich eine unerklärbare grundlose Traurigkeit, die mich kraftlos und des Lebens müde machte.

Noch wusste ich nicht, dass es etwas zwischen Himmel und Hölle gibt, das diesen Sog, einer unheilvollen Vorahnung gleich, sich selbst vorausschickt. Ob es dabei die eigene Person direkt betrifft oder bloß jemanden in der Nähe, ist völlig egal. Sobald ein Mensch von dem Sog erfasst wird oder dieser ihn auch nur streift, verspürt er dessen mächtige, bittersüße Anziehungskraft. Und wessen Zeit abgelaufen ist, den macht er sich damit zu Willen. Der Tod schlich in jener Nacht lautlos um mich herum, und ich sollte ihn in derselben auch noch finden.

6.

Wie Münchhausen den Tod fand

Je weiter ich mich mit meiner Kutsche von Riga entfernte, desto weniger schneite es. Der Wind flaute ebenfalls ab, bis kein Lüftchen mehr hauchte und das Umland zur Ruhe kam. Gleich tanzten nur noch vereinzelte Flocken verträumt durch die stille, klare Nacht. Die gigantischen Wolkenberge hatten sich verzogen, und mein silberner Mond prangte hell am Firmament. Ich hielt die Pferde im leichten Trab – dies schonte die Kräfte der Tiere ebenso wie auch die des Kutschers.

Am Ende einer baumgesäumten Allee saß jemand bei einem Wegekreuz in der Wurzel einer umgestürzten Pappel. Aus der Distanz erkannte ich, dass die Gestalt in einen langen schwarzen Mantel mit Kapuze gekleidet war und einen leicht geschwungenen, gut sechs Fuß hohen Stab in der Hand hielt. Es schien mir wenig geheuer, um diese Uhrzeit bei so einem Wetter und zu weit entfernt von Dach und Herd noch jemandem zu begegnen. Darum beschloss ich, diesmal stur daran vorüberzufahren.

Kaum an der Stelle angekommen, bockten die Gäule und wollten nicht mehr laufen. Die Kutsche stoppte abrupt. Weder mein schriller Pfiff noch alles Fluchen vermochten sie weiter voranzutreiben. Dampf stieg zwar aus ihren Nüstern, aber ansonsten waren sie völlig erstarrt. Überhaupt schien plötzlich die ganze Umgebung wie versteinert zu sein. Kein Geräusch, keine Bewegung konnte ich irgendwo mehr wahrnehmen. Nicht mal eine einzige verirrte Schneeflocke schwebte noch durch die Lüfte. Mir schwante Böses, als ich schließlich in Richtung der Wurzel schaute.

Die Gestalt hob bedächtig den Kopf. Ein aschfahles bartloses Menschengesicht mit eingefallenen Zügen verbarg sich unter der Kapuze. Tiefliegende blaue Augen mit stechend schwarzen Pupillen erwiderten meinen Blick, als sie mich wie folgt ansprach: »Karl Friedrich Hieronymus von Münchhausen, du hast etwas gestohlen, was für mich bestimmt war!« Die mannhafte Stimme

klang kreuzgefährlich und gleichzeitig so einladend schön, als würde Somnus, der Gott des Schlafes, selbst sprechen.

»Komm zu mir und begleiche deine Schuld!«

Ich stieg ab, trat heran, wie mir geheißen und fragte: »Was könnt ich Euch genommen haben? Es will mir wirklich nicht einfallen!«

»Grad eben, in der Stadt, der alte Mann! Er wollte seinen Frieden mit mir machen. Deshalb bin ich hergeeilt, um seine Seele mitzunehmen. Doch du hast ihn aufgehalten!«

»Dann seid Ihr der Gevatter …!«

»Ja«, schnitt er mir das Wort ab.

»Ich bin der Wanderer zwischen den Welten. Ein jedes Lebewesen erhält von mir Besuch, wenn es an der Zeit ist. Wird mir mein Recht aber verwehrt, muss der Schuldner um den höchsten Einsatz spielen!« Seine knochige Hand zog daraufhin einen Stapel Tarotkarten aus der Innentasche des Mantels hervor und streckte mir diesen entgegen.

»Zieh und bestimme damit dein Schicksal!«

Beherzt griff ich zu, im Wissen darum, dass von den achtundsiebzig Karten nur eine einzige den Tod bedeutet. Eine von achtundsiebzig, auf der das Knochengeripppe selbst umgeben von Krieg und Pestilenz dargestellt ist – jene vermaledeite Karte, die ich soeben aus dem Stapel herausgezogen hatte und nun verkrampft in meiner Hand hielt.

»So sei es!«, verkündete der Schnitter. »Dein Leben ist verwirkt!«

Unverzüglich hob er den Stab leicht an und durchbohrte mein Herz schon mit seinem vergiftenden Blick. Sicher, dass es gleich um mich geschehen wäre, vergaß ich den Höflichkeitskodex, ließ alle Etikette fahren und stibitzte mir das ganze Kartenspiel flink aus seiner Hand mit den Worten: »Ihr seid ein verdammter Falschspieler!«

Der Tod hielt verdutzt inne und brauste auf: »Wie, du wagst es …!«

»Dann zieht doch selbst einmal eine Karte«, fiel ich ihm diesmal frech ins Wort. Mit Erfolg, denn er schwieg und sah nun auf sein Spiel in meiner Hand. »Gevatter, habt Ihr Euch nie gefragt, welche Karte denn Eure Zukunft ist?«

Er grummelte noch, erwiderte aber schon sanfter: »Bei mir verhält es sich anders. Ich habe weder Vergangenheit noch Zukunft, nur Ewigkeit!«

»Das wird sich zeigen«, antwortete ich schmissig. »Liegt die Ewigkeit nicht gleichfalls auch in der Zukunft? Die Karten kennen das Geheimnis! Versucht es, Gevatter, dann könnt Ihr gewiss sein.«

Er zögerte noch kurz, ließ dann aber das untere Ende seines Stabs vorerst wieder behutsam in den Schnee sinken. Erleichtert mischte ich den Stapel durch und hielt ihn direkt vor sein Gesicht. Er schaute mehrfach argwöhnisch zwischen mir und dem Kartenspiel auf und ab. Schließlich tippte sein dürrer Zeigefinger die obenauf liegende Karte an. Ich drehte sie um, und wie von mir erwartet, zeigte ihr Bild den Tod. Er lächelte vor Zufriedenheit so breit, dass ich die gelben Zähne in seinem Mund sehen konnte, und er hob seinen Stab von Neuem. Schnell mischte ich durch und streckte ihm den Stapel abermals hin.

»Versucht es nochmal!«

»Wozu?«, entgegnete er.

»Zum Beweis!«

»Was gilt es zu beweisen?«

»Verzeiht meine deutlichen Worte. Ich möchte keinesfalls respektlos sein, aber dieses Spiel ist gezinkt und mein Ableben deshalb nicht rechtens. Es sollte also nicht stattfinden!«

Dies erzürnte ihn. »Das ist doch wohl der Gipfel der Impertinenz!«, raunzte er mir entgegen.

Der Stab sank erneut sacht zu Boden, und er tippte forsch auf die oberste Karte. Es war dieselbe wie zuvor. Die ganze Prozedur wiederholte ich nun an die siebenmal mit unverändertem Ergebnis, bis es dem Gevatter lästig wurde und er mir das Spiel ruppig wieder wegnahm.

»Seht Ihr!«, begann ich eilends meine spitzfindige Verteidigungsrede. »Egal wie oft einer wählt, er trifft immer exakt dieselbe Karte, immer dasselbe Bild, immer das gleiche Schicksal. Immer findet er den Tod. Diese Häufigkeit ist rechnerisch gesehen unmöglich und grenzt folglich mit höchster Wahrscheinlichkeit an Betrug! Man könnte gar glauben, dass alle diese achtundsiebzig Karten einzig nur Euer Bildnis ziert. Denn eine andere habe ich bis jetzt überhaupt nicht zu Gesicht bekommen.«

»Den Beweis, den du zu liefern versuchst, erkenne ich nicht an, Münchhausen. Welche andere Karte sollte mein eigenes Spiel bei meinem übermächtigen

Wesen auch auswerfen als immerfort den Tod und den Tod und den Tod! Bloß einen Gedanken auf diesen Aspekt zu verwenden, war die Sache schon wert.« Kurz senkte er den Kopf und stützte dabei sein spitzes Kinn auf den schmalen Handrücken, als würde er etwas ausknobeln.

Dann fuhr er fort: »Deine furchtlose Art gefällt mir. Damit hast du mich so trefflich unterhalten wie keiner mehr seit damals, als Sokrates den Freitod wählte. Das will ich dir zugutehalten! Meinen Ertrag kannst du ohnehin nicht schmälern. Die Zeit spielt nur für euch eine Rolle. Mir spielt sie ständig in die Karten.« Sein Stab sauste diesmal endgültig erst in die Höhe und gleich wieder hart gegen den Boden, ohne dass ich eingreifen konnte. Eine blitzende Klinge klappte seitlich daraus hervor, sodass sich nun auch die berüchtigte Sense in seiner Hand wiederfand.

Es war das Letzte, was ich wahrnahm.

Hierauf wurde mir schwarz vor den Augen. Mein Bewusstsein schwand dahin wie Schnee im Frühling, der im Handumdrehen zu klarem Wasser schmilzt und die steilen Berghänge hinab in den ewigen Kreislauf der Natur eingeht . . . .

．　．　…　　．…　　……　　…..　　………
……………………………………………………………………………
……………………………………………………………………………
………………………………… *Weiß, überall nur weiß, weiß, sonst nichts!* Jeder kennt das Gefühl, wenn man aus einem aufwühlenden Albtraum hochschreckt und glücklich feststellt, dass alles eben nur ein Traum gewesen war.

Unversehrt wachte ich im Inneren der Kutsche liegend auf. Ein wenig schwerfällig, aber dennoch ganz ordentlich ausgeruht, rappelte ich mich hoch und sprang ins Freie, wo mich ein heller kalter Wintertag erwartete. Soweit stimmte alles, bloß, dass meine beiden Pferde verschwunden waren. Die Deichsel ragte nutzlos in die Gegend, und das Zaumzeug lag wie abgefallen daneben auf dem Weg. Weder frische Spuren im Schnee noch irgendwelche Anzeichen eines Kampfes waren zu finden. Demnach konnten sie weder fortgelaufen noch einer Meute hungriger Wölfe zum Opfer gefallen sein.

Alles Für und Wider ließ letztlich nur den einen Schluss zu, dass ich dem Gevatter tatsächlich begegnet war und er die Tiere statt meiner mit sich genommen hatte. Weil mich dieser Gedanke frösteln ließ, schob ich die Hände in die Seitentaschen meines Rocks, wobei ich in der linken das Kartenspiel ertastete. Verwundert holte ich es heraus und deckte die Bilder der Reihe nach auf. Alle achtundsiebzig unterschiedlichen Motive waren vorhanden, keines fehlte.

Genauso wie vergangene Nacht, als ich Gevatter Tod mit einem simplen Taschenspielertrick von seinem fatalen Vorhaben, mich zu holen, abbringen konnte. Wer weiß, ob der alte Dachs mir die einzige tödliche Karte in seinem Spiel davor nicht auch auf solch gemeine Weise untergeschoben hatte? Diesmal kam die Todeskarte jedenfalls erst ganz zum Schluss und versprach mir gnädig meine neugewonnene Lebendigkeit.

Eine Frist hatte ich ihm abgehandelt, über deren Dauer befragte ich die Karten allerdings nicht. Aus Respekt für sein Geschenk des Lebens ließ ich dem Tod dieses finale Geheimnis.

7.

Wie Münchhausen dem livländischen Winter trotzte

Das hatte der alte Schnitter Tod gewieft angestellt. Gescheit wie er ist, hatte er mir zwar mein Leben gelassen, nicht jedoch die Zugtiere. Dort draußen kam das einem Todesurteil gleich, wenn man wie ich nicht einfach in die Stadt zurückgehen konnte. Da standen wir nun allein, die schwere Kutsche und ich, am Ende der verschneiten Allee, vor uns das große Nichts. Egal in welche der drei verbleibenden Richtungen ich schaute, ich sah nur ausgedehnte winterweiße Eiseskälte. Schnee soweit das Auge reichte.

Halt – ein kleines Birkenwäldchen entdeckte ich zumindest doch noch in dieser Ödnis. Eine verästelte schwarze Tintenkritzelei auf dem randlosen weißen Landschaftspapier. Wenigstens versprach mir das mithin gutes Feuerholz, um Wölfe und Bären fernhalten zu können. Ein Dickicht bietet naturgemäß auch mehr Deckung als die freie Straße. Es schien der sprichwörtliche Strohhalm zu sein, nach dem man in ausweglosen Situationen greift.

Ich sammelte das Zaumzeug ein und verstaute es in der Kabine. Dann schob mein starker Arm die Karosse unter Aufbietung all meiner Kraft bis in eine Senke bei dem Wäldchen. Trotz der niedrigen Temperaturen trieb mir die Anstrengung den Schweiß auf die Stirn. Mit Müh und Not erledigte ich diese Herkulesaufgabe, doch danach standen wir immerhin weniger exponiert in der Gegend, und mögliche Verfolger könnten mich nicht so leicht aufspüren.

Der Tag war indes noch jung, und ich wollte die Helligkeit unbedingt ausnutzen, um mir einen Unterstand zu bauen. In der Kiste hinten auf der Kutsche fanden sich einige brauchbare Werkzeuge. Mit einer Axt waren leicht allerhand Äste geschlagen, und bald brannte auch ein kleines Feuer an meiner Lagerstatt. Als Nächstes montierte ich die blechernen Wappenschilde von den Türen ab. Inzwischen dürfte der Diebstahl der Kutsche nämlich bemerkt worden sein, und ab da verkehrte sich dieser Trumpf ins Gegenteil. Auf dem Deckel der Werkzeugkiste lag

auch ein großes derbes Leintuch verschnürt und angeseilt. Ausgerollt war es breit genug, um die ganze Equipage abzudecken. Damit gelang es mir, die schwarz lackierte Kutsche zu dieser Jahreszeit praktisch unsichtbar werden zu lassen. Den Teil, der zum Wäldchen hinzeigte, hielt ich allerdings mit zwei jungen Birkenstaken oben, was ein passables Vordach abgab.

Vor zufälligen Blicken geschützt, zufrieden mit dem Vollbrachten, setzte ich mich in meinem neuen Refugium nieder und aß den letzten Rest des Proviants. Eine Flasche Spätburgunder, die ich zufällig im Klappfach unter dem Sitz entdeckt hatte, versüßte mir das schlichte Mahl.

Dicht bei den Flammen, den sonnendurchfluteten, wunderbar glitzernden Winterwald vor mir, sann ich über das Weitere nach. Der Himmel zeigte sich ab der Mittagstunde in strahlendem Blau. Auch blieb der peitschende Sturmwind aus, was selten ist. Das alles trug viel zur Freundlichkeit des Tages bei. Nur einige verirrte Böen ließen manchmal mein Vordach ein wenig flattern. Das Geräusch erinnerte mich an die Gilde der Flussschiffer, denen ich vor Jahren als Knabe in Holland begegnet war.

Damit ihre Geschäfte im Winter nicht gänzlich zum Erliegen kamen, befestigten sie an den flachen Unterseiten ihrer Boote zwei Kufen und segelten auf diese Weise weiter über die zugefrorenen Wasserstraßen.

Heidewitzka – was für eine Idee! So könnte ich meiner Zwangslage entfliehen. Mit scharfem Verstand wägte ich die Erfolgsaussichten dieses Unterfangens ab und befand alles zum Besten. Wie ich so dasaß und gedankenversunken ins Leere starrte, weil ich die technischen Details der Konstruktion im Geiste durchging, nahm ich eine kleine Bewegung drüben im Unterholz wahr.

Ein Wolf beobachtete mich. Ich stürzte in die Kabine, griff mir die geladene Pistole und den Degen, um mich dem vermeintlichen Rudel zu stellen. Doch als ich wieder ins Freie kam, war das Tier verschwunden. Die Taktik einer Wolfsmeute ist es, die Beute erst weiträumig einzukreisen. Ihr mit der Zeit jede Fluchtmöglichkeit zu nehmen, bis irgendwann der günstigste Moment zum Angriff gekommen ist. Diese Zeit wollte ich nicht ungenutzt verstreichen lassen.

Die ganze Umgebung wachsam musternd, begann ich hastig zu arbeiten. Voll bewaffnet durchforstete ich das Birkenwäldchen, auf der Suche nach einem geeigneten Baum, der mir als Mast dienen sollte. Binnen Kurzem hatte ich

einen gefunden und gefällt, der schnurgerade gewachsen und von ausreichender Stärke war. Von seinem Geäste befreit, hieb ich dann noch die Spitze ab, dass er auf die richtige Höhe passte, um ihn letztlich mit Seilen aus dem Gestrüpp herauszuziehen.

Dabei blieb ich nicht unbeobachtet. Der Wolf schaute mir wieder aus sicherer Entfernung zu. Das beunruhigte mich diesmal allerdings weitaus weniger als beim ersten Mal. Denn nach seiner Fährte im Schnee zu urteilen, die ich auf meinem Streifzug durch den Wald mehrfach gekreuzt hatte, dürfte es sich lediglich um einen Einzelgänger handeln.

Bis es mir gelang, den Stamm endlich fest am hinteren Teil der Kutsche anzubringen, war es finster geworden und damit deutlich kühler. Also legte ich noch einmal tüchtig Brennholz nach und genehmigte mir den letzten Schluck aus der Burgunderflasche. Um nicht völlig steif zu frieren, hielt ich mich bei Nacht nur noch in der Nähe des Feuers auf. Verschiedene Taue, Stricke und Riemen, sogar einen Flaschenzug – alles aus dem Werkzeugkasten – sortierte ich nach Länge und klügelte darauf basierend eine Takelage aus. Das stellte sich als wesentlich komplizierter heraus als anfangs gedacht. Hierüber befiel mich irgendwann die Müdigkeit, der ich auch nachgab und mein Nachtlager im Innenraum der fest verschlossenen Kutsche aufsuchte.

Kurz, aber wohltuend war mein Ruhen. Als ich am nächsten Morgen die Tür öffnete, sah ich meinen Wolf gerade noch in den Wald flüchten. Er musste sich, nachdem ich mich zurückgezogen hatte, herbeigeschlichen haben, um direkt an der Glut zu nächtigen. Ein ungewöhnliches Verhalten für ein wildes Tier. Fast machte es uns zu so etwas wie Leidensgenossen. Das Tier dürfte vermutlich eine Wölfin gewesen sein, die vergangenen Sommer ihren gesamten Wurf verloren hatte, und nun, vielleicht sogar vom eigenen Rudel ausgestoßen, nach Anhang suchte. Wer kann schon sagen, was in solch einem Wesen vorgeht. Ob es nur seinem Instinkt folgte, oder ob diese Wölfin eine absonderliche Art von Zuneigung verspürte, welche sich sogar über ihren zweifellos quälenden Hunger hinwegzusetzen vermochte und mich nicht zum Fraß, sondern zu ihrem Freund erklärte, weiß man nicht.

Verflixt, dies dürfte der einzige liebenswerte Isegrim gewesen sein, dem ich je begegnet bin. Leider hatte ich nichts abzugeben, konnte ich doch gegen meinen eigenen Hunger auch nur die letzten hart gefrorenen Beeren des vergangenen Herbstes von den Büschen pflücken.

Dabei blieb es, bis mir ein graues Häschen vor die Pistole hoppelte. Es verwandelte sich über dem Feuer, auch ohne Gewürze, zum schmackhaften Festmahl. Hunger ist dabei freilich der beste Koch. Der Duft des gebratenen Fleisches lockte die Wölfin näher an mich heran als zuvor. Sie schien tatsächlich keinerlei Feindseligkeit mir gegenüber zu empfinden. Stattdessen kauerte sie, kaum acht Schritte vom Feuer entfernt, im Schnee und starrte auf das, was vom Hasenbraten übrig geblieben war. Ich warf ihr das abgenagte Skelett zu, und sie verschwand damit im Dickicht.

Als ich dann das Segel schneiderte und aus Nägeln gebogene Führungsösen für die Vertäuung außen an der Kabine anbrachte, zeigte sie sich so oft am Waldrand, dass ich mir wünschte, ich hätte noch ein Stück Wildbret für sie gehabt.

Das Vehikel nahm langsam Formen an. Gegen Abend frischte der Nordwind auf – ein gutes Zeichen dafür, dass er morgen auch tagsüber wieder mit voller Kraft über die Ebene fegen würde. Dies sollte meine letzte Nacht dort sein. Bevor ich mich in die Kutsche zurückzog, legte ich noch ein dickes Scheit Birkenholz in die Glut. Und diesmal hörte ich auch, wie sich die Wölfin bald unter meinem Vordach schnaufend daneben einrollte und zu schlummern begann.

8.

Wie Münchhausen die kurländische Tiefebene besegelte

Mein untrüglicher Wettersinn hatte auffrischenden Wind vorhergeahnt. Bereits in aller Herrgottsfrühe blies er kräftig genug, dass mich sein Heulen allmählich aufweckte. Als sich das leuchtende Rund der Sonne mit seinem feurigen Orange endlich hinter dem blass-grauen Dunstschleier am Horizont abzeichnete, war ich schon im Aufbruch begriffen. Mit einem stabilen Holzstock klopfte ich die festgefrorenen Kufen los und bestieg den Kutschbock. Ein gespanntes Seil, welches zum Flaschenzug am oberen Ende des Mastbaums hinter mir führte, lockerte ich und setzte damit mein Segel.

Der Wind hieb gewaltig in das Leinen, das sich sogleich straff bauschte. Ich fürchtete, es könnte reißen, und alles sei dahin, doch es hielt stand. Der Mast bog sich unter dem heftigen Schub, dass mir bange wurde, er könne zersplittern und mich erschlagen. Knarrend und ächzend schoss der Druck durch die träge Kutsche, bis sich die Spannung in einem erlösenden Anrucken entlud. Innerlich frohlockend, schlitterte ich die ersten Schritt weit über die vereiste Schneedecke.

Der Stapellauf war geglückt, nun ging die Fuhre express Richtung Heimat. Erfreulicherweise lag nur freies Feld vor mir. So konnte der Wind mein Vehikel erst einmal nach seinem Willen dahin schieben, wie es ihm gefiel. Diese Strecke nutzte ich, um das Manövrieren auszuprobieren. Vier Seile, die von den Enden der Segelstangen aus hinter dem Mast überkreuz nach vorn zu mir führten, ermöglichten es, den Kurs zu ändern, indem ich daran zog und sich das Segel damit drehte. Am Anfang verlief solch eine Richtungskorrektur noch etwas plump. Meine Spur schlängelte sich unelegant über die Schneefelder, doch je länger die Fahrt dauerte, desto besser gelang es mir, die Bögen gleichmäßig zu ziehen.

Als ich darauf zurückschaute, bemerkte ich die Wölfin. Sie folgte den Furchen im Schnee wahrscheinlich schon eine ganze Weile. Schließlich blieb sie aber zurück und wurde bald von dem weißen Ungetüm Winter verschluckt.

Es ging zügig voran, und mit jeder Meile wurden mir die Eigenarten meines Gefährts vertrauter. Was auch dringend nötig war, denn die Hindernisse tauchten unerwartet auf. Meist waren es einzelnstehende Gebüsche und Gräben, die es zu umfahren galt, ohne dabei ins Schlingern zu kommen. Einmal verbrachte ich beinahe einen halben Tag damit, am Ufer eines breiten Flusses, der in der Mitte nicht ganz zugefroren war, entlangzusegeln, bis eine Brücke in Sicht kam. Mehrfach holperte ich krachend durch unter dem Schnee verdeckte Mulden, dass ich jedes Mal dachte, der ganze Karren bräche mir deswegen gleich in Stücke.

Mit der Zeit lernte ich aber, die Oberfläche des Geländes vor mir genauer zu beobachten und solcherlei hundsgemeine Unebenheiten frühzeitig auszumachen. Schauten einige vertrocknete gelbe Grasbüschel aus dem Schnee, musste

ein Buckel darunter sein. Tiefere grauschattige Dellen im sonst tischtuchglatten Weiß deuteten hingegen auf größere Löcher und Hohlräume hin.

Am schwierigsten gestaltete sich allerdings das Anhalten. Dies gelang nur, indem ich die Bremse mit Gefühl festkurbelte und gleichzeitig das Segel reffte, was eine Weile dauern konnte. In diesen Fällen war eine klare Vorausschau unabdingbar. Ich brauchte eine weitläufige Fläche, um ungehindert ausgleiten zu können. Städte und Dörfer umsegelte ich bisweilen großzügig, um nicht zu viel Aufsehen zu erregen.

Kaum hatte ich das Livländische hinter mir gelassen und fuhr in Kurland ein, empfing mich eine Flaute. Ohne ein Lüftchen bewegte sich meine Segelkutsche nicht vom Fleck. Zum Stillstand genötigt, versuchte ich dort mein Jagdglück. Diana zeigte sich wohlwollend und schickte mir ein Reh vor den Lauf. Also verbrachte ich den restlichen Tag damit, es auszunehmen und sein Fleisch in mundgerechte Portionen zu zerschneiden. Nachmittags garte ich mir einige gute Streifen davon über dem Feuer und verstaute die übrigen Stücke in saubere Tücher gewickelt im Sitzkasten.

Normalerweise reise ich wegen der gefährlich kurzen Sicht nicht bei Nacht. Doch ärgerte mich der verlorene Tag ohnehin, und dann wehte mir am Abend auch noch wie zum Hohn eine steife Brise um die Nase. Die hereinbrechende Dämmerung hatte schwere Wolken und ein Gewitter im Geleit. Über mir braute sich hübsch was zusammen. Beide Kutschenlampen mit mehreren Kerzen bestückt, nutzte ich die Gunst der Stunde und begab mich in die Hand des Sturms.

Diese Etappe ließ sich dann auch ausgesprochen holprig an. Die Geschwindigkeit entschädigte allerdings allemal für die versäumten Stunden. Mit ihren ungezügelten Kräften schob die Naturgewalt meine kleine Segelkutsche vor sich her und ließ mich rasch viel Boden wieder gutmachen.

Mir zum Verdruss hielten aber die Kerzen nicht sonderlich lange. In den Lampen wurde es zu heiß, und das Wachs schmolz deshalb zusehends. Außerdem fachte der Wind sie noch ungemein an, worauf sie keine volle Stunde brannten und ich ständig anhalten musste, um neue einzusetzen.

Bei einer dieser Zwangspausen holte mich das Wetterleuchten ein. Blitz und Donner wechselten einander in einem fort ab, dass ich nicht mehr unterscheiden konnte, welches nun auf das andere folgte. Seltsame pausbäckige Grimassen wölbten sich da droben heraus und verfärbten sich lila. Diese Wolkengesichter

spuckten einen Hagelschauer nieder, der so dicht war, dass ich Zuflucht im Inneren der Kutsche suchen musste, um von den Eiskörnern nicht völlig grün und blau geschlagen zu werden. Es schepperte und krachte ununterbrochen mit solcher Heftigkeit, als würde die Kabine im Augenblick durch eiserne Hämmer zu meinem Sarg umgearbeitet werden.

Dieser kleine Weltuntergang dauerte zum Glück nur wenige Minuten. Er brauste gewaltig, aber kurz.

Als ich mich wieder nach draußen wagte, präsentierte sich mir dann ein fabelhaftes Phänomen. An der Spitze des Mastbaumes und auf den Segelstangen bis zum Dach hinunter tanzten unzählige weiß-blau leuchtende Elmsfeuer über meine Kutsche. Sie sprühten nur so vor kalter Energie und Munterkeit, was mich darauf brachte, sie einzufangen.

Mein seidenes Taschentuch leistete hierbei hervorragende Dienste. Eins nach dem anderen erhaschte ich damit, um sie danach gebündelt in die Kutschenlampen zu schütten. Jene ganz oben am Mast erreichte ich allerdings nicht, was unerheblich blieb, denn ich hatte bald mehr als genug von ihnen eingesperrt, und die Laternen waren gut gefüllt.

Die lustig knisternden Gesellen nahmen mir meinen Streich auch keineswegs krumm. Ganz im Gegenteil, sie tobten quietschvergnügt darin umher und beleuchteten den Weg vor mir absolut vorzüglich. Sobald die ganze Chose noch an Fahrt gewann, jauchzten sie fröhlich auf und glühten vor Freude immer gleich noch ein wenig heller.

Bis zum Morgengrauen standen sie mir mit wachsender Begeisterung bei, worauf ich ihnen dann die Türchen öffnete und sie wieder in die Welt entfliehen ließ. Nicht aber ohne mich gebührend, mit einer formvollendeten Verbeugung, bei den quirligen Lichtern bedankt zu haben.

9.

Wie Münchhausen einen Salzbeamten kennenlernte

Durch Kowno bis ins Königreich Polen hinein verlief meine Reise prächtig. Zwischen einer kleinen Hügelkette und einem Kiefernwald in der Gegend von Lodz fand ich eine geeignete Stelle, um dort die Nacht zu verbringen. Abseits der häufig befahrenen Strecken stellte ich die Kutsche ab und verschwand ins Gehölz, um meine Notdurft zu verrichten.

Erleichtert und mit einem Stapel Feuerholz unter dem Arm kam ich zurück. Obwohl meine Aufmerksamkeit währenddessen praktisch lückenlos auf mein Gefährt gerichtet war, stand plötzlich von einem Augenblick auf den anderen wie aus dem Nichts ein Mann davor.

Er musterte meine Segelkutsche mehr als interessiert, sogar betont pedantisch, wobei er seine Brille ständig auf- und wieder absetzte. Auch ließ er sich dabei von niemandem ablenken. Nicht einmal durch mich, als ich notwendigerweise näher herantrat. »Was für eine verrückte Chaise!«, staunte er, ohne den Blick davon abzuwenden. So waren wir schon zwei, denen etwas wunderlich vorkam.

An dieser komischen Figur fielen mir gleich die skurrilen Augen auf. Sie sprangen weit aus ihren Höhlen hervor und wirkten zudem auch noch eigentümlich verdreht. Diese anatomische Besonderheit machte es ihm möglich, nach Belieben in alle Himmelsrichtungen zu schauen, ohne den Kopf dafür bewegen zu müssen. Er offenbarte sich späterhin als der einzige Mann auf der Welt, der seinen eigenen Hinterkopf ohne Spiegel zu betrachten im Stande war. Die dicken Brillengläser verzerrten und vergrößerten die Abnormität seiner Augäpfel noch zusätzlich und ließen ihn so für die gewöhnlichen Menschen endgültig zum Unikum werden. Seine spezielle Fähigkeit war jedoch unübertroffen.

»Seit dem Mittag beobachte ich Euch und Euer Fuhrwerk bereits. Ihr versteht es meisterlich zu lenken«, erklärte er.

»Dann muss Er ein gutes Fernrohr besitzen!«, schlussfolgerte ich falsch, was ihn zum Lachen brachte. Das fand ich nun etwas zu nonchalant.

»Entschuldigt bitte mein ungebührliches Verhalten Euch gegenüber, es mangelt mir nicht etwa an Respekt. Wenn es für Euch interessant ist, gebe ich gern Auskunft darüber, wie sich das mit meiner Optik verhält«, bot er höflich an und schielte dabei mit dem linken Auge die aufziehende Wetterfront ab. »Lasst uns vor dem Bekanntmachen besser zuerst das Feuer entzünden und mit einem Schluck Branntwein die Kälte hinunterspülen! Wenn wir's dann wärmer haben, mögt Ihr meine Geschichte ruhig erfahren.«

Zur Abendstunde war das behelfsmäßige Lager im Windschatten vor dem Kutschbock eingerichtet, wo auch das Feuer heiter brannte. Kaum dass die Flasche Sliwowitz aus seiner Jackentasche zwischen uns hin und her gewandert war, schilderte er wie versprochen sein Talent.

»Lieber Baron, Ihr müsst wissen, dass ich früher Fiskal in Diensten meines Königs gewesen bin«, begann er zu erzählen. »Man erhebt hier im Polnischen eine außerordentlich hohe Steuer auf das Salz. Der Schwarzhandel florierte, und das illegale Geschäft damit gedieh zu einem einträglichen für viele Spitzbuben. Die Fälle von Schleichhandel häuften sich. Daher nahm man mich in Lohn und Brot, um die Schmugglerbanden an den Grenzen auszuspähen. Nur verrichtete ich den Dienst derart gründlich, dass viel zu früh keine Strolche mehr übrig blieben und meine Anstellung nutzlos wurde. Jetzt sitze ich aus alter Gewohnheit immer noch Tag für Tag oben auf meinem Hügel im Herzen Polens und schaue, was Neues in der Welt geschieht. Es verhält sich aber keineswegs so, als ob ich alles gleichzeitig zu sehen im Stande wäre. Nein, so einfach ist das nicht. Um etwas weit Entferntes zu erkennen, muss ich einen Richtungspunkt wählen und mich auf eine bestimmte Distanz konzentrieren, dann finde ich auch das richtige Bild. Die Entscheidung, Euch und Euren Segelschlitten zu entdecken, hat freilich der Zufall getroffen.«

Ein feines Stückchen Jägerlatein, wie ich fand. Zwar hegte ich zu diesem Zeitpunkt noch jeden Zweifel an seiner Geschichte, allerdings ist's mir auch ein Leichtes gewesen, ihn auf die Probe zu stellen. Mir war etwas bekannt, das keines Menschen Auge vor meinem jemals erblickt hatte. Und noch dazu befand es sich erheblich weiter weg als alles auf unserer Erde Ansässige. »Wie steht es beispielsweise mit dem Mond?«, wollte ich prüfend von ihm wissen »Erkennt Er, was dort bei der Linie, wo sich die helle mit der dunklen Seite trifft, für ein Geschöpf lebt?« Das Augenglas fest auf die Nase geklemmt, legte er den Kopf in den Nacken und peilte mit halb zugekniffenen Augen den Silberstern an. Ein Weilchen dauerte es, bis er die ganze lange Strecke abgesucht hatte.

Ich drehte inzwischen geduldig das Rehfleisch an den Spießen, damit es rundum knusprig werden konnte. Dann fragte er mich, ob ich vielleicht den Falter meine? »Potztausend, den meine ich!«, entfuhr es mir »Er ist wahrhaftig ein Meister im Auffinden. Einen Filou wie Euch kann ich garantiert gut gebrauchen. Tretet also in meine Dienste, wenn Ihr gerade nichts Besseres zu tun habt!«

»Das ist ein Wort, Herr Baron. Ihr könnt auf mich zählen. Mein Name ist Panorama.« Mit einem Handschlag besiegelten wir die Abmachung. So wurde der polnische Beamte der erste Kamerad in meinem neuen Gefolge.

Je weiter wir in die westlichen Breitengrade hineinsegelten, desto lauer wehten die Winde. Bei der nächsten Bauernkate bauten wir die dadurch unnütz gewordene Segelvorrichtung ab und spannten wieder zwei Pferde vor die Kutsche. Mit einigen Mondsilberkrumen, die ich zufällig noch in den Nähten meiner Rocktasche gefunden hatte, kaufte ich die alten Tiere einem ebenso alten Bäuerlein günstig ab. Fortan befuhren wir die bekannten Handelsstraßen und kehrten zu vorgerückter Stunde auch in die Gasthöfe ein, die am Wege lagen.

Dort begegnete uns manch verkrachte Existenz, unter anderem ein Seemann, der wehmütig von früher erzählte. Von seiner großen Liebe redete er, die er in einem Hafen am anderen Ende der Welt zurücklassen musste und nur zu gern wüsste, wie es ihr wohl ginge. Daraufhin schickte ich Panorama in die höchste Dachkammer des Hauses, um das Gewünschte sogleich durch die geöffneten Fenster schauend in Erfahrung zu bringen. Seine brauchbaren Beobachtungen verschafften uns danach aus Dankbarkeit freie Kost und Logis. Wo wir auch abstiegen, waren wir gut gelitten. Fragensteller fanden sich jedes Mal. Selbst die Haderer, die anfangs eine Firlefanzerei dahinter vermuteten, überzeugte er vom Wahrheitsgehalt seiner Spähereien, oft nur durch das Erwähnen eines einzigen Details privatester Natur. Das ließ nicht wenige rot anlaufen – je nachdem. Beim Überbringen guter Nachrichten hingegen gönnte man uns bisweilen sogar noch eine kleine Aufbesserung der ohnehin schmalen Reisekasse.

10.

Wie Münchhausen mit Panorama in die Welt blickte

Als wir auf unserer Fahrt nun jede Nacht in einer anderen Ausspanne Quartier nahmen und mit den weitsichtigen Fähigkeiten des Polen hausieren gingen, erfuhren wir dadurch die amüsantesten und sonderbarsten Begebenheiten von den Leuten, auf die wir trafen. Bei meiner Treu, da wurde von Sachen berichtet, die ich selbst nicht besser hätte erleben können. Einige der schönsten Anekdoten möchte ich euch, meine Freunde, auf keinen Fall vorenthalten.

Selbstredend waren die meisten begierig darauf, etwas über ihre viel zu lang nicht mehr besuchten Familien zu erfahren. Oder über verschiedene Angelegenheiten, welche die Liebe betrafen. Als eindeutiger Favorit in diesen Fällen tat sich die Frage nach der etwaigen Untreue des Partners hervor. Und was kann ich anderes dazu sagen, als dass der bis dahin unbewiesene Verdacht sich meistens als begründet herausstellte. Hallodris sterben nie aus. Es gibt eben weltliche Gelüste, die sich trotz der Vielzahl geistlicher Moralvorstellungen niemals ändern lassen werden. Mit dem Kopf im Glauben fest verhaftet, reichte dieser dennoch selten tiefer. Traurig, aber wahr.

Ganz anders bei einem betagten Matrosen, der über diese profanen Befindlichkeiten altersbedingt hinweg gewesen sein müsste. Ihn interessierte besonders das Schicksal des Volksstammes der Forefore, welchem der Seefahrer vor vielen Jahren einmal begegnen durfte. Diese Eingeborenen leben in einem Archipel bei Papua. Im weitesten Sinne könnte man sie als Kannibalen bezeichnen, denn sie verspeisen ausfließende Säfte und manchmal auch das Fleisch von Verstorbenen. So fürchterlich das klingen mag, im Allgemeinen sind es primitive, aber friedfertige Menschen, die Fremde zwar mit großer Vorsicht, aber herzlich aufnehmen.

Als nun unser Maat das Volk kennenlernte und sich sogar mit ihnen angefreundet hatte, erzählten ihm die Ältesten vom Grünen Dämon. Der lebte verborgen im Regenwald und raubte heimtückisch ihre Frauen und Kinder. Dieser Unhold rückte in letzter Zeit wieder näher an das Dorf heran, und sein Verlangen nach Nahrung wurde größer.

Da ihm diese Menschen ans Herz gewachsen waren, schloss sich der Matrose damals einer Gruppe junger Krieger an, die sich mit Speeren und Blasrohren bewaffnet in den gefährlichen Teil des Dschungels wagten, um dem Gespenst mutig entgegenzutreten. Das dichte Buschwerk in dieser Wildnis behinderte die Sicht. Der Feind konnte fünf Schritte neben einem stehen, ohne dass man ihn bemerkte. Eine lauernde Gefahr musste gespürt werden. Instinktive Wahrnehmung zu besitzen, schien dort überlebenswichtig zu sein. Die Eingeborenen waren geübt darin.

Dennoch ging nicht unser Matrose, sondern einer der erfahrenen Krieger in die Falle. Unachtsam trat er in eine klebrige Masse auf dem Boden, die ihn gleich festhielt und sein Bein betäubte. Er fiel direkt in den ledrigen Kelch einer

riesigen Pflanze hinein, welcher sich automatisch um ihn herum schloss. Die anderen rannten herbei, um ihm zu helfen, schlugen mit ihren Steinäxten Stränge und Wurzeln des Gewächses ab, bis das geifernde Maul den Mann wieder ausspie. Giftiger Schleim im Inneren des Kelchs hatte seine Muskeln sofort gelähmt, und ätzende Verdauungssäfte fraßen bereits überall an seiner Haut.

Rasch schleppten sie ihn fort und wuschen ihn im nächsten Flusslauf rein, weswegen der Unglückselige mit dem Leben davonkam. Die Krieger brannten das ungeheure Kraut daraufhin mit Stumpf und Stiel nieder. Schon wähnten sie sich als Gewinner. Bei ihrer Rückkehr veranstaltete man den Siegreichen zu Ehren ein Fest voller unsittlicher Tänze und befremdlicher Rituale. Zumindest hätte es der zivilisierte Teil der Welt so empfunden. Unserem Matrosen hingegen gefiel es nach eigener Aussage gar nicht schlecht.

Am folgenden Tag, als sein Schiff wieder in See stach und er die Forefore verlassen musste, kehrte erneut eine Frau aus dem Dschungel nicht wieder heim.

Er schied von diesen Fremden, die ihm zu Freunden geworden waren, mit einer faulen Ahnung, die dunkel auf seiner Seele lastete, ähnlich einer offenen Schuld. Zum Glück wusste Panorama Versöhnliches zu berichten. Er hatte gesehen, dass jüngst eine dieser Dämonenpflanzen genau auf dem freien Platz im Zentrum des betreffenden Dorfes wuchs. Die Forefore ihrerseits hatten einen Graben darum gezogen und Zäune davor gebaut. Kleinere Ableger dieses stattlichen Exemplars fanden sich überall um die Siedlung herum verteilt im Busch. Unterirdisch über ein Wurzelgeflecht von der Mutterpflanze genährt, verschonten sie die Dorfbewohner und beschützten sie sogar vor unerwünschten Eindringlingen. Im Gegenzug fütterten die Stammesältesten ihre Dämonen dafür zeremoniell mit gefangenen Kriegern feindseliger Stämme. Der heidnische Brauch des Menschenopfers ist ja aus verschieden alten Kulturen bekannt. Nur in diesem bemerkenswerten Fall diente er weniger dem religiösen Aberglauben, sondern ermöglichte diese groteske Symbiose zwischen Mensch und Pflanze. Der Matrose war zufrieden.

Kurz hinter dem Grenzstein, wo man wieder deutsch spricht, trafen wir auf einen Zimmermann. Monatelang hatte der für einen italienischen Baumeister in San Gimignano an dem ehrgeizigen Projekt der Erbauung des höchsten Gebäudes der Welt mitgearbeitet. Dies allein ist schon ein waghalsiges Unterfangen. Nur traten bei diesem Werk überdies zwei Meister in gegenseitige Konkurrenz.

Zu Beginn projektierten sie noch gemeinsam einen Turm. Irgendwann stritten sie aber darüber und entzweiten sich aufgrund von Kleinigkeiten. Somit fingen sie an, jeder für sich exakt den gleichen Bau zu errichten – nur einen Steinwurf voncinandcr cntfcrnt.

Nachdem die stabilen Grundmauern gesetzt waren, trieben beide ihr Gebäude energisch in die Höhe, was letztendlich die Arbeiter abbüßen mussten.

Erst viele Jahre später wurden die monumentalen Türme fertig. Wie ein Zwillingspaar standen sie dann dicht beieinander und reichten mit ihren Giebeln bis an die Unterseite der Wolken heran. Sie waren weithin sichtbar, und so reisten die Menschen aus allen vier Himmelsrichtungen in großer Zahl herbei, um sich des Wunders zu erfreuen und den Fernblick von der hohen Plattform aus zu genießen. Doch den Status des höchsten Gebäudes hatte bisher keines von beiden errungen. Dies ärgerte die Baumeister über alle Maßen, sodass sie versuchten, den Türmen nun immer noch ein Stockwerk mehr aufzusetzen. Bis ihnen letztlich sämtliche Arbeiter gekündigt hatten, weil es viel zu gefährlich wurde und einfach auch unmöglich schien.

Daraufhin brüteten die beiden Rivalen droben im letzten, winzigen Zimmer ihres jeweiligen Turms Ideen aus und musterten versessen durch das Oberlicht das Bauwerk des anderen. Solange, bis einer der beiden die einzige allerletzte Möglichkeit ersonnen hatte, doch noch als Sieger aus dem Wettstreit hervorzugehen.

Er ließ einen dreißig Fuß langen Stab aus Kupfer herstellen und brachte diesen selbst unter Lebensgefahr mitten auf seinem Dach an. Worauf ihm am folgenden Tag das lang ersehnte Prädikat vom Papst verliehen wurde.

Unser Zimmcrcr mochte nun gcrn crfahrcn, ob dic Türmc noch standcn, abcr Panorama verneinte. Lediglich zwei schwarze Ruinen hatte er an besagter Stelle erkennen können. Die metallische Stange musste zweifellos die Blitze angezogen haben wie Giacomo Casanova die Frauen. Die eng stehenden Bauten brannten vermutlich im Nachgang eines Unwetters gemeinsam nieder. Der sichere Bankrott

für die Baumeister. Welche Ironie, dass ein wohlfeiler Kupferstab sie beide an den Bettelstab brachte. Womit sich die altbekannte Weisheit wieder bestätigt: Je höher man hinauswill, desto tiefer kann man fallen.

Mit solchen und anderen Kuriosa wurde jeder unserer Abende auf der weiteren Reise außerordentlich unterhaltsam, und die Zeit verstrich für uns wie im Fluge. Bis wir irgendwann meine Heimat, die feisten Hügel des lieblichen Weserberglands, glücklich erreicht hatten.

11.

Wie Münchhausen
zu seinem Regiment zurückkehrte

Die darauffolgenden Wochen verbrachte ich in der vertrauten Geborgenheit meines elterlichen Guts in Bodenwerder. Den Polen hatte ich mit im Gesindehaus einquartiert, wo ich ihn bestens aufgehoben wusste. Nach den hinter mir liegenden Strapazen taten die Ruhe und die Erholung an meiner Geburtsstätte wohl. Drei üppige Mahlzeiten pro Tag, dazu die gehaltvolle Milch unserer heimischen Kühe, brachten mich wieder zu Kräften, sodass ich schon bald ein gewisses Fernweh verspürte, wenn ich allabendlich im Flackerlicht vor dem Kamin saß.

Nun ist es so, dass einen von Münchhausen nichts mehr zu halten vermag, wenn ihn die Abenteuerlust erst einmal gepackt hat. Allerdings darf nicht vergessen werden, dass ich nach wie vor als Deserteur oder schlimmer noch als Frondeur galt. Um herauszufinden, wie sich die Situation in Sankt Petersburg politisch inzwischen verändert hatte und wo genau sich mein Regiment zurzeit befand, schickte ich Panorama zu dem hervorragenden Aussichtsplatz bei den vier Eichen auf den Hopfenberg.

Die nunmehrige Lage in Russland beschrieb er nach eingehender Beobachtung als günstig. Der Krieg gegen die Schweden war bisher erfolgreich auf breiter Front geführt worden. Dennoch zog man neuerdings größere Truppenteile an der Ostseeküste bei Wyborg zusammen. Demnach planten unsere Generäle ein Manöver, vielleicht sogar den entscheidenden Angriff wider den Feind. Mein Regiment war ebenfalls dort stationiert, gemeinsam mit vielen anderen, allzeit zum Abmarsch bereit.

Außerdem schien das obligatorische Aufräumen nach dem Machtwechsel beendet und die Staatsraison wieder hergestellt zu sein. Offenbar brauchte Mütterchen Russland nun dringend jeden verfügbaren Mann, um den andauernden Konflikten an seinen Außengrenzen für die Zukunft ein Ende zu setzen. Eine bessere Gelegenheit konnte sich mir also kaum bieten, um mich bei den

Braunschweig-Kürassieren ordentlich zurückzumelden, ohne dadurch Kopf und Kragen zu riskieren.

Der Winter war unterdessen ebenfalls vergangen, und das zarte Band des Frühlings zog sich durch unser ländliches Idyll. Ein angenehmer Wind trocknete den aufgeweichten Erdboden innerhalb kurzer Zeit und ließ die schlammigen Wege passierbar werden. Mit der nächsten Postkutsche reisten Panorama und ich deshalb nach Lübeck. Im dortigen Hafen lag gerade ein Schoner vor Anker, der Kurierfahrten auf unserer Seite der Ostsee übernahm. Ich buchte zwei Passagen nach Wyborg und freute mich zu hören, dass wir morgen schon auslaufen würden.

Am Pier fiel mir ein hünenhafter Kerl auf, der fleißig einen Frachter belud. Er bewerkstelligte dies allein und ohne Hilfe, während seine Kollegen faulenzend in der Sonne herumlungerten und sich hinter vorgehaltener Hand über ihn amüsierten. Der naive Tropf stemmte rundweg das Zehnfache von dem, was ein normaler Mann zu heben vermochte, dass mir beim Zuschauen vor Verblüffung die Kinnlade hinunterklappte. Die anderen nutzten diesen Umstand aus und ließen ihn die ganze Arbeit verrichten. Als ich wie zufällig an ihn herantrat, schaute er ein wenig verwirrt abwechselnd auf mich und zu seiner Gruppe hinüber.

»Verrate mir, mein Freund, was sie dir versprochen haben, damit du ihnen so aushilfst?«, fragte ich den Riesen. Er hatte ein fast viereckiges Gesicht, und als er aus der Nähe betrachtet sogar mich an Körpergröße noch enorm überragte, stellte ich mir bildhaft vor, wie er mit seinen eminenten Ausmaßen leicht einen Kontrabass gleich einer Geige spielen könnte. Unsicher stotterte er mit tiefer Stimme: »Jeder von de-denen kauft mir heute Abend im Wawawa-Weißen Wal einen Krug Bier.«

Ausgestattet mit der Leibesstärke eines Eroberers, besaß er im Gegensatz dazu das schlichte Gemüt eines Kindes.

»So etwas ahnte ich schon! Du siehst aus wie ein tüchtiger Bursche. Was hältst du davon, in meine Dienste zu treten? Selbstverständlich zu einem angemessenen Lohn!«, bot ich ihm an. »Ach, und wenn du auf der Stelle mitkommst, spendiere ich dir jetzt gleich so viel Bier, wie du nur trinken kannst.«

»Wirklich?«

»Na, wenn ich's doch sage, Kerl. Ich habe mein Lebtag lang noch nie die Unwahrheit gesprochen!«

»Ihr seid ein Edelmann, Euch glaub ich's gern!«, stellte er richtig fest und sich nun seinerseits vor.

»Man nennt mich Samson, mein Herr.«

Den Kraftprotz hatte ich der linken Bagage abspenstig gemacht. Mürrisch blickten uns die anderen Tagelöhner nach, als wir uns trollten. Sein Appetit übertraf dann auch bei Weitem das, was ein durchschnittlicher Mensch verzehrte. Verzeiht mir bitte an dieser Stelle die Ungenauigkeit meines Berichts. Nach dem fünfundzwanzigsten Krug Bier hörte ich, aufgrund meiner eigenen Trunkenheit, auf mitzuzählen. Der Wirt der Hafenkneipe freute sich über das glänzende Geschäft, und Samson schenkte mir von Stund an sein volles Vertrauen, weil ich Wort gehalten hatte.

Erst gegen Mittag wurde ich wach. Um mich herum wankte alles, und es roch nach Tran. »Ach, das verfluchte Bier«, erinnerte ich mich vage. Es dauerte einen Moment, bis ich diese unbekannte Umgebung mit der Zecherei von letzter Nacht zusammenbrachte. Das Schaukeln rührte weniger vom Alkohol, sondern daher, dass ich mich in einer Hängematte in der Passagierskajüte unter Deck des Schoners befand. Wie er sich anfühlte, hätte mein Brummschädel beim Hinausgehen nicht durch die schmale Kabinentür passen dürfen. Wider Erwarten konnte ich völlig normal hindurchtreten ohne anzustoßen.

Oben an Deck erwarteten mich meine beiden Gefährten Panorama und Samson – vergnügt, als ob unser Gelage nie stattgefunden hätte. Wir segelten in Sichtweite der Küste. Eine steife Brise pustete mir den Kopf wieder frei und ließ unser Schiff gut Fahrt aufnehmen. Nur wenige Tage darauf erreichten wir Wyborg.

Noch im Hafen mietete ich eine Kalesche an, die uns ins nächste Feldlager der Armee bringen sollte. Auf dem Weg dorthin fuhren wir an einem unserer Soldaten vorbei, welcher wie ein Meldereiter gekleidet war. Ihm musste aber offensichtlich sein Pferd abhandengekommen sein, denn er lief zu Fuß in derselben Richtung am Rain entlang.

Ich rief ihm freundlich zu, ob er das letzte Stück noch mit aufspringen wolle, worauf er bloß griente. Das irritierte und ärgerte mich zugleich. Um diesem

Flegel eine Lektion zu erteilen, lockte ich ihn siegessicher mit dem Gewinn eines goldenen Dukatens, wenn er es schaffen würde, früher am Zelt des Kommandeurs einzutreffen als wir. Er willigte in die Wette ein und rannte ad hoc mit raumgreifenden Schritten davon, als wäre der Leibhaftige hinter ihm her. Damit hatte ich ehrlich gesagt nicht gerechnet.

Dieser Bursche schien nicht ganz untalentiert zu sein, was das Laufen anging. Deshalb bot ich unserem Kutscher zusätzlich zwei Extra-Golddukaten als Ansporn, wenn er ihn überholen würde. Der peitschte daraufhin das Möglichste aus dem Gaul heraus. Jedoch, dem Kurier begegneten wir erst am beflaggten Zelt der Kommandantur wieder. Als wir vorfuhren, sah ich ihn drinnen, wie er eben seine umgehängte Posttasche wieder verschloss und sich mit militärischem Gruß bei den Generälen abmeldete. Dann kam er stolz heraus und streckte mir die flache Hand entgegen. Gewitzt schaute er dabei in vier lange Gesichter. Ich bezahlte, wie es abgemacht war, und beglückwünschte ihn zu seiner außergewöhnlichen Leistung. Worauf er, der sich Bogdan nannte, diesmal mit aller Ergebenheit versicherte, dass es ihm ein Leichtes gewesen sei, diese Wette zu gewinnen. Hiermit verabschiedete er sich ehrerbietig von uns und flitzte in Windeseile durch das Lager hinfort, dass die Zeltwände hinter ihm flatterten. Mein Blick verfolgte ihn soweit wie möglich und, ob ihr's glaubt oder nicht, weiter draußen auf der freien Fläche legte er nochmal an Geschwindigkeit zu. Sein eigener Schatten konnte

nicht mehr mit ihm Schritt halten! Das dunkle Abbild seiner selbst löste sich zeitweise von seinen Füßen ab und sprang ihm Haare raufend hinterher. An Steigungen drosselte Bogdan das Tempo manchmal, und der Schatten fügte sich glatt wieder an ihn. Das muss der schnellste Kerl gewesen sein, den die Welt je hervorgebracht hat. Unbestritten ein Sonderling ganz nach meinem Geschmack, den es sich zu merken lohnte.

Als ich das große Zelt betrat, empfing man mich wie so oft mit einer Mischung aus Verwunderung und Freude. Auf die Nachfrage hin gab ich meine Geschichte zum Besten, und General Lacy beruhigte mich gleich, was die Anklage betraf. Ich bin bei Weitem nicht der Einzige gewesen, den man im Trubel dieses Staatsstreiches erst einmal festgesetzt hatte, aber hinterher ganz offiziell wieder freisprach. Einige Formalitäten müssten zwar noch geklärt werden, danach stünde meinem erneuten Dienstantritt bei den Braunschweigern jedoch nichts mehr im Wege. Noch am selben Tag schwor ich den Eid auf Zarin Elisabeth und wurde daraufhin abermals mit allen Ehren in mein altes Regiment aufgenommen.

12.

Wie Münchhausen gegen die Schweden ins Feld zog

Das zwanzigtausend Mann starke schwedische Heer stand seit knapp einem Jahr nahe der russischen Grenze in Finnland. Trotz der herben Niederlage, welche die Schweden in der Schlacht bei Villmanstrand hinnehmen mussten, blieben die Fronten verhärtet, und Russland plante deshalb einen großangelegten Vorstoß.

Im Frühjahr 42 setzte sich die russische Armee unter General Graf von Lacy schließlich in Richtung Südfinnland in Bewegung. Im folgenden Quartal nahm sie die Städte Fredrikshamn, Borgå und Tavastehus ein. Ich selbst habe mir, gemeinsam mit Samson und Panorama, welche tapfer an meiner Seite fochten, in diesen Scharmützeln wiederholt einen probaten Namen verschafft und der Auszeichnungen viele errungen.

Das dürfte wohl auch der Grund gewesen sein, weshalb mein guter Freund, der General, meine Gruppe für eine waghalsige, aber überaus wichtige Mission ausgewählt hatte. Er weihte mich in seine Strategie ein, und ich muss gestehen, dass jenes Unternehmen kriegsentscheidend sein konnte. Die folgende Nacht verbrachte ich damit, seinen Plan sorgfältig zu studieren und meine Anmerkungen beizufügen.

Dieser beinhaltete, dass sich ein Kommando durch das vom Feind kontrollierte Gebiet bis nach Helsingfors durchschlägt. Dort müsste man es so arrangieren, dass man die Stadttore jederzeit sprengen könne, falls die Hauptstreitmacht Schwedens sich vom offenen Schlachtfeld her in die Stadt zurückziehen wollte. Lacy mochte diese Vorkehrung unbedingt getroffen wissen, um einer monatelangen, zermürbenden Belagerung aus dem Weg zu gehen. Der Schaden an den Toren wäre vergleichsweise gering gegenüber dem, was ein Artilleriebeschuss anrichten würde; vor allem das damit verbundene Leid. Die vielen unschuldigen Opfer unter der Bevölkerung, wenn die Stadt halb zerstört und in Brand geschossen wäre – all das könnte verhindert werden.

Grundsätzlich war der Gedanke hinter seiner Kriegslist ein menschenwürdiger, und ich hielt die Aufgabe zudem auch für durchführbar. Um aber etwas mehr Aussicht auf Erfolg zu haben, knüpfte ich noch eine Handvoll Bedingungen an meine endgültige Zustimmung. Unter anderem forderte ich den Eilboten Bogdan, der rennen konnte wie der Blitz, als vierten Gefolgsmann für meine Kommandotruppe an. Die Generalität erfüllte mir diesen wie auch jeden weiteren Wunsch prompt. Es konnte losgehen.

Wir tauschten dafür unsere Militärkluft gegen zivile Röcke ein und reisten inkognito als schwedischer Aristokrat in Begleitung seiner Dienerschaft gen Finnland. Für die Fahrt wählte ich eine vergleichsweise schlichte Kutsche ohne Prunk aus, um so wenig Aufsehen wie möglich zu erregen. Irgendwann in der lauen Nacht passierten wir dann unsere vorderste Linie an einem unbedeutenden Abschnitt der Front. Am letzten Außenposten verabschiedeten sich die Reiter des Geleitschutzes, und wir vier fuhren weiter an einem Leuchtfeuer vorbei ins Feindesland. Dessen Funken flogen uns gefällig noch ein kleines Stück nach. Schnell waren sie verglommen. Als ich noch einmal aus dem Fenster zurückschaute, bildeten diese orangen Feuer eine Reihe kleiner flackernder Lichtpunkte in der Dunkelheit hinter uns, die als vorläufige Grenze des russischen Reiches angesehen wurde. Ab da waren wir gänzlich auf uns allein gestellt. Ohne das Licht der Kutschenlampen ging die Reise zwangsweise langsam voran. Zwar konnte unser Fahrer Panorama nur mit Mühe etwas erkennen, aber dafür kamen wir auch ungesehen tiefer ins Landesinnere.

Um nach Helsingfors zu gelangen, mussten wir das größte Feldlager der schwedischen Armee bei Tusby in weitem Bogen umfahren. Auf vielen Straßen und Zufahrtswegen standen ihre Posten, und zusätzliche Patrouillen durchkämmten die Wälder. Je näher man der Stadt kam, desto enger zogen sie ihre Kreise, und es wurde immer schwieriger für uns, noch hindurchzuschlüpfen.

Zur Mittagszeit des nächsten Tages legten wir eine Rast neben einem Kornfeld knapp fünfzehn Meilen vor unserem Ziel ein. Panorama tränkte die Pferde an einer Quelle. Bogdan, Samson und ich saßen im Schatten einer mächtigen

Linde und versuchten, der brütenden Sommerhitze zu entkommen. Diese grüne Bauminsel inmitten des goldgelben Weizenmeers lud den Bauern gleichermaßen wie auch den Reisenden zum Verschnaufen ein. Das leise Rascheln der Blätter über einem beruhigte die geneigte Seele. Die Aussicht auf die hügelige Landschaft mit den weitgestreckten Feldern ringsum wirkte dabei so friedvoll, als ob überhaupt kein Krieg herrschen würde. Selbst die treue Lerche in der Höhe konnte dort ungestört ihr Liedchen singen. Ein Platz wie ein Gottesgeschenk, der Sehnsüchte weckte. Erst recht in dieser Zeit des Streits.

Erneut besprachen wir unser weiteres Vorgehen en détail, als unvermittelt ein farbenfroher Schmetterling auf Samsons Hand landete. Freudig erregt über dies seltene Glück präsentierte er uns stolz seinen kleinen Freund. Es war possierlich mitanzusehen, wie jenes grazile, zerbrechliche Insekt diesen Berg von einem Mann, den die Natur mit den Kräften eines Elefanten ausgestattet hatte, so einfach ans Herz rührte.

Unstet, wie Schmetterlinge nun mal sind, flog er gleich wieder fort, und Samson sprang ihm nach, um ihn einzufangen – geradewegs in den sonnengereiften Weizen hinein.

Plötzlich hub unter ihm ein Schwirren an, wovon die Luft in Wallung geriet. Tausende und Abertausende aufgescheuchte Schmetterlinge tanzten mit einem Mal fröhlich überall um ihn herum hoch. Sie hatten sich dort in dem Feld gesammelt, weil sie ebenso wie wir unter dem Blätterdach des Baumes die schattige Kühle zwischen den eng stehenden Ähren suchten.

Samson war begeistert. Er stampfte nun absichtlich kräftig mit dem Fuß auf, auf dass es noch mehr werden sollten. Sein Tritt erschütterte den Acker, und Samson wirkte vollkommen glückselig in dem neuerlich aufsteigenden Schwarm aus zahllosen schillernden Flügelwesen. Eine fabelhaft wabernde Wolke bildete sich um ihn. Sie wurde immer dichter, bis er schließlich ganz davon eingehüllt und somit unsichtbar war. Ihre gleitenden Wogen änderten im steten Wechsel Farbe, Form und Richtung. Das verlieh dem undefinierten Gebilde ein faszinierendes Eigenleben.

Die geradezu magische Anziehungskraft dieses eindrucksvollen Spektakels ergriff auch die anderen, und sie verschwanden bald alle in den kunterbunten Wirbel hinein. Zusammen brachten sie so viele Schmetterlinge zum Aufsteigen, dass allein durch deren Flügelschläge ein angenehm kühler Wind von dort herüberwehte, bei dem ich wohl meine Augen geschlossen haben muss und, meinen Kopf entspannt gegen den Stamm der Linde gelegt, eingenickt war.

13.

Wie Münchhausen
die schwedische Folter über sich ergehen ließ

Als ich wach wurde, schaute ich direkt in das vordere Ende eines Büchsenlaufs. Der dahinterstehende Trupp schwedischer Soldaten deutete mir damit zweifelsfrei an, dass ich von ihnen festsetzt wäre und nun folgen müsse. Angesichts solcher unstrittigen Argumente tat ich ihnen diesen Gefallen. Drei Soldaten setzten sich als Bewachung mit mir in die Kabine, die anderen zwei hockten vorne auf dem Bock und lenkten meine Kutsche zu ihrem Hauptlager. Ein ungewöhnlich imposanter Schmetterlingsschwarm hatte die Aufmerksamkeit vorhin erst auf sich und letztlich auf meine Person gelenkt, gaben sie mir zu verstehen.

Bloß meine Kameraden erwähnten sie dabei mit keiner Silbe. Dies ließ mich vermuten, dass sich die drei erfolgreich in dem Feld verbargen, noch bevor die Soldaten sie überhaupt entdecken konnten. Also durfte ich unsere Mission noch nicht verloren geben!

Im Lager der Schweden verhörten mich mehrere Offiziere eindringlich bis in den späten Abend hinein. Der Worte wurden viele gewechselt, bloß brauchbare Auskünfte bekamen sie keine von mir. Irgendwann betrat ein großer, hagerer Mann völlig in Schwarz mit einer runden Laterne in der rechten Hand das Zelt. Alle weiteren Anwesenden verließen es augenblicklich, ohne dass darüber auch nur ein Wort fallen musste. Ein kalter Hauch wehte mit ihm herein.

Der Mann stellte sich als Obrist einer »Neuen Geheimen Abteilung« der Feldjäger vor. Er positionierte die Lampe so auf dem Tisch, dass sie mir grad ins Gesicht schien, und nahm mir gegenüber auf einem Stuhl Platz. Seine Garderobe passte perfekt zu seinen dunklen Augen. Als er den schwarzen Dreispitz abnahm und neben der Laterne ablegte, wurden strohblonde kurze Haare sichtbar. Sie verliehen

seinem hellen, kantigen Gesicht mit der schlanken Nase gleich noch mehr Strenge. Er wirkte abgefeimt. Die kompromisslosen Züge betonten den stechenden Blick seiner engstehenden Augen, welcher dem eines Raubvogels ähnelte. Dieser Habicht kam direkt zur Sache und hielt sich nicht wie die anderen mit langen Vorreden auf.

»Leutnant von Münchhausen, die Situation, in der Ihr Euch befindet, ist nicht unbedingt sehr aussichtsreich«, richtete er das Wort an mich.

Bedauerlicherweise beherrschte er sein Metier vortrefflich. Ihm waren mein tatsächlicher Rang und Name bekannt. Da ich nicht in Uniform, sondern in Zivilkleidung auf gegnerischem Terrain aufgegriffen wurde, galt ich als Spion, was im Krieg gleichbedeutend einem Todesurteil sein kann. Somit stellte er mich vor die Wahl, bei Sonnenaufgang standrechtlich erschossen zu werden, oder meinen Auftrag in sämtlichen Einzelheiten vor ihm offenzulegen.

Die Aussicht auf den Tod konnte mich derweil nur gar nicht mehr schrecken, da ich diesen ja unlängst erst kennengelernt hatte. »Nein, von mir erfährt Er nichts«, lehnte ich ab.

Um meine Verschwiegenheit zu lösen, zog er ein kurzes, gebogenes Messer, ähnlich denen, welche die Schäfer zum Beschneiden der Hufe benutzten, aus einem Futteral an seinem Gürtel. Erst schabte er sich damit aufgesetzt nachdenklich über das glatt rasierte Kinn, um gleich darauf mit dem Erwähnen wichtiger Ereignisse aus meinem Leben aufzuwarten. Nebenbei entfernte er sich mit der scharfen Klinge gekonnt den Schmutz unter den Fingernägeln.

Ich zeigte mich von seinen Provokationen fortwährend unbeeindruckt, was diesen eiskalten Analysten peu à peu zum Aufbrausen brachte, bis er schließlich hochschnellte und das Messer vor lauter Wut in die Tischplatte rammte. Das Funkeln in seinen Augen wurde zu einem Glühen.

»Ganz wie's beliebt. Dann sehe ich mich gezwungen, andere Maßnahmen zu ergreifen. Hoch mit ihm!«

Rabiat packte er meinen Arm, zerrte mich vom Stuhl und drängte mich aus dem Zelt, hin zu einem anderen, welches etwas abseits von den restlichen stand.

Davor sah ich einige fürchterliche Werkzeuge des peinlichen Verhörs aufgebaut. Den Spanischen Stiefel etwa, die gemeine Judaswiege, Reitböcke, Daumenschrauben, Gelenkbrecher und eine Streckbank, auf welcher verschiedene eiserne Zangen lagen. Nicht zuletzt kommt einem auch die widerliche Marter des

Schwedentrunks bei solchen Schergen unweigerlich wieder in den Sinn. Angesichts dieser Instrumente machte ich mich auf elende Grausamkeiten gefasst und hoffte, wenn auch mein Körper entzweigehen sollte, dass mindestens mein Wille ungebrochen bliebe.

Was sich im Folgenden hinter diesen Zeltplanen abspielte, ist nicht leicht zu erzählen, geschweige denn anzuhören. Die drastischen Einzelheiten der Tortur würde ich nur zu gern aussparen. Um jedoch zu verstehen, in welch schwieriger Lage ich mich befand, ist es geradezu meine Pflicht, nichts zu beschönigen und die ganze erschütternde Wahrheit preiszugeben. Den allzu zartbesaiteten Damen empfehle ich, sich die Ohren bei den nächsten Ausführungen ausnahmsweise für diese kurze Dauer zuzuhalten.

Begeben wir uns also ins Innere der Folterwerkstatt, wo ich festgebunden an eine Zeltstange das Eintreffen der Folterknechte erwartete. Diese, allesamt Meister ihres Faches und vier an der Zahl, ließen nicht lange auf sich warten. Bloß, dass ich eine ganz andere Vorstellung von ihnen gehabt hatte und nun, da sie vor mir standen, außerordentlich überrascht war.

Jetzt sollte ich erwähnen, dass die allerschönsten Frauen dieser Welt, wie ein jeder weiß, zweifelsohne die Schwedinnen sind. Man stelle sich also vor, dass vier dieser wohlgestalten Jungfern eben das Zelt betreten hatten und darüber hinaus im Begriff waren, mich zu bezirzen. Hierfür lösten sie vorsichtig meine Fesseln, streiften mir geschickt einige unbequeme Sachen ab und geleiteten mich mit unwiderstehlicher Anmut zu einer weichen Ottomane. Wie selbstverständlich entledigten sie sich da ihrer überflüssigen Kleider, bis sie alle splitternackt vor mir standen.

Der Versuchung näher als der Erlösung sank ich bereitwillig in ihre Arme. Mit lüsternen Blicken tastete ich ihre idealen Formen ab. Kaum auf die Kissen niedergelassen, umschmeichelten mich diese unübersehbaren Reize von allen Seiten. Dazu gaben die Maiden gleich eine kleine Kostprobe ihrer bezaubernden

weiblichen Verführungskünste. Jede verlockte dabei mit einer eigenen besonderen Raffinesse bei der anschließenden Liebkosung. Was sie darboten, brachte mein Blut zum Kochen.

Zunächst ließ mich die kesse Erste süße Trauben gepaart mit ihren samtigen Lippen schmecken. Unterdessen rieb die zierliche Zweite meine Haut zärtlich mit duftendem Rosenöl und Balsam ein. Die frauliche Dritte zog mir die Stiefel aus und massierte meine Fußsohlen derart superb, dass ich ihren erregenden Wundergriff quer durch sämtliche Glieder bis unter den Schopf spüren konnte. Und die makellose Vierte tanzte sich vor meinen Augen in eine wilde Ekstase hinein, dass sich ihr ebenmäßiger Alabasterkörper dabei so geschmeidig wand wie der einer Schlange. Sie gaben sich mir hin und geizten nicht im Geringsten mit dem, was sie hatten.

Diese Sirenen vernebelten meine Sinne in solchem Maß, dass mir mein irdisches Sein nach diesem Labsal nur noch wertlos erschien. Eingefangen wie eine Maus im Schmalztopf hatten sie mich schnell soweit, ihnen alles zu gestehen, was sie hören wollten. Glücklicherweise stürmten gerade noch rechtzeitig vor der konkreten

Befragung drei Soldaten in schwedischen Uniformen herein. Meine Gespielinnen schrien auf vor Schreck.

Im Geiste entrückt, beschimpfte ich die Männer. Aphrodite tanzte nicht mehr, und die Mädchen zogen sich erschrocken zurück. Wieder wurde ich gefesselt, sogar geknebelt und bäuchlings auf ein Pferd gepackt. Im scharfen Galopp ritt die Gruppe mit mir aus dem Lager hinaus, und wenn mich nicht alles täuschte, schoss man uns sogar nach. Die Schwärze der mondlosen Nacht verschluckte die Reiter samt mir gleich meinem Verstand, der in jener Stunde ebenfalls ziemlich umnachtct gcwcscn scin muss.

14.

Wie Münchhausen Helsingfors einnahm

Am helllichten Tag wachte ich in einem Waldstück liegend auf, nur mit meiner Unterwäsche bekleidet, weil Samson, mein sanftmütiger Riese, mir einen Schwall Wasser aus seiner Feldflasche über den Kopf goss.

»Herr Baron!«, freute er sich, als ich ihn aus halbklaren Augen anschaute. »War ganz schön knapp gestern. Fast hätten Euch die Weiber …!«

»Es ist genug, Samson, danke!«, mäßigte ich ihn kopfschüttelnd. Langsam fand ich hinaus aus dem Labyrinth dieses gleichgültigen Dämmerzustands und erlangte stückweise Zugang zur Wirklichkeit. Die Erinnerung an jene entzückende Folter der vergangenen Nacht kehrte bruchstückhaft wieder. Mein glückloser Versuch, dieser zu widerstehen, wurde mir nun peinlich bewusst.

Unerwartet kletterte Panorama von einem Baum neben uns herunter und drängte: »Wir müssen das Versteck wechseln, eine Patrouille ist hierher unterwegs!«

Hastig bestiegen Samson, Panorama und ich die Pferde und galoppierten tiefer in den Wald hinein. Irgendwann fegte Bogdan mit eminent langen Schritten an uns vorbei und hockte sich weiter vorn im Schneidersitz auf einen Baumstumpf. Als wir bei ihm ankamen, gab er Entwarnung.

»Hier ist es sicher. Den Suchtrupps habe ich eine Nase gedreht und alle von dieser Stelle weggeführt. Es dürfte eine Weile dauern, bis die merken, dass sie sich bloß gegenseitig verfolgen.«

Er lachte. Erst in diesem Moment fiel mir auf, dass meine drei Kameraden in schwedischen Uniformröcken steckten, und für mich hatten diese Teufelskerle sogar die Montur eines Hauptmanns dabei. Samson holte sie aus seiner Satteltasche hervor und reichte sie mir. Ich zog sie an, und Panorama erklärte dabei, was sich seit meiner Gefangennahme zugetragen hatte.

»Wir waren in dem Weizenfeld dermaßen mit den Schmetterlingen beschäftigt, dass keiner von uns bemerkt hat, dass sich die Schweden unserem Rastplatz nähern.

Wie wenig wir aber aus dem Inneren der Wolke hinausschauen konnten, so unmöglich konnte man von draußen hineinsehen. Was uns – gottlob – vollkommen darin verbarg. Nachdem sie Euch, Herr Baron, längst arretiert hatten und in der Kutsche mit Euch davonfuhren, war es für uns zum Eingreifen zu spät. Also gingen wir taktisch vor. Bogdan ist der Kutsche schon einmal heimlich als unsere Vorhut sozusagen bis zum Lager nachgeeilt. Samson und ich versuchten, so schnell wie möglich zu folgen. Auf dem Marsch hatte ich genug Zeit, um auszukundschaften, in welches Zelt genau sie Euch brachten, wobei Samson darauf achtete, dass uns nicht auch noch eine neue Patrouille einen Strich durch die Rechnung machte.

Den günstigen Augenblick nutzend, bei schwärzester Dunkelheit, schlichen wir drei sodann an den schlafenden Truppen vorbei in das Lager. Dort bot sich auch die Möglichkeit, unsere Dienerlivreen gegen ein paar schwedische Uniformen auszutauschen. Diese ließen uns praktisch unsichtbar werden. Jetzt besorgte Bogdan noch Pferde für die Flucht, und alsbald befreiten wir Euch gemeinsam aus den Klauen des Feindes.«

»Gut gemacht, Männer«, lobte ich sie mit einem kleinen Seufzer der Erleichterung. Wobei, wenn mich meine Erinnerung nicht trügt, auch ein klein wenig Wehmut mitschwang.

Das ursprüngliche Vorhaben, in der Tarnung als schwedischer Aristokrat mit seinen Lakaien in Helsingfors aufzutreten, war derweil natürlich passé. Doch das Glück blieb uns treu, denn bei den geliehenen Waffenröcken und der Ausrüstung befand sich auch eine Ledertasche mit Schreibzeug, Papier und Siegelwachs darin. Solch ein begünstigender Umstand war unbedingt auszunutzen, und ich ersann eine verwegene Finte, mit welcher wir die Schutzschwadron bis zum letzten Mann aus Helsingfors hinaustaktieren konnten.

In feinster Manier verfasste ich einen schriftlichen Befehl an den Stadtkommandanten, nach dem eine Order ergangen sei, dass sämtliche verfügbaren Männer ohne Ausnahme an die Front zu entsenden seien. Behelfs meines alten Wappenringes, das Erbstück von einem Altvorderen, welchen ich damals noch am Finger trug, versiegelte ich den fertigen Brief.

Bogdan, als echter Melder bestens für diese Aufgabe geeignet, übernahm den heiklen Botengang in die Stadt. Gekonnt mimte er einen frisch rekrutierten Finnen aus dem Hinterland, eine angeblich provinzielle Herkunft als Erklärung für seinen sonderbaren Dialekt nutzend. Er hetzte also atemlos in die Stadt und berichtete jedem, den er unterwegs traf, dass die Russen in breiter Linie vorrückten, was bis dahin auch faktisch der Wahrheit entsprach. Seinen Gaul hätte russisches Granatenfeuer unter ihm weg in zwei Hälften zerschossen, dass er dabei dem eigenen Tod nur mit knapper Not entronnen sei. Den Rest der gefährlichen Strecke habe er zu Fuß hinter sich gebracht, um eine wichtige Depesche beim Kommandanten abzuliefern.

Dieser las nun mein Dokument, selbstredend nicht, ohne nach dem Siegel und dem Unterzeichnenden, einem ihm gänzlich unbekannten Oberst Minhauzena zu fragen. Bogdans Improvisationstalent erfand einen vorgeblichen Volltreffer ins Zelt der Generalität, den er dafür verantwortlich machte, dass erst kürzlich sehr viele neue Offiziere zur Front nachgeschoben werden mussten. Er selbst kenne auch noch nicht jeden persönlich. Seine Gabe, spontan eine schlüssige Geschichte zu erfinden und gleichzeitig durch sein rastloses Wesen Unruhe zu stiften, verhalf unserem kühnen Ersatzplan zum ersten Erfolg.

In weniger als einer Stunde marschierten die schwedischen Truppen tatsächlich ab, und mein kleiner Haufen übernahm Helsingfors im Namen ihrer Majestät. Die überwältigten Stadtwachen und einige wenige Ratsherren verbrachten wir einstweilen sicher im Arrestturm hinter Schloss und Riegel. Überdies wurden die Tore von uns verbarrikadiert und die Mauern dort ringsherum mit Pulverladungen versehen.

Aus den Waffenkammern besorgten wir so viele Gewehre wie möglich und bestückten die Schießscharten am äußeren Wall damit. Samson schleppte unermüdlich jede Kanone, die er finden konnte, ebenfalls dort hinauf. Die Abzugshähne der geladenen Büchsen wurden von Bogdan durch Seile so geschickt miteinander verbunden, dass er immer acht Stück gleichzeitig losfeuern konnte. Was auch achtmal effektiver war als auf die herkömmliche Weise. Panorama beobachtete indes von einem Kirchturm aus die Ländereien vor der Stadt. Falls sich im Umland etwas tun sollte, würde er uns mit einem Sprachrohr über die Vorgänge noch im selben Augenblick aufgeklärt haben.

In der Tat bewegte sich der größte Teil der schwedischen Streitmacht irgendwann in Formation auf Helsingfors zu. Der Verdacht, dass es deren letzte Bastion
werden sollte, bestätigte sich. Sobald sie in Sichtweite der Stadtmauer waren,
schossen wir schon die ersten Salven vor ihre Füße und trieben damit die vorderen Reihen auseinander. Panorama war in der Zwischenzeit vom Kirchturm
herabgestiegen und hielt sich bereit, um auf meinen Befehl hin im Notfall die
verminten Tore zu sprengen.

Samson und ich ließen nun in einem fort die Kanonen sprechen, bis die Rohre
glühten. Bogdan lud und feuerte die Gewehre in solch einem irrwitzigen Tempo
dazu ab, dass unsere Knallerei wie die eigenwillige Kartätschensymphonie eines
wehrhaften Militärorchesters klang. Zumindest war es der erste Kanonenkanon,
den ich in meinem Leben gehört hatte.

Die gegnerischen Soldaten dürften allerdings nur feindseligen Krawall vernommen haben. Sie meinten darauf, die Stadt sei von der halben russischen Armee
besetzt, und gaben Fersengeld. Bei ihrem völlig unerwarteten und damit konfusen

Abzug zurück in Richtung der Frontlinie gingen viele, abgespalten von ihren Einheiten, den Unsrigen direkt in die Falle und ergaben sich. Schließlich schaffte es Lacy auch, alle restlichen Bataillone auf freiem Feld einzukesseln und gefangen zu nehmen. Die letzte Schlacht war geschlagen und der Krieg gewonnen.

Die Schweden fuhren an diesem Tag freilich die bittere Ernte einer Niederlage ein, jedoch blieb ihre wichtigste Stadt mitsamt ihren Toren dabei völlig unversehrt. Wie viele Lebenslichtlein aufgrund dieses Handstreichs letztendlich weiter brennen durften, kann nur der Allmächtige wissen. Ich möchte gar so weit gehen zu behaupten, dass sie noch glimpflich davongekommen waren.

Nun, da wieder Frieden herrschte, trennten sich unsere Wege. Bogdan musste sowieso zu seiner Einheit zurück. Samson fühlte sich inzwischen bei der Truppe ebenfalls gut aufgehoben und trat dem Wachregiment der Generäle bei. Hierfür erhielt er den verbrieften Anspruch auf ein ordentliches Auskommen bis an sein Lebensende. Panorama versuchte sich wieder als amtlicher Beistand. Man verlieh ihm den Titel eines Geheimrates, und er wurde, auf persönlichen Wunsch der Zarin hin, Mitglied des Beraterstabs ihrer Majestät. Seitdem verlor Russland keine einzige kriegerische Auseinandersetzung mehr, was sicherlich auch auf die einzigartigen Fähigkeiten meiner drei ehemaligen treuen Gefährten zurückzuführen sein dürfte.

15.

Wie Münchhausen sich verheiratete

Mein Ruf als Bezwinger der Schweden eilte mir voraus, und bei meiner Rückkehr ins Livländische nach Riga erwarteten mich schon etliche Einladungsschreiben vom ortsansässigen Landadel. Die Herrschaften hofierten mich, dessen Beförderung zum Rittmeister zu erwarten war, überschwänglich und versuchten, ihre jungfräulichen Töchter unter diese meine namhafte Haube zu bringen. Zweifelsfrei galt ich derzeit als die beste aller guten Partien.

Bei einer Jagdgesellschaft auf den Ländereien derer von Dunten erregte dann der Spross des Hauses, die siebzehnjährige Jacobina, mein ehrliches Interesse. Im Folgenden besuchten wir uns auf unser beider Bestreben hin so oft wie möglich. Betört von jener feinen Eleganz, der beispiellosen Schönheit vornehmer Blässe und ihrer unvergleichlich zarten Honigstimme hielt ich letztendlich um Jacobinas Hand an. Ihr Vater, der ehrenwerte Landrichter Georg Gustav von Dunten, begrüßte die Verbindung und gab ohne Umschweife seinen Segen dazu. Der sanfte Liebreiz, welcher ihrem Wesen innewohnte, vermochte das Gewissen eines jeden frommen Menschen zu fesseln und beflügelte fortan meinen Geist. So geschah es, dass alsbald unsere Vermählung ins Haus stand.

In Vorbereitung auf die Hochzeitsfeierlichkeiten beschäftigte ich mich unter anderem auch mit der Familienchronik derer von Dunten. Nur allzu bekannt kam mir das Familienwappen vor, welches gleich auf der ersten Seite der Schrift prunkte. Ein Schmunzeln huschte mir übers Gesicht bei der Erinnerung daran, wie ich einst am Neujahrstag identische Wappenschilde von den Türen der geraubten Kutsche abmontiert hatte.

Das neckische Schicksal spielte mich also ausgerechnet in die Hände einer Familie, deren Unterstützung ich schon einmal gezwungenermaßen hatte in Anspruch nehmen müssen. Nun ja – es war schließlich um Leben und Tod gegangen.

Aus dem Jetzt betrachtet war das von mir begangene Unrecht ein notwendiges Übel gewesen, zu Recht getan, im Sinne von richtig. Wenn man mit in Betracht zieht, dass geltendes Recht nicht zwangsläufig stets nur richtig sein muss und mitunter nicht einmal Gottes Wille, so kann das Richtige zu tun gelegentlich wahrhaftiger sein als der Menschen Gesetz. Im Leben ist es nun mal nicht wie in der Mathematik, wo eins und eins immer zwei macht. So bleibt alles bloße Theorie, bis wir es einmal wirklich selbst getan haben und den eigentümlichen Mehrwert verspüren, der nur der Tat anhaftet.

Hätte ich die Kutsche damals nicht genommen, säße ich nun vielleicht nicht dort in eben dieser Bibliothek und machte mich mit dem Ahnenspiegel meiner zukünftigen Ehefrau vertraut, deren größtes Lebensglück ich werden sollte. Ab und zu muss sogar ein Günstling Fortunas wie ich der Fügung auf die Sprünge helfen. Den Anschub dafür geben, dass Glück und Zufriedenheit überhaupt erst wachsen können. Parbleu! Genauso sah ich mich in diesen Tagen.

Die göttliche Vorsehung hatte mich jedenfalls mit Jacobina zusammengebracht, und so gaben wir uns am 2. Februar im Jahre des Herrn 1744 das Jawort in der Kirche zu Pernigel. Sie in einem wundervollen weißen Festkleid mit dezentem Blumenmuster und einer langen Schleppe, ich in meiner schnittigen Husarenuniform. Nach der Trauung fuhr die gesamte Hochzeitsgesellschaft mit buntgeschmückten Rennschlitten unter Glockengeläut und Schellenklang bei ausgezeichnetem Winterwetter zum Gutshof meiner neuen Schwiegerfamilie; wir an der Spitze, die anderen in einem manierlichen Abstand dahinter. Unser Schlitten kam dann auch, wie es sich gehört, als Erster beim weißen Herrenhaus an.

Die Bediensteten hatten davor Aufstellung im Spalier genommen und jubelten dem jungen Paar nach einer respektvollen Verbeugung zu. Als wir hindurchliefen, streuten ihre Kinder getrocknete Moosrosenblätter vor uns auf den Weg. An der Türschwelle wartete bereits Jacobinas Vater, der mir gemäß der Tradition

frisches Brot und eine Schale Salz auf einem Tablett reichte. Ein herzlicher Empfang, dessen Segenswünsche in Erfüllung gehen sollten.

Gemeinsam schritten die Brauteltern, Jacobina und ich daraufhin in den großen Salon ein, wo die Musik gleich festlich aufspielte. Mir zu Ehren begann der Kapellmeister mit einer alten Weise aus meiner Heimat, dem Weserbergland. Es dauerte nun seine Zeit, bis sich der nachfolgende Tross der Familie an der langen Banketttafel ordentlich hingesetzt hatte.

Die allgemeine Unruhe und das unablässige Schwatzen der stattlichen Feiergesellschaft irgendwann abzustellen, gelang mir auch nur unter Zuhilfenahme einer Fanfare. Ihr Täterätä ließ alle verstummen, außer meine Muhme Marguerite. Ihren Redefluss vermochte nichts und niemand zu stoppen. Die Gute dürfte damals an die neunzig Lenze gezählt haben, und sie litt unter Schwerhörigkeit. Dem Hörrohr verweigerte sie sich trotzdem vehement und besaß somit das unbezwingbare Argument, Dinge, die sie nicht hören wollte, auch nicht gehört haben zu müssen. Ihr rot bemalter Mund berichtete genauso deutlich von früher, wie die zahllosen Falten auf ihrem Gesicht von einer bewegten Vergangenheit zeugten. Als Kind lauschte ich nur zu gern ihren prickelnden Geschichten aus den Königshäusern des alten Europas. Und wer weiß, mitunter begründet sich das mir nachgesagte Talent, ein besonderes Erlebnis spannend, kurzweilig und dennoch in angemessener Bescheidenheit wiedergeben zu können, auf ihre hohe Schule.

An meinem Hochzeitstag damals brauchte ich lediglich nur ein wenig mehr Langmut, bis sie von selbst mit ihrer kleinen Novelle zum Ende gekommen war. Sie zeigte sich gnädig mit der Jugend und setzte ausnahmsweise rasch einen Punkt. Ich machte dann die üblichen Honneurs und hielt meine Lobrede auf jeden der Anwesenden. Am Schluss griff ich mir eine Flasche Champagner, stieg auf den Tisch und hieb ihr mit meinem breiten Säbel gekonnt den Korken aus dem Hals, worauf sich der Schaumwein in einem starken Strahl ergoss und ich vom Kopf der Tafel aus die Gläser unserer Gäste damit füllen konnte. Sicherlich erforderte das einiges an Geschick, damit kein Tropfen des edlen Getränks danebenspritzte. Die Bezielten bemühten sich jedoch, die Trinkgefäße in etwa so zu halten, dass ich immer perfekt hineintraf. Mit vollen Gläsern erhoben sie sich sodann von ihren Stühlen und stießen auf das Wohl der Monarchie und des frischvermählten Paares an. Die einmalige Festlichkeit hatte damit begonnen, und sie dauerte geschlagene sieben Tage lang.

Allabendlich erfreuten wir uns dabei im winterlich verschneiten Garten hinter dem Haupthaus an prachtvollen Illuminationen. Herrliche Feuerwerkerei, die das Eis für den Moment zum Schmelzen brachte. Die fulminante Schau aus Flammenrädern, Funkenregen und Bengalischem Feuer trotzte jedes Mal wieder durch ihr farbenreiches Glühen wohltuend erwärmend der bleichen, frostigen Umgebung. Eines Abends folgte darauf sogar ein heiterer Maskenball, der sich selbst für mich bisweilen zu einem Verwirrspiel entwickelte. Beim Tanze galt es, die Identität seiner verhüllten Partnerin herauszufinden. Wie sich herausstellte, hatte man, um mich hinters Licht zu führen, mehreren Jungfern das gleiche Kostüm und die gleiche Maske angekleidet wie meiner Jacobina. Des Feinsinns bedurfte es viel, um die richtige Frau aufzuspüren. Im Wechsel führte die lockere Choreographie die gleichaussehenden Damen wiederholt an mich heran. Just bei einer fidelen Gavotte wusste ich, zweifelsfrei jene erkannt zu haben, welche von Eleganz und Frohnatur das rechte Maß in sich vereinte, um keine andere sein zu können als die meine. Sicher nahm ich ihr die Maske vom Gesicht, dass ihr entzückendes Antlitz nicht länger versteckt sein sollte. Voilà!

Ich hatte mich nicht geirrt. Die rechte Braut für mich stand lächelnd vor mir: Jacobina – welche sonst!

Unsere Hochzeit blieb lange unvergessen. Noch Jahrzehnte danach erzählten sich die Menschen von dieser ausgezeichneten Feier und erschufen hierbei den Mythos der musterhaftesten Hochzeit, die Livland je gesehen hatte.

Noch ein kleiner Nachtrag sei angefügt, für die Hauswirtschaftlerinnen und Statistiker unter den Zuhörern. Insgesamt verschmauste die illustre Gesellschaft im Laufe dieser Woche nahezu 1200 Laib Brot, 242 Schalen Pastete, 96 Fässer Wein und Bier, 50 Eimer frische Milch, 36 Rollen Käse, 164 Buttertorten, 98 Kannen Vanillecreme, fünf Zentner süße Trauben, 875 Stück Birnen und Äpfel, 47 gefüllte Fasane, 83 gekochte Lachse, 22 gebratene Wildschweine, sieben gewaltige Ochsen am Spieß, 107 Pfannen Ragout aus feinsten Pilzen, 60 überbackene Rebhühnchen und drei Wachteleier.

16.

Wie Münchhausen
vom Zimt- und vom Goldland erzählt wurde

Nachdem die turbulente Hochzeitsfeier ausgeklungen war und alle Gäste die Heimreise angetreten hatten, kehrten Ruhe und Normalität in unser Leben ein. Wie schon zuvor versah ich tagsüber meinen Dienst im Regiment und sprach allabendlich das Tischgebet an der Seite meiner frischgebackenen Ehefrau zu den Speisefolgen, die man in ihrem Elternhaus servierte. Soviel Neues gab es da nicht. Ab und an, wenn uns fad war, bestellten wir eine Kutsche. Sie sollte ziellos durch die Stadt fahren, um dort, wo es uns im selben Augenblick richtig schien, auf Wunsch spontan anzuhalten. Ebenda gaben wir uns dann einem gesellschaftlichen Vergnügen hin. Mal war es die Wandelhalle, wo man auf Redoute ging, oder aber eine Soiree bei Freunden.

Zu solchen Gelegenheiten lernte ich die wichtigsten Amtmänner und die einflussreichsten Geschäftsleute von Riga kennen. Bevor diese Ausflüge zwangsläufig zu sich wiederholenden Auftritten und diese wiederum zur leidlichen Verpflichtung verkamen, fand ich sie auch wirklich amüsant. Eines Tages langweilte mich die ganze Vorstellung jedoch nur noch. Es liegt mir fern, diese Treffen herabzuwürdigen, denn die geknüpften Verbindungen sind Gold wert gewesen. Nur fiel es mir mit der Zeit immer schwerer, dauernd die Contenance zu wahren.

Als mir die Tristesse einmal zu viel wurde, nahm ich mir, mit Jacobinas Einverständnis, aus einer fixen Laune heraus eine Kutsche allein »Zum Roten Stieren«. Zugegeben keine Pfundsidee, doch tauglich, um der Tretmühle wenigstens sporadisch für ein paar Stunden zu entfliehen.

In der schlichten Schenke angekommen, die dem ordinären Geschmack gerade genügte, begaffte mich das Volk dort verständlicherweise erst einmal ausgiebig, passte ich mit meiner edlen Garderobe doch so gar nicht in den biergeschwängerten Dunst einer Kaschemme. Es dauerte ein Weilchen, bis die stämmige Wirtin mich ansprach und meinte, meine Person von irgendwoher zu kennen. Ich rief

ihr die Neujahrsnacht 41 auf 42 ins Gedächtnis, in welcher ich einem alten Mann das Leben rettete, und sie erinnerte sich. »Aber ja doch, natürlich. Ihr seid der hilfreiche Kutscher. Das trifft sich.«

Nun wollte sie mir unbedingt noch den versprochenen Krug Bier ausgeben und brachte mich deshalb in eine der hinteren Nischen ihrer Gaststube.

Darin saß schon ein Väterchen einsam auf der Bank bei einem Becher Wein und begrüßte mich ebenso freudig, wie er es wahrscheinlich mit jedem geselligen Fremden tat. Sie verriet ihm geschwind, dass ich derjenige war, der ihn vor dem Erfrierungstod gerettet hatte, und platzierte mich gleich neben ihm. Als sie dann wieder hinter ihrer Theke verschwunden war, bedankte sich das dürre weißhaarige Männlein anständig bei mir. Beschwipst durch den Alkohol und gelöst ob des guten Dienstes, den ich ihm einst erwiesen hatte, wurde er vertraulich.

Seine Rede war anfangs etwas wirr, bis er auf sich selbst zu sprechen kam. Diese ausgetretenen Gedankenpfade konnte sein jüngster Rausch vermutlich weniger deutlich überdecken als andere. So erfuhr ich, dass er das hundertste Lebensjahr bereits hinter sich gelassen hätte. Auch gab er an, dass er der Nachfahre eines großen Konquistadoren sei, woran ich zweifelte. Gleichwohl versicherte er mir darauf, dass es sein Urgroßvater war, der mit der Expedition des berüchtigten Gonzalo Pizarro auf der Suche nach dem legendären Zimt- und Goldland gewesen sei. Die Geschichtsbücher erzählen darüber, dass Pizarro wegen Hochverrats und Tyrannei in Peru hingerichtet wurde. Doch der Alte kannte den wahren Grund aus den Erzählungen seines Ahnen.

»Pizarro musste sterben, weil er die Goldene Stadt tatsächlich gefunden hatte«, flüsterte er mir mit staatstragender Miene entgegen. »Nach monatelangen Gewaltmärschen durch den Dschungel türmten sich urplötzlich tief in der grünen Hölle glänzende Bauwerke vor den Söldnern auf. Fünf goldene Plateaus, die die flachen Enden von fünf goldenen Pyramiden bildeten, ragten dort über das Blätterdach hinaus. Eine unschätzbare Menge Gold muss allein in diesen Pyramiden verbaut sein. Ganz zu schweigen von dem riesigen fünfeckigen Platz, an dessen Rand die Dinger stehen.«

Er unterbrach sein Gerede, weil die Wirtin eben mein Bier an unseren Tisch brachte. »Wohl bekomm's, mein Herr.« Als sie der Nische wieder den Rücken gekehrt hatte, fuhr er fort.

»Dieser Platz ist mit goldenen Platten gepflastert. Nur in seinem Zentrum haben die Erbauer ein auffälliges Mosaik aus schwarzen und weißen Steinen eingebracht: das kreisrunde Symbol einer zweiköpfigen Schlange und mit ihr die Sonne im Zenit. Da sich nirgends einer der Eingeborenen zeigte, fühlten sich die spanischen Söldner in Sicherheit. Geblendet von so viel Reichtum, schritten sie staunend über den schattenlosen Platz. Die sengende Hitze dort war kaum auszuhalten. Jede Wolke, die der Wind vor das Sonnenrund schob, spürten sie als deutliche Erleichterung. Berauscht von der Goldstadt, taumelte einer der Männer arglos in den heiligen Symbolkreis hinein.

Als in diesem Augenblick eine kleine Wolke die Sonne passiert hatte und ihr Licht die Tempelstätte wieder durchglühte, schossen fünf durchsichtige flimmernde Röhren aus kochender Luft von den Wänden der Pyramiden aus auf den armen Sünder zu und verbrannten seinen Leib auf der Stelle zu einem Häufchen Asche. Er konnte nicht einmal mehr schreien, so schnell ging das. Die anderen zogen panisch ihre Degen und legten die Musketen gegen einen eingebildeten Feind an. Doch da draußen war nichts weiter als das Dickicht des tropischen Waldes.

Daraufhin mieden sie den todbringenden Kreis, aus Angst, dass auch sie die Strafe der alten Götter noch treffen könnte. Sie schlugen hastig so viel von dem gelben Metall heraus, wie sie tragen konnten, und verließen diesen verfluchten Ort wieder auf dem kürzesten Weg. Das mitgeschleppte Gold wog schwer und weil sie dennoch nicht davon lassen konnten, bezahlten fast alle ihre Gier auf dem Rückmarsch mit ihrem Leben. Nur zwei erreichten mit letzter Kraft noch eine vorgeschobene Mission in Peru, Pizarro und mein Urgroßvater.

Nachdem man Pizarro in Cusco aufgegriffen und einen Kopf kürzer gemacht hatte, versuchten sie natürlich auch den zweiten Rückkehrer noch zu finden. Doch der segelte zu diesem Zeitpunkt längst mit einem Schiff zurück nach Spanien. Erst auf dem Sterbebett vertraute er meinem Großvater die ganze gefährliche Wahrheit an. Und dieser erzählte sie meinem Vater, von dem ich es wiederum erfuhr.

Das letzte wohlgehütete Geheimnis war das Wissen um ein heißes Rinnsal. Eine Quelle von flüssigem Gold, das unentwegt aus einer dampfenden Erdspalte hervordringt. Seit Generationen fangen die Indios es wahrscheinlich schon auf und haben daraus Stück für Stück ihre Tempelstadt gebaut, die wir Eldorado nennen.«

Zum Beweis zeigte der Alte mir daraufhin ein Amulett, welches er um den Hals trug. Keine filigrane Goldschmiedearbeit, eher ein Produkt des Zufalls, aber das heidnische Symbol war darin deutlich erkennbar. Es könnte ein Spritzer flüssigen Goldes gewesen sein, der beim Abkühlen die Form einer zweiköpfigen Schlange mit Sonne angenommen hatte. Zumindest hat es so ausgesehen.

Seine Erzählung klang nach einem wunderbaren Abenteuer, ganz nach meinem Geschmack. Nur war ich mir nicht sicher, ob ich sie ihm auch aufs Wort glauben konnte. Erfahrungsgemäß kennen solche verschrobenen Zausel derartiger Gute-Nacht-Geschichten viele, und das Amulett allein bewies nichts. Ich trank mein Bier aus und verließ die Schenke weit nach Mitternacht.

Die Vorstellung, das Goldland zu finden, verfolgte mich aber bis in meine tiefsten Träume hinein und ließ mich auch sonst nicht mehr los. Fürwahr eine kolossale Aufgabe, doch gerade das reizte mich daran. Lange fehlte mir allerdings eine Möglichkeit, um überhaupt in dieses ferne Land zu gelangen. Dies änderte sich, als mir zu Ohren kam, dass kommendes Frühjahr ein Schiff zum Zwecke der Erforschung anderer Kontinente von Riga aus um die Welt fahren sollte. Einige Bojaren und Geschäftsleute planten – und bezahlten – diese Expedition, um Setzlinge nützlicher fremdländischer Pflanzen für den estländischen Ackerbau beizubringen. Da ich die meisten der alteingesessenen Herrschaften ja kannte, bereitete es keine Schwierigkeiten, mir einen Platz auf der Brigg zu verschaffen. Und weil wir seinerzeit auch keinen Krieg zu führen hatten, gab mich mein Regiment dafür ohne Weiteres frei.

Sie stellten mich dem Kapitän, der ein emigrierter Engländer war, als militärischen und außerordentlichen Berater zur Seite. Zusätzlich räumte man mir die Befugnis ein, auf eigene Gefahr alle Herren Länder, die wir anlaufen würden, zu erkunden. Natürlich nur dann, wenn es dem Hauptziel nicht zuwiderlief und es mir für die Armee ihrer Majestät als förderlich erschiene. Das kam einem Freibrief gleich, den auszunutzen ich unbedingt gewillt war.

Zweite Abteilung:
Abenteuer auf See

17.

Wie Münchhausen auf die Walfänger traf

Die Iden des März brachten nochmal eine Kältewelle mit sich, hernach schien die Winterzeit in Riga endlich vorbei zu sein. Der Tag, an dem die Brigg Undine auslaufen konnte, rückte zusehends näher, je gefälliger das Wetter wurde. Schweren Herzens lag mir Jacobina zum Abschied in den Armen und versuchte die Fassung dabei nicht zu verlieren. Wir unterhielten uns manchen Winterabend lang vor dem Kamin eingehend darüber. Sie war mir nun nicht mehr gram, dass ich auf dem Schiff anheuerte. Jacobina hatte in ihrem Gemahl relativ früh einen guten Familienmenschen vermutet, aber auch das Herz eines rastlosen Abenteurers in seiner Brust schlagen gehört. Also brachte sie im notwendigen Maße Verständnis dafür auf. Genug, um keinen von beiden zu enttäuschen. Jacobina hoffte, dass sich mein unruhiges Blut auf dieser Reise womöglich etwas abkühlte. Sie gebot mir allerdings, trotz allen Eifers gut auf mich, den Vater ihrer zukünftigen Kinder, Acht zu geben und binnen Jahresfrist wieder heil in diesem Hafen einzulaufen.

So ich ihren Wunsch beherzigte, wolle sie treu die Zeit aushalten und sehnsüchtig meine Heimkehr abwarten. Dieses Versprechen gab ich ihr aus Überzeugung gern, obwohl auf einer Schiffsreise gewisslich mit Unwägbarkeiten gerechnet werden muss. Allein ich wusste, dass sich kaum einer besser in den noch unerforschten Winkeln der Erde zurechtfinden würde als ich selbst. Zu oft hatte ich der Gefahr schon ins Auge geblickt, als dass mich das Unbekannte noch hätte schrecken können. Voller Tatendrang tauschte ich den festen russischen Boden unter meinen Füßen gegen schaukelnde Schiffsplanken ein.

Zusammen achtzehn Mann Besatzung, dazu zwölf Soldaten der Krone an Bord und mit vierzehn Kanonen bestückt, ging die Brigg Undine, mit stolzen zweihundert Registertonnen, schließlich in der letzten Aprilwoche auf große Fahrt. Über die Ostsee um die Skandinavische Halbinsel herum schipperten wir in das Nordmeer hinein an Island vorbei geradewegs auf Spitzbergen zu. Dort lag unser erster wichtiger Anlaufpunkt. Wenngleich wir den russischen Winter auch seit mehreren Wochen schon erleichtert hinter uns gelassen hatten, erwartete uns am Polarkreis abermals ein arktisches Klima. Sogar im Mai stiegen die Temperaturen dort nicht über null Grad, und sämtliche Inseln zeigten sich von Schnee bedeckt. Die Farbe Weiß dominierte die Region. Sie war allgegenwärtig sogar in den Schatten zu finden. Hinzu kam, dass die Sonne bis zum Ende des Augusts in diesen Breitengraden überhaupt nicht mehr unterging. Die Zeit der sogenannten Mitternachtssonne hatte begonnen. Dementsprechend blieben die Nächte seltsam blass erleuchtet, was einem Menschen jeglichen natürlichen Rhythmus nehmen kann.

In einem Fjord bei Neu-Friesland ankerten wir in der Nähe von drei holländischen Walfangschiffen. Das goldene Zeitalter des Walfangs um Spitzbergen war indes seit Jahrzehnten vorüber und die kleinen Walfängersiedlungen am Strand allesamt aufgegeben. Den Erzählungen der betagten Seeleute nach gab es damals keinen einzigen Felsen entlang dieser Küste, auf dem nicht wenigstens einhundert fette Robben gelegen hatten. Das Eismeer war von solch gewaltigen Walfischherden durchwandert worden, dass man auf ihnen von Buckel zu Buckel springend vom eigenen Schiff aus bis zum Festland hinüberlaufen konnte, ohne dabei nass zu werden.

Einst, vor Urzeiten rührte im totgeglaubten Eis nichts am Zyklus der Natur, und diese Unberührtheit brachte solch eine Üppigkeit an Leben hervor wie kaum anderswo auf dieser schönen Welt. Nach ihrer Entdeckung sollte es kaum fünfzig Jahre dauern, dass der Mensch mit einer Flotte von Fangschiffen diesen überreich gedeckten Tisch fast vollständig leergeplündert hatte. Dennoch kreuzen bis heute immer wieder Walfischjäger sämtlicher Nationalitäten mit ihren Schiffen durch diese Gewässer, um die letzten Riesen der Meere noch zu finden und für sich in klingende Münze zu verwandeln.

Längst war daraus auf beiden Seiten ein harter Kampf ums Überleben geworden. Trotzdem blieb das Geschäft lukrativ. Die zivilisierte Welt verlangte wie gewohnt nach gutem Polaröl und kostbarem Walrat. Bloß den Lieferanten dafür aufzuspüren wurde andauernd schwieriger.

Unser Kapitän, der mit vollständigem Namen Oliver Henry Kidder hieß, rief mit einem Sprachrohr zu den dampfenden Fleuten hinüber, dass wir etliche Quartel Tran in Fässern von ihnen kaufen wollten. Die Holländer willigten erwartungsgemäß ein, und wir setzten mit einer Jolle zu ihnen über.

Auf dem Kahn roch es stark ölig wie in einem Schlachthaus. An Deck waren mehrere Männer damit beschäftigt, frischgefangenen Robben das Fell abzuziehen.

In lange, steife Ledermäntel gekleidet, die vor Fett trieften, wetzten sie ihre Messer, damit das Ausweiden beginnen konnte. Die mit tiefen Falten durchfurchten grauen Gesichter der Besatzung erzählten wortlos von vielen Entbehrungen. Sie wirkten in dieser Ernsthaftigkeit beinahe wie steinerne Denkmale ihres früheren Egos. Der hohe Salzgehalt der Luft und die ständige Kälte hatten sich sichtbar in die großporige Haut gegraben, wobei die Härte der Arbeit ihre Gemüter hatte stumpf werden lassen. Die blau-geäderten Wangen über ihren Mundwinkeln zuckten kein bisschen, wenn sie uns anschauten. Gleichgültig blickten sie einem im Vorübergehen nach, ohne Gruß. Auch stellten sie ihre Beschäftigung dabei nicht ein. Routiniert zerschnitten ihre Klingen das Getier, während wir uns unter Deck begaben.

Wir verhandelten in einer vergleichsweise bescheidenen Kapitänskajüte. Ausgesprochen zügig wurde es abgemacht, und ein Stück beschriebenes Papier besiegelte den Kauf. Um diesen gebührend zu begießen, brachte der Bootsmann eine Buddel kräftigen Rum herein. Beim Anstoßen auf den Vertrag kam der Kapitän des Walfängers ins Klönen und berichtete uns freimütig von dem ungewöhnlichsten Grönlandwal, der jemals vor ihm aufgetaucht sei.

Noch keine fünfzehn Jahre alt, ruderte er einstmals mit sieben weiteren Matrosen ein kleines, wendiges Fangboot an der Nordküste Neufrankreichs. Der Harpunier vorne am Bug deutete mit der Hand zu einer Stelle auf der glatten ruhigen See und signalisierte, die Riemen vorsichtig hochzunehmen. Einige Luftblasen, die an die Wasseroberfläche stiegen, kündeten davon, dass ein Wal direkt unter ihnen schwamm. Langsam hob er den schweren Eisendorn über seinen Kopf. Angespannt starrten die Männer eine Weile lang regungslos in die dunkelblauen Tiefen.

Kaum vier Ruderschläge entfernt teilte ein massiger Rücken auf einmal das Meer neben dem Boot. Mindestens fünfzig Schritt muss das Ungetüm vom Kopf bis zur Schwanzflosse gemessen haben. Unzählige verbogene Eisen steckten bereits in seinem vernarbten Buckel. Eine unerwartete Ehrfurcht ergriff da den Harpunier, die es ihm unmöglich machte, den Fangsporn in seiner Hand zu werfen.

Der Seemann und der Walfisch schauten einander direkt in die Augen, wie alte Bekannte. Den hölzernen Schaft der Harpune weiter manisch umklammert, schien es ihm, als wären ihm nun all seine Sünden vergeben. Doch war es nicht nur jener eindringliche Moment, durch welchen sich dieses Tier so sehr von den anderen

unterschied. Auch nicht die unfassbare Größe oder sein geschätztes Alter von gut und gern zweihundert Jahren. Vielmehr war es die einzigartige Beschaffenheit seiner Haut, die rein-weiß wie edelstes Porzellan glänzte, welche ihn zum Faszinosum werden ließ. Der Junge konnte darin sein eigenes Spiegelbild, wie in der polierten Teekanne seiner Großmutter, erkennen. Dass ihn die Sinne dabei nicht täuschten, bezeugten ihm seine Kameraden, weil sie es ebenfalls hatten sehen können.

Der ungewöhnliche Fisch tauchte lautlos wieder ab. Nachdem sich das Wasser über ihm geschlossen hatte, wurde er daraufhin von keinem der Beteiligten nochmals gesichtet.

Die meisten der Matrosen, die sich in dem Boot befanden, musterten ab, sobald das Schiff im Heimathafen einlief. Ihr Gewissen schlug. Nachts träumte ihnen, wie sie von sich selbst mit einer Harpune verfolgt wurden. Dem Kapitän der holländischen Fleute erging es damals nicht anders, und würde er sich seinen Albdruck nicht reinweg von der Seele malen, wäre er niemals zu seinem eigenen Schiff gekommen.

Da erst fiel mir auf, dass die Wände in seiner Kajüte voller kleiner Blätter mit maritimen Tuschezeichnungen hingen, alle von der geschickten Hand des ehemaligen Leichtmatrosen und späteren Kapitäns selbst geschaffen, jede mit einer bittersüßen Sicht auf sein Handwerk. Auch sein besonderer Wal fehlte darauf nicht. Beim genaueren Betrachten der sich ähnelnden Walfangmotive vermutete ich, schon allein wie unverhohlen blutig er das Abflensen der Speckseiten nach dem Fang darstellte, dass seiner Meinung nach dieser weiße Wal nicht einfach nur als Laune der Natur verstanden werden durfte.

Vielmehr überhöhte er ihn offensichtlich zu einem bewusst erschaffenen Instrument innerhalb der Schöpfung. Fand in ihm, wenn man so will, ein übergeordnetes Wesen. Erkor ihn zu einer unsterblichen nordischen Gottheit, die unentwegt durch das Weltmeer streifte, vielleicht um seinen Jägern einen Spiegel vorzuhalten.

Seit diesem Tag im Fangboot vor Neufrankreich besegelte der Junge die Ozeane nur noch aus einem einzigen Grund: um dieses Phantom noch einmal in seinem Kielwasser schwimmen zu sehen. Ob dem Kapitän dieser Wunsch nach unserem Zusammentreffen jemals erfüllt wurde, kann ich euch leider nicht verraten, da es sich meiner Kenntnis entzieht.

18.

Wie Münchhausen
in Spitzbergen auf Eisbärenjagd ging

Dicht am Nordkap steckte die Undine irgendwann im Packeis fest. Welches Manöver unser Kapitän auch versuchte, das Schiff blieb unweigerlich darin hängen und begann langsam festzufrieren. Um zu verhindern, dass die stetig wachsenden Eismassen den Rumpf eindrückten, ließ er Äxte und Sägen an die Mannschaft ausgeben, womit diese vorsorglich eine Rinne um den Schiffskörper schlagen sollte. Möglicherweise würde die Brigg dadurch sogar wieder freikommen, und wir müssten sie danach nur noch mit vereinten Kräften an Seilen hinaus ins offene Meer ziehen.

Da ein Erfolg aber vor morgen Mittag nicht zu erwarten war, warf ich mir meine Jagdausrüstung über die Schulter und begab mich auf Bärenhatz. Beim Marsch durch diese unwirtliche, raue Gegend, in der weder Bäume noch Sträucher gediehen, hatte ich fortwährend nur die eindrucksvolle Trophäe eines ausgestopften Polarbären vor meinem inneren Auge. Für ewig in eine schöne Stellung gebracht, platzierte ich diesen in Gedanken bereits an verschiedenen Orten im Haupthaus und entschied, dass er sich im Salon neben dem Bücherregal am besten machen würde. Diese Art der geistigen Ablenkung war für mich die geeignete Methode, ein Ödland wie dieses zu durchqueren und dabei nicht in Schwermut zu verfallen.

Nachdem die beinahe ebene Fläche des Packeises hinter mir lag, reckten sich die schroffen Felswände eines Gebirgszuges vor mir in die Höhe. Spiegelglatt und mit gefährlichen Gletscherspalten übersät, erschwerte es mir das Vorankommen ungemein. Jeder andere wäre einfach umgekehrt und hätte den Bären einen Bären sein lassen. Nur mir, einem reinblütigen Münchhausen, kam bisher noch kein Hindernis in den Weg, welches ich nicht zu überwinden gewusst hätte. Um diesem eigenen Anspruch gerecht zu werden, kraxelte ich mühsam die Hänge hinan bis zum Gipfel.

Ein unvergleichlich guter Rundblick war der verdiente Lohn für meine Anstrengung. Von dieser erhöhten Position aus entdeckte ich endlich auch die ersehnte Beute. Gegen den Wind pirschte ich mich an das Tier heran. Der Bär lag auf einem Schneefeld am Hang eingerollt in einer Kuhle und schien ein Nickerchen zu machen.

Erwartungsvoll legte ich die Büchse in aller Ruhe auf ihn an und feuerte. Jedoch, die klirrende Kälte musste dem Mechanismus und dem Lauf der Waffe schlecht bekommen sein, denn der Schuss ging fehl! Des Schlummers durch den Knall beraubt, sprang der Bär aufgeschreckt davon. Bis ich fertig nachgeladen hatte, war er schon halb hinunter ins Tal gerannt.

Nun wusste ich wenigstens, wohin mein Gewehr den Schuss verzog, und zielte dementsprechend besser. Diesmal traf die Kugel trotz der beträchtlichen Entfernung genau ins Blatt. Meister Petz brach tot zusammen. Unglücklicherweise löste dieser zweite Knall eine Lawine oben am Berghang aus, die, dem Himmel sei Dank, neben mir niederging. Meine Trophäe riss sie aber mit sich hinab in eine Schlucht und begrub sie darin unauffindbar unter tonnenschweren Schneemassen.

So ärgerlich dieser Verlust gewesen war, das nächste Untier, um einiges größer als das erste, lief mir zum Ersatz bald vor den Lauf. Diesmal gelang es mir, den Bären auf Anhieb mit einer einzigen Kugel niederzustrecken. Alsdann schnitt ich ihm mit meinem immerscharfen Jagdmesser »Tannwart« die Eingeweide heraus, dass er leichter wurde, um ihn dann, provisorisch vertäut, hinter mir her zur Undine zu schleifen. Doch welches Weh erwartete mich da, als ich das Packeis erreichte! Die Fahrrinne durch das Eis erkannte ich noch. Bloß an keinem ihrer Enden war mehr das Schiff zu sehen.

Man musste es wesentlich zügiger losgeschlagen haben als geahnt, und das Bedauerliche daran war, dass sie nicht länger auf mich warten konnten, ohne ein neuerliches Einfrieren zu riskieren. Natürlich würde mich der Kapitän auch keinesfalls dem sicheren Tod in dieser Einöde überlassen. Demnach brauchte ich lediglich mit etwas wachem Verstand zu ersinnen, wohin er das Schiff gelenkt haben mochte.

Die Kenntnis der Umgebung, welche ich durch das vorherige Studium des Kartenmaterials erlangt hatte, half mir, den neuen Kurs der Undine ungefähr zu bestimmen. Am wahrscheinlichsten schien mir der zurück in den Wijdefjord.

Eine warme Meeresströmung verhinderte dort die Bildung von großen Eisflächen, was ihn folgerichtig zum besten Liegeplatz der Insel machte. Außerdem wusste ich, dass die Fleuten der Walfänger ebenda sicher vor Anker lagen. Ihnen wollte ich mich im Notfall einfach anschließen.

Den Bärenkörper weiter im Schlepptau trat ich also den beschwerlichen Fußmarsch quer über die Insel zum Wijdefjord an. Ich lief die halbhellen Nachtstunden durch, um nicht an ihrer extremen Kälte zu erfrieren, und legte mich während der sonnigen Tage in meinen Eisbären. Das wärmte vortrefflich und hielt mir im Schlaf die anderen Untiere vom Hals, da sie mich in meinem neuen gewichtigen Pelzmantel für eines der ihren hielten.

Der lange Weg führte mich auch durch eine verlassene Walfängersiedlung. Ein von Bretterzäunen gesäumtes, spitzes schmales Tor, aus zwei aneinandergestellten Walkieferknochen errichtet, durchschritt ich und fand mich gleich darauf umgeben von stummen Zeugnissen einer besseren Zeit. Die schwarz-geteerten Holzhäuser links und rechts von mir verfielen. Die Last der kontinuierlich schwerer werdenden Schneehaufen auf ihren Dächern zerdrückte sie langsam. Das Glas der Fenster war größtenteils schon aus den Rahmen herausgeplatzt. Mit teils geborstenen Stützbalken standen die meisten, nur noch ganz schief und verdreht da. Die alte Tranbrennerei, einstmals Dreh- und Angelpunkt des rentablen Fischereibetriebs, glich inzwischen einem Eispavillon. Eine mannshohe Frostschicht bedeckte das flache Walmdach völlig. Ringsherum an den offenen Seiten hatten sich dicke Zapfen, durchsichtigen Säulen gleich, bis hinunter auf den Boden gebildet. Der seit Langem erkaltete Backsteinofen darin war von außen mit kunstvoll verzweigten Eisblumen überwuchert. Es wirkte, als hielte ihn ein arktisches Spinnennetz an seinem Erbauungsort gefangen. In seiner Mitte gähnte nur ein rußschwarzes Loch, wo vormals ein riesiger Kupferkessel eingesetzt war. Bis auf einige rostige Ketten und Eisenringe an den Mauern hatten die Arbeiter nichts von Wert in den Ruinen zurückgelassen. Nur die vielen Schlote der Bauten reckten sich noch wichtig empor, als wollten sie dem Niedergang Einhalt gebieten. Egal wie stark sie einmal geraucht hatten, sie würden es niemals wieder tun. Ein totes Dorf war das, das niemandem mehr eine Zukunft vortäuschte.

Aus dem Heute beurteilt, wäre es ein guter Ort gewesen, um zu einem Geist zu werden. Bloß, ich wollte leben, weiter vorwärtskommen, und ich hatte einen Bärenhunger. Zu meiner Verwunderung regte die kalte, klare Luft des Nordens meinen Appetit derartig an, dass ich meine Beute halb aufgegessen hatte, bis der Fjord endlich in Sicht kam. Wie vermutet, ankerte da auch die Undine.

Ich war zwar wieder an Bord, mein Bär jedoch innerlich ausgehöhlt und äußerlich zerschlissen. Nun ward ich schon zum zweiten Mal um meine Trophäe betrogen.

Die nächste Gelegenheit bot sich mir im Sorgfjord. Derweil ich gewissenhaft einen Kontrollgang über das Deck unternahm, strich gleichzeitig ein mindestens vierhundert Pfund schweres Exemplar drüben an der Küste umher. Hungrig wie er schien, hatte er es auf eine Kolonie von Riesenalken abgesehen, die ganz in der Nähe ihre Brutstätten pflegten. Diese flugunfähigen Seevögel waren zwar exzellente Schwimmer, an Land jedoch überaus unbeholfen. Das machte sie zu einem leichten Fang für jeden Räuber.

Da sich der Polarbär schon dicht an sie herangeschlichen hatte und mittlerweile ohnehin auf der Lauer lag, musste ich schleunigst handeln, ehe er stiften ging. Für einen Treffer mit der Büchse schätzte ich die Distanz als zu weit ein. Und bis ich ein Boot klargemacht hätte, wäre er mit seiner Beute längst wieder landeinwärts verschwunden. In der Kürze der Zeit blieb mir lediglich, die kleine, drehbare Alarmkanone am Bug zu benutzen, um ihm eins aufs Fell zu brennen.

Ich tat dies auch sogleich, bevor mir der stattliche Bursche noch auskam. Nur leider lud ich in der Eile statt einer vollen eisernen Kugel eine Kartätsche hinein, und das getroffene Tier wurde darob völlig zerrissen.

Hierauf schwor ich der glücklosen Bärenjagd ab, um mich dem Ärgernis nicht wiederholt auszusetzen. Geläutert wollte ich es nächstens mit dem Fischen probieren. Ebendarum, weil ich die Hatz nicht noch einmal versuchen mochte, kam wie so oft im Leben der Zufall zum Tragen.

Gerade, als ich meine Angel gemütlich von einem Eisberg aus in die Magdalenen-Bucht hängen ließ, meinte eines der Untiere, es müsse just auf meiner Scholle stranden. Da ich mich von der Undine nur bis auf Rufweite zu entfernen gedachte, fehlte mir die Büchse im Gepäck, was sich als Torheit herausstellte, nun wo der Bär unbemerkt herbeigeschwommen war.

Der Geruch meiner kleinen Köderfische hatte ihn angelockt. Schon bäumten sich um die fünfhundert Pfund Bärenkraft hinter meinem Rücken auf. Für die Flucht war es zu spät, weshalb ich mich ihm entgegenstellte und seine Drohgebärden aufgrund von fehlenden Alternativen einfach nachahmte. Wütend riss er das Maul auf und brüllte mir ins Gesicht. Doch, ich wich nicht und brüllte hemmungslos zurück. Dabei muss ich den richtigen Ton wohl ganz passabel getroffen haben, denn das zottige Ungetüm machte Anstalten, seinerseits zu entweichen. Was ich ihm allerdings verwehrte, indem ich seine beiden Vorderpfoten mit den Händen packte und diese so kraftvoll zusammenzwang, dass ihm bald schwarz vor Augen wurde. Ich brüllte mir auch weiterhin die Seele aus dem Leib, bis ihn davon letztlich der Schlag traf und er mit stehen gebliebenem Herzen tot vor mir hinfiel.

Ohne auch nur das kleinste Loch in seinen wunderbaren Pelz gebohrt zu haben, bin ich durch diesen günstigen Umstand letztlich doch noch zu meiner erhofften Jagdtrophäe gekommen.

19.

Wie Münchhausen mit der Undine durch die Welt fiel

Unsere Reise durch das Polarmeer hinterließ zahlreiche absonderliche Einträge im Logbuch der Undine. Neben den weniger spannenden Notizen, über die Sichtung schwimmender Eisgebirge von sagenhaftem Ausmaß, fanden sich manchmal auch solche, die echte Wunderdinge beschrieben.

Wie das Nordlicht beispielsweise, wenn glühende grüne Lichterscheinungen am blauen Nachthimmel aufflammten. Ein hehres Schauspiel, was einem die jahrtausendealte Sagenwelt der nordischen Völker wieder in Erinnerung rief.

Odins Walküren befahren demnach starrköpfig das Firmament, und ihre Rüstungen glänzen dabei in solch prächtigem Grün von dort oben auf uns Sterbliche herab, dass man meint, jenen eisigen Hauch, den die Streitwagen ausgedienter Gottheiten nach sich ziehen, bis unten auf der Erde zu spüren. Ein erhabenes Spektakel ohnegleichen war das. Es vermochte einen jeden leicht in seinen Bann zu ziehen, erst recht, wenn man sich auf die alten Mythen verstand.

Ähnlich verhält es sich mit dem Mahlstrom, von dem auch ein Logbucheintrag existiert. Der Glaube der Normannen besagt, dass unten am Meeresgrund zwei versunkene Handmühlen von zwei ertrunkenen Riesinnen lägen und diese ohne Unterlass weiter mahlen würden. Ist etwas vom Sog des Mahlstromes ergriffen, gibt es keinen Ausweg mehr. In die Tiefe gerissen und von Urkräften zermalmt, wäre einem das Ende sicher. Selbst die erfahrensten Seeleute fürchten sich vor dem Tag, an dem diese tückische Strömung sie mitsamt ihrem Pott einmal verschlucken würde.

Beim Durchqueren einer außerordentlichen Meeresenge, der Beringstraße, fuhr unser Schiff in einen dieser fatalen Strudel und wurde mit Mann und Maus unwiderruflich nach unten gezogen.

Lediglich der Rudergänger spürte ein leichtes Reißen an seinem Steuerrad, lange, bevor man etwas sehen konnte. Als dieses heftiger wurde, ahnte er, dass wir

in eine starke Strömung geraten waren, und versuchte, die Undine herauszumanövrieren. Zu diesem Zeitpunkt dürfte es dafür allerdings schon zu spät gewesen sein. Bald merkte der Rest der Besatzung ebenfalls das ungewöhnliche Zerren am Rumpf. Alle Mann eilten an Deck. Einer läutete die Alarmglocke, und die fürchterlichste Ahnung bestätigte sich, als wir erkannten, dass sich die Wolken über uns linksherum im Kreis drehten.

Erschrocken schauten die Matrosen einander an und fielen auf die Knie um zu beten. Ich für meinen Teil hatte das Schiff zu diesem Zeitpunkt noch nicht aufgegeben und machte die Ankerkette los. Der Anker sauste hinab. Inständig wünschte ich mir, dass er festen Grund erreiche, woran er die gesamte Brigg fürs Erste festhalten möge. Nicht zuletzt um unser aller Leben willen.

Doch die Fahrt wurde so rasant, dass es bald nichts mehr auf den Planken hielt. Was nicht festgezurrt war, kam ins Rutschen. Jeder hielt sich an irgendetwas fest, damit er nicht auch von Bord flog. Der hölzerne Schiffskörper ächzte schwer unter den einwirkenden Kräften und drohte auseinanderzubrechen. Weil wir immer engere Kreise zogen, ließ auch ich jede Hoffnung fahren, denn der Anker hing an seiner langen Kette ins Leere.

Nun wurde das Auge des Strudels sichtbar. Ein weiß-schäumender Trichter, der wie ein Karussell des Wahnsinns um einen endlos dunkler werdenden Schlund wirbelte. Das Tosen der gewaltigen Wassermassen wurde so laut, dass kein anderes Geräusch es mehr übertönen konnte. Langsam schwanden mir die Sinne.

Als uns der Höllenschlund schließlich unbarmherzig verschlang, sah ich noch undeutlich im letzten Licht einen Grauwal mit uns hineinrutschen. Kurz bevor die Fluten über meinem Kopf zusammenschlugen und mir mein feuchtes Grab gewiss schien, löste sich mein Griff, und ich wurde über die Reling geschleudert. Das entsetzliche Herumwirbeln schaffte es aber nicht, meine Wahrnehmung vollends zu betäuben. Daher nahm ich alles Folgende auf, als würde ich meinen Körper von außen betrachten. Nun hatte ich ja bereits erwähnt, dass ein Logbucheintrag dieses dramatische Geschehen dokumentiert. Welcher allein der Wirklichkeit geschuldet bleibt, da es sich mit diesen Strudeln völlig anders verhält, als es uns die Legende weismachen will.

In den darauffolgenden Jahren häufig, bisweilen auch heute noch ab und zu, erscheinen mir die Ereignisse im Inneren des Mahlstromes im Traum. Da ich diese in einem traumähnlichen Zustand erlebte, ist es mir dann jedes Mal, als müsse ich die Höllenfahrt erneut durchstehen. Keine besonders angenehme Erfahrung, meine Freunde, das könnt ihr mir glauben.

Irgendwo zwischen Ohnmacht und Bewusstsein, zwischen Wahrheit und Verklärung, fiel ich damals durch absolute, kalte Schwärze. Das Dröhnen des Strudels verlor sich rasch in der Ferne, bis nur noch das dumpfe Pochen meines eigenen Herzens zu hören war. An Luft fehlte es seltsamerweise da unten nicht, oder zumindest benötigte ich keine. Ich atmete ja nicht einmal! Als Nächstes umspülte mich nach diesem schalen Nichts eine angenehme Wärme, und manchmal gluckste es irgendwo.

Ich schwebte auf ein winzig kleines Lichtlein zu, was sich aus der Nähe betrachtet als Laterne am Kopf eines widerlichen Monstrums herausstellte. Es besaß in etwa die Maße einer Reisetasche und war einem Fisch durchaus ähnlich. Dennoch hatte es solch missgestaltete Züge, dass ich nichts Schönes an ihm finden konnte und es mich deshalb eher an eine Chimäre erinnerte. Ein viel zu mickriger schuppiger Leib, der stufenlos in einen ungleich größeren Kopf überging. Daran drehten sich zwei große, schwarze Glupschaugen. Das überhaupt allergrößte an diesem Geschöpf aber war sein satanisches Maul mit zahllosen dünnen überlangen Zähnen darin.

Damit schnappte es nach mir, doch ich entwischte. Um es nicht zu vergessen, suchte ich gleich einen Namen dafür aus. Weil ich fand, dass das Scheusal nichts anderes darstellte als eine Beleidigung der göttlichen Schöpfung, nannte ich es den Frevlerfisch. Nachdem ich ihm ausgekommen war, haschte er gleich einem anderen grotesken Wesen hinterher. Auch dieses schien mehr Absurdität als Fisch zu sein und sah aus wie weicher Teig, der aus der Form lief. Vorn zwischen den Knopfaugen hatte es eine besonders massige Tropfennase, die bis über die breiten Lippenwülste herunterhing. Wie eine bleiche dämonische Fratze, die sich ihrer Hässlichkeit bewusst war, versuchte die Kreatur wieder ins Dunkel zu flüchten. Sie wabbelte hinfort, vom Schein der Laterne verfolgt. Und wie sie dabei in ihrer Angst Blasen aus ihrem Hinterteil schoss, kam ich nicht umhin, sie Blobfisch zu taufen.

Das Lichtlein des Frevlers entschwand. Blind hoffte ich, dass ich nun in dieser wiederkehrenden Schwärze wirklich so allein war, wie ich mich fühlte, und mir nicht noch Legionen von derartigen Ungestalten darin auflauerten. Ein Gefühl dafür, ob ich mich nach wie vor im Meer befand oder schon irgendwo anders, hatte ich dabei völlig verloren. Auch oben oder unten existierte nicht mehr. Leise drang surreale Sphärenmusik an mein Ohr, die mir Glückseligkeit verhieß. Worauf ich glaubte, die Englein sängen, aber das können genauso gut die Wale gewesen sein.

Jedenfalls entspannte es mich. Ich ließ es einfach geschehen. Was auch immer.

Nicht lange, nachdem die Gesänge verklungen waren, driftete mein Körper aus dieser stockfinsteren Zone, einem stetig heller werdenden eisgrünen Licht entgegen. Das holte die Umrisse eines Schiffs aus der Dunkelheit hervor, die der Undine! Sie trieb kaum zwanzig Schritte entfernt von mir in dieselbe Richtung.

Die Besatzung hing bewusstlos in den Wanten. Je heller es nun wurde, umso weiter konnte ich wieder blicken. Hinter der Undine schwamm ein riesiger schwarzer Schatten her – der mächtige Grauwal, wie sich herausstellte. Und es folgten ihm noch einige seiner Artgenossen nach. Die Stille wurde bald durch ein mir längst bekanntes Gurgeln abgelöst, was nach und nach zu einem Tosen anschwoll. Erneut begann sich alles zu drehen.

Wieder wirbelte ich schnell und schneller, und es blendete mich hell und greller und … Schwupps, spuckte mich der Mahlstrom auf der anderen Seite wieder rechtsherum aus. An einem Stück Treibholz hängend, schob mich die Strömung diesmal weg von dem Schlund, hinaus aufs unbekannte Meer. Genauso wie alles andere, was dieser mit sich gebracht hatte. Also auch die Walfische.

War das etwa ihr Geheimnis? Sollte es ihnen deshalb möglich sein, so ausnehmend geschwind von einem Ende der Welt zum anderen zu gelangen? Da überwältigte mich die Erschöpfung, und ich verlor nun doch noch das Bewusstsein.

Anhand der Aufgequollenheit meiner Hände möchte ich meinen, dass ich bestimmt mehrere Tage lang durch den Ozean geschwommen sein musste, bis ich an irgendeinem Gestade angespült wurde und wieder zur Besinnung kam. Kraftlos blieb ich im Ufersand liegen, froh darüber, wenigstens festen Boden unter den Füßen zu spüren.

20.

Wie Münchhausen
auf dem schwarzen Kontinent landete

Sehr lange blieb ich nicht unentdeckt. Wie sich zeigte, waren die stark beschädigte Undine und ihre ganze Besatzung ebenfalls an derselben Küste angespült worden, wo auch ich mich befand. Die Einheimischen liefen daraufhin am Strand zusammen und bargen uns Schiffbrüchige. Als sie mich aus der Brandung zogen und in ihr Dorf brachten, stellte ich fest, dass diese allesamt kraushaarige Mohren waren. Was wiederum nur bedeuten konnte, dass es uns nach Afrika verschlagen hatte.

Gleichwie unmöglich das allen vorkam, mussten wir wider die Vernunft annehmen, dass wir in der Tat einmal quer durch die Erde gefallen waren. Es ist denkbar, dass dies der sprichwörtliche Nabel der Welt war. Weit abgekommen von unserer eigentlichen Reiseroute, ärgerte sich dennoch keiner darüber. Jeder dankte der Vorsehung dafür, nach dieser bizarren Tauchfahrt sein kleines Leben überhaupt noch zu besitzen.

In urtümlichen Lehmhütten, auf Schilfmatten ausgestreckt, kamen wir allmählich wieder zu Kräften. Die Mohren erwiesen sich als außerordentlich hilfsbereit. Sie versorgten unsere Wunden mit zerkautem Kräuterbrei und gaben jedem mindestens einmal pro Tag gut zu essen. So standen wir bald wieder sicher auf unseren eigenen Beinen. Die Mannschaft krempelte die Ärmel hoch und machte sich daran, die Undine zu reparieren, damit sie von Neuem seetauglich würde. Für den ohnehin tüchtigen Schiffszimmermann gab es reichlich Arbeit in den folgenden Wochen. Der zersplitterte Großmast musste ersetzt werden, und nur einen geeigneten Baum dafür in der Savanne zu finden, nahm schon mehrere Tage in Anspruch. Zeit für mich, Land und Leute zu studieren.

Kapitän Kidder meinte, dass wir uns an der Ostküste des schwarzen Kontinents befanden. Nachdem er sich mit dem Dorfältesten verständigt hatte, fand er heraus, dass dieser Teil Afrikas Azania genannt wurde. Der Älteste erklärte auch, dass seiner Urväter Land regelmäßig von Sklavenhändlern aus dem

Osmanischen Reich heimgesucht wurde und sich kein Mensch seiner Freiheit mehr sicher sein könne. Vor annähernd fünfzig Jahren vertrieben die Muselmanen mit ihren Krummsäbeln die Portugiesen aus diesem Gebiet, und seither überzogen sie diese Küste mit Leid. Ihre Horden brandschatzten, plünderten und verschleppten die schwarzen Männer dutzendweise, um sie fürderhin zu verkaufen. Dazu pferchten sie all die geraubten Mohren erst zusammen in das Verlies einer alten portugiesischen Festung, von wo aus große Gefängnisschiffe ihre Fracht abholten und auf die Arbeitsplantagen ferner Länder brachten.

Nun war ich dem Buschmann genauso wenig zugetan wie dem Muselmann. Zweifelsohne hätten uns die sogenannten Wilden am Strand auch unserem Schicksal überlassen oder uns krude erschlagen können. Nur, sie taten das Gegenteil und retteten uns das Leben. So prüfte ich mein Gewissen, bis ich im guten Glauben meinte, der Barbarei einen Schlussstrich setzen zu müssen. Ich ersann also eine Strategie und sprach diese mit dem Kapitän durch. Er meldete Bedenken an, dass die Unternehmung unseren Auftrag gefährde. Doch ich zerstreute seine Befürchtungen mit meiner besonders ausgeprägten Begabung der Beredsamkeit. Letztlich von der Richtigkeit der Sache überzeugt, stellte er die zwölf treuen Soldaten frei und überließ diese gänzlich meiner Führung. Innerhalb eines Monats sollte mein Vorhaben erledigt sein, denn bis dahin sei die Undine soweit, um ihre Fahrt fortsetzen zu können.

Die Zeit drängte, und ich setzte meine Truppe daher sofort in Marsch.

Zwei Tage darauf erreichten wir die Bergfestung. Zwischen den Klippen verfügte sie über eine Anlegemauer für Schiffe, welche durch eine schmale Treppe mit der höhergelegenen Bastion verbunden war. So, wie man eine Brücke am besten von beiden Seiten gleichzeitig angreift, nimmt man eine Festung im Idealfall von innen heraus ein. Dementsprechend musste ich zusehen, dass ich hineinkam. Meine Soldaten hatten den Befehl, sich nahe dem Haupttor zu verstecken, und sobald ich es ihnen geöffnet hätte, die Befestigung zu stürmen. Auch streifte ich sämtliche Waffen, den Dreispitz, die Perücke und den Uniformrock ab, um mich stattdessen in mitgebrachter Matrosenkleidung nahe des Piers in die Bucht zu legen.

Die Wachposten bemerkten mich, der ich den Bewusstlosen spielte, früh und schleppten mich hinauf zur Festung in eine Gefängniszelle. Dort drinnen war ich der einzige Weiße unter Hunderten von Schwarzen. Meine Tarnung als

Schiffbrüchiger glückte, und weil ich auffiel wie ein heller Stein in einer dunklen Pflasterstraße, führte man mich infolgedessen auch bald zum Festungskommandanten, grad wie geplant. Der stellte sich als Mahmud bin Jalla bin Said El-Murjebi heraus. Geboren im Oman und aufgewachsen in Sansibar, fing er schon in jungen Jahren an, sich durch den Sklavenhandel einen Namen zu machen. Das gewinnbringende Geschäft ließ ihn zum einflussreichsten Mann entlang des zehnten Längengrades aufsteigen.

Darüber hinaus galt er auch noch als besonders rücksichtslos und nicht minder gewalttätig, aber unbedingt insektenfreundlich. Seine Liebhaberei bezog sich vornehmlich auf die Bienenzucht. Nichts war ihm wichtiger als eigens für seine Frühstücksplätzchen gezogener Honig. Was ich wusste und woraus ich einen Vorteil ziehen wollte.

Nach einer kurzen Unterhaltung mit ihm stufte er mich, den selbsternannten Bienenkundler, als besonders brauchbares Strandgut ein und betraute mich mit der Aufgabe, seine kostbaren Bienen zu hüten. Deren Stöcke waren in einem künstlich angelegten Garten im hinteren Teil der Festungsanlage aufgestellt. Innerhalb dieses Areals konnte ich mich frei bewegen und begann auch, gar nicht faul, die Immen sogleich zu dressieren. Ich richtete sie auf die Farbe der arabischen Gewänder ab, und sie zeigten sich äußerst gelehrig. Hierbei half mir der durchdringende Klang der mitgebrachten Bootsmannpfeife ausgezeichnet.

Als es sicher war, dass sie meinen Signalen auf den Triller gehorchen würden, verteilte ich die Bienenkörbe überall in der Feste und dirigierte ihr Ausschwärmen dann mittels verschiedener antrainierter Tonfolgen.

Den ersten Luftangriff flog ich gleich auf einen Kerkermeister, den kahlköpfigen Schinder. Summend attackierte das Insektengeschwader den Ahnungslosen. Die Honigbienen umkreisten ihn bedrohlich und stachen unentwegt auf ihn ein. Der kräftige Kerl fuchtelte wie verrückt mit den Armen, ohne etwas damit zu bewirken. Den aggressiven Winzlingen hilflos ausgeliefert, flüchtete er Hals über Kopf ins Freie, ohne seine Peitsche oder den großen Schlüsselbund mitzunehmen, dessen ich mich bemächtigte. Damit gelang es mir, die Gittertüren zu öffnen. Unzählige Sklaven befreite ich so aus den übervollen Zellen. Sie bewaffneten sich gleich mit allem, was es in den Gewölben zu greifen gab, und stürzten mir johlend nach, wie eine tobende schwarze Woge der Anarchie.

An den wenigen schmalen Ausgangstüren kam der Menschenstrom jedoch ins Stocken, und die nachdrängenden Massen verteilten sich darum ungeduldig in dem Gebäudetrakt. Um der Enge ihres Gefängnisses möglichst schnell zu entfliehen, kletterten sie bald auch aus den Fenstern hinaus und sprangen über die Balustraden hinunter, dass die vielen Mohren wie ein Wolkenbruch auf ihre Peiniger herniederregneten.

Sie schwärmten in ihrer Raserei so emsig aus wie meine Bienenvölker. Deren zweite Angriffswelle dirigierte ich wiederum mit Pfiffen nach draußen, auf die Torwache zu. Ohne Zögern verließen die Geplagten ihren Posten, um sich im Wasser der Pferdetränke Linderung zu verschaffen. Ungehindert öffnete ich nun die stabile Holzpforte, und meine braven Soldaten rannten mit großem Hurra herein, um den Vorhof und die Wälle zu besetzen. Immer noch mehr zerstochene

Muselmanen hasteten aus dem Inneren der Felsenburg. Alle suchten sie den kürzesten Weg zum Wasser, doch die wütenden Mohren empfingen sie vorher mit Knüppelschlägen und jagten sie davon wie Schakale. Auch Mahmud bin Jalla entging seiner Strafe nicht.

Stunden später war die Anlage wie leergefegt. Die einstigen Sklaven hatten sämtliches Inventar genommen und sich damit in alle Winde zerstreut. Fröhlich tanzten sie ihrer wiedererlangten Freiheit entgegen. Mit ihnen war auch der Radau verschwunden. Mir blieb da nur noch Folgendes zu tun: den hinreichenden Pulvervorrat, welchen ich bei den Geschützstellungen fand, um die Stützpfeiler verteilen zu lassen und mit einer möglichst langen Lunte zu versehen. Kaum dass sie brannte, entfernten wir uns im Laufschritt aus dem stillen Gemäuer.

Beim Durchqueren der Bucht kündeten die ersten dumpfen Schläge hinter uns von der beginnenden Demontage der Sklavenfestung. Wir wendeten die Köpfe dem Spektakel zu, verlangsamten den Schritt. Einige Gebäudeteile fielen prasselnd in sich zusammen. An der Außenmauer bildeten sich breite Risse. Beinahe zeitgleich explodierten die restlichen Sprengladungen. Die Wachtürme stürzten daraufhin ein, und nach dem Bersten der Wälle versank alles in einer undurchdringlichen Sandwolke. Herniedergehender Schutt und Geröll begruben den Pier unter sich. Außer einer aufsteigenden Staubsäule blieb von dem unsäglichen Ort nichts mehr übrig.

Meine Männer schwangen die Hüte über ihren Köpfen. Sie jubelten ob des vollkommenen Sieges, während ich zufrieden am Strand entlanglief und dem Rauschen der brandenden Wellen lauschte. Durch die nach vorn lichter werdende Baumreihe auf der nächsten Landzunge hindurch sah ich ein Schiff fahren und ermahnte darauf meine Mannschaft zur Ruhe. Es war damit zu rechnen, dass es sich um eines der osmanischen Gefängnisschiffe handelte, welches uns jeden Augenblick unter Beschuss nehmen konnte. Doch dann erkannte ich schließlich unsere Brigg.

Früher als erwartet war diese wieder seetüchtig, und so segelte Kapitän Kidder mir und meiner Truppe einfach entgegen und nahm uns an Bord.

Endlich wieder vollzählig, hieß das erste angepeilte Ziel auf dem neuen Kurs der Undine Indien.

21.

Wie Münchhausen den Äquator überquerte

Alldieweil uns der Mahlstrom ans entgegengesetzte Ende der Welt befördert hatte, war es nun vonnöten, einen anderen Weg über die Weltmeere hin zum eigentlichen Ziel unserer Forschungs- und Handelsreise zu finden. Wir konnten von Glück sagen, dass unser Kapitän im Besitz der besten Seekarten war und es kaum eine Untiefe in Ozeanien gab, welche er nicht zu befahren wusste. Sein akribisch zusammengetragener lückenloser Periplus ermöglichte ihm auch die Navigation durch kaum bekannte Gewässer. Anhand von früheren Beschreibungen der Küstenlinien, ihren besonderen Charakteristika und der Abstände verschiedener bekannter Häfen zueinander fand er eine Möglichkeit.

Fachkundig und mit seemännischem Gespür bestimmte er die neue Reiseroute. Diese führte uns erst einmal über den Gleicher, also den Äquator, direkt auf Indien zu. Da die übliche Taufe der Linienpassierung wegen nur vorgenommen wird, wenn diese in südliche Richtung geschieht, kamen unsere Leichtmatrosen dieses Mal noch um die Prozedur herum. Ganz unverschont wollten wir sie allerdings auch nicht bleiben lassen und erlaubten uns einen kleinen Spaß mit den dreien.

Der Bootsmann gab jedem von ihnen ein Fernrohr in die Hand und befahl, damit Ausschau zu halten. Wenn die Äquatorlinie dann in Sicht käme, sollten sie anstandslos Meldung machen, bevor unser Schiff daran hängen bliebe. Die jungen Burschen gaben sich die allergrößte Mühe, dieses gefährliche Ding bloß auch rechtzeitig auszukundschaften, und die restliche Mannschaft beobachtete das amüsante Schauspiel mit spöttischer Schadenfreude.

Nachdem die drei den ganzen Vormittag lang den Horizont abgesucht hatten und jedes hämische Wort darüber hinter ihrem Rücken gefallen schien, tauschte der Bootsmann das Fernrohr des einen aus, unter dem Vorwand, dass seine Linse besonders in der Mitte doch schon recht dünn vom vielen Hindurchschauen geworden sei. Dieses neue Fernrohr nun hatte er vorn am Linsenglas mit einem

Zwirnfaden präpariert, worauf der tumbe Moses glaubte, als er die Schärfe nachzog, dass der Äquator halbwegs deutlich vor ihm aufgetaucht sein müsse.

Er fragte die beiden anderen, ob sie ihn ebenfalls erkannt hätten, aber die verneinten. Hin und her gerissen, ob er Meldung machen solle oder nicht, kaute er nervös auf den Lippen. Bis er sich umsah und den gesamten Kahn kichernd fand. Das Hohngelächter schallte noch lange durch die Brigg und scheuchte den Klabautermann für eine Weile von Bord.

Es dauerte anschließend auch keine halbe Stunde mehr, bis wir den Äquator tatsächlich passiert hatten. Ab da waren unsere drei Leichtmatrosen für den Rest des Tages zu nichts mehr zu gebrauchen. Ihre Gesichter wechselten die Farbe von weiß nach grau. Mit der Ration, die sie zum Mittag verspeist hatten, fütterten sie gleich die Fische. Was allerdings kaum verwunderlich war, wenn man bedenkt, dass wir ja soeben über den Scheitelpunkt der Welt gesegelt waren.

Dabei fühlt es sich von einem Moment zum nächsten so an, als hinge man kopfüber vom Schiffsdeck herab, wogegen einen der Gesichtssinn keinerlei Veränderung erkennen lässt.

Die älteren Matrosen kannten das bereits, es machte ihnen nichts mehr aus. Doch wem es zum ersten Mal widerfuhr, dem schlug es meist gehörig auf den Magen. Durch ihre Unpässlichkeit, welche den dreien einen freien Tag in ihren Kojen verschaffte, versäumten sie leider auch eines der wundersamsten Phänomene, das die Meere zu bieten haben.

Wie die Halbe-Welt-Kante den ungeübten Menschen in eine Zwangslage bringen kann, verwirrt sie gleichermaßen auch die Tiere, welche sie überqueren. Deshalb gibt es auch in keiner anderen Region der Welt so viele springende Fische wie dort. Statt bei Gefahr weit hinab in die rettende Tiefe zu schwimmen, schießen sie entgegengesetzt direkt nach oben und katapultieren sich auf diese Art selbst aus ihrem angestammten Element heraus.

Nun tummelte sich beinahe alles, was sonst Neptun in seinem Reich beherrschte, um uns herum in den Lüften. Das Weltmeer goss ein Füllhorn voller Kreaturen aus. Angefangen bei handgroßen Heringen, die gleich schwarmweise wie glitzernde Silberwolken auftauchten, über majestätisch schwebende Stachelrochen, bis hin zu giftigen Seeschlangen, welche sich droben an der trockenen Luft vor Unwohlsein verdrehten wie Korkenzieher.

Imposant wirkte sich der navigatorische Irrtum bei den überdimensionierten Walen aus, die ungleich höher aus dem Wasser sprangen als die kleineren Meeresbewohner. Wenn diese Kolosse dann wieder herab in den Ozean fielen, bebte die See von dem Aufprall, und nie gesehene Wasserfontänen schossen gen Himmel – viel größer und prächtiger als jene in den Lustgärten Ludwig des XIV.

Es war das reinste Vergnügen, all den Grazien und Scheusalen bei ihrem Stelldichein in den wechselnden Elementen zuzuschauen. Besonderes Aufsehen erregte bei mir auch noch eine Gruppe von Hornhechten, im Volksmund besser unter der Bezeichnung »die Fliegenden Fische« bekannt. Ihre Wesensart gestattet ihnen doch bekanntlich von vornherein schon ein gewisses luftgleiterisches Talent, das sich nun unter den gegebenen Umständen noch potenzierte. Wie an Land die Vögelchen flogen sie neugierig zu unserem Schiff, schwirrten um die Masten herum und setzten sich zum Ausruhen auf die Spiere. Nicht selten sausten sie dabei dicht über unsere Köpfe hinweg, was mich auf eine einmalige Idee brachte.

Eilends holte ich das Zaumzeug aus meiner Kajüte nach oben und legte mich hinter einem Holzaufbau damit auf die Lauer. Gleich zischte auch wieder ein stattliches Exemplar in nächster Nähe daran vorbei, sodass ich ihm die Riemen mit ausgestreckten Armen problemlos über den Kopf streifen konnte. Ohne den Griff zu lockern rannte ich ein paar Schritte neben ihm her, schwang mich behänd auf seinen Rücken und versetzte ihm einige leichte Tritte in die Seiten, woraufhin er so unbändig mit mir davonflog, dass es mir Hut und Perücke vom Schopf riss. Die Mannschaft feuerte mich indes mit lauten Rufen an. Kaum über dem Wasser, bockte mein marines Reittier wider Willen und versuchte mich buckelnd abzuwerfen. Was ihm aber nicht gelang. Deshalb setzte er als Nächstes zum vermeintlichen Sturzflug an, und wir jagten kraftvoll so weit empor, dass ich die Undine unter uns bald nur noch als kleinen Krümel auf einem unendlichen blauen Teppich wahrnahm. Sie verschwand ganz, als wir in eine salzig schmeckende Wolke eindrangen.

Irgendwann bemerkte der Fisch in dem ihm fremden Dunst seinen Fehler, schüttelte sich kurz, zog die Flugflossen dicht an den Körper heran und ließ sich einfach fallen. Unwillkürlich fühlte ich mich an meinen Ritt auf der Kanonenkugel erinnert. Rasant kam der Meeresspiegel näher. Es war höchste Zeit, dem Fisch seine Sturheit schleunigst auszutreiben. Ich riss mehrfach kräftig an den Zügeln, ließ ihn die Trense im Maul spüren.

Bevor wir beide schließlich ungebremst in den Ozean gestürzt wären, hatte ich ihn gefügig gemacht, und er breitete seine Flügel erneut aus. Nun, da ich ihn zu lenken vermochte, drehten wir noch eine Schaurunde um die Brigg und landeten danach vorbildlich auf dem Deck. Anstandslos ließ er mich das Zaumzeug noch abnehmen, bevor er sich abermals ungestüm in die Lüfte erhob. Nach diesem aufregenden Ritt hielt es das Tier nur nicht mehr lange dort aus und zog es bald vor, hinunter in seine vertraute Umgebung abzutauchen.

Mit jeder Seemeile, die mehr Abstand zwischen uns und den Äquator brachte, verringerte sich das Fischaufkommen im Wind erheblich. Gegen Abend, als die Sonne glutrot hinter dem Meer versank, gebärdete sich dann ein jedes wieder ganz natürlich, so, wie es ihm vom Schöpfer vorgegeben und seine Gewohnheit gewesen ist, seit es in diesen Teil des Universums hineingeboren worden war.

22.

Wie Münchhausen
den Fliegenden Holländer zum Himmel schickte

In der folgenden Nacht zur Hundewache, gegen zwei Glasen etwa, bäumte sich die See ganz unvermittelt auf, wie von bösen Mächten befohlen. Ein heftiger Sturmwind schlug so hart in die Segelwände, dass der Wachoffizier mit der Glocke Alarm läuten musste, damit diese eingeholt würden, bevor sie entzweirissen. Alle Mann sprangen aus ihren Hängematten und Kojen an Deck, um die Takelage zu retten.

Mit seinem höllischen Fauchen begrüßte das Wetterungetüm die Matrosen. Einem vorweltlichen Ungeheuer gleich gierte es nach Kampf. Es spie ihnen Salzwasser in die Augen, um sie zu blenden, und zerrte wie wild an ihrer Kleidung, um sie über Bord zu werfen. Auch stach es mit bitterer Kälte in Hände und Gesicht, dass sich auf der Haut kleine Wunden davon auftaten. Die Männer enterten trotzdem auf ohne zu verzagen. Oben in den Wanten peitschten gekappte Taue ihre Leiber, und grelle Blitze zuckten über ihren Köpfen, kaum dass sie in den Rahen standen. Ohne Unterlass traktierte sie das Unwetter. Doch letztlich blieben die Peinigungen vergebens, denn die Seemänner erduldeten alle stur wie die Felsen.

So schwer die Aufgabe auch gewesen war, schließlich war sie erfüllt und sämtliche Segel gerefft. Ein jeder schleppte sich durchnässt und entkräftet über die glitschigen Planken zurück, um nur schleunigst wieder unter Deck zu kommen, als sich das Unwetter schlagartig legte. Innerhalb von Sekunden erstarb jedes Geräusch, es herrschte Totenstille. Die See lag nun träge wie Blei. Alles verharrte in Regungslosigkeit, auch die überraschte Mannschaft. Selbst ich machte dabei keine Ausnahme. Wir wagten kaum zu atmen, obwohl wir nicht recht wussten wieso.

Bis sich dicht neben unserer Brigg, im Schein unserer Laternen, unverhofft wie aus dem Nichts ein Schiff lautlos vorüberbewegte, das uns nebenbei gesagt auch fast gerammt hätte.

Nicht ein einziges Licht brannte darauf, weshalb es in der Dunkelheit vorher auch niemand hatte sehen können. Nur wenige Schritte von uns entfernt hörten

wir nun wieder die Wellen gegen den Schiffsrumpf klatschen und das leise Knarzen von morschen Brettern. Es klang nach einem jammervollen Klagelied. Das Segeltuch hing zerschlitzt in Fetzen, das Tauwerk war brüchig und die verwitterte Reling voller Isländisch Moos, wie es auf Friedhöfen zu finden ist. Man möchte meinen, dass jener Kahn herrenlos übers Meer trieb, jedoch schien hinten am Steuerrad ein Mensch zu stehen.

Die unwirkliche Ruhe bedrückte mich. Die Ungewissheit zerrte an den Nerven. Endlich flüsterte Kapitän Kidder: »Männer, wir sind verloren! Ich werde in dieser Nacht mit meinem Schiff untergehen. Es ist der Fliegende Holländer.«

Seine Augen wurden starr und glasig. Etwas war auf uns getroffen, was selbst einen erfahrenen Seemann die Angst bis ins Mark fühlen lässt. Da rief eine dünne, helle Stimme von dem düsteren Kahn zu uns herüber.

»Ahoi, Matrosen! Wenn ihr wieder heim ins alte Europa segelt, wäret ihr so gut und würdet ein paar Briefe an unsere Familien mitnehmen? Wir wissen nicht, wann wir sie das nächste Mal sehen werden. Ihr würdet uns damit einen großen Dienst erweisen!«

Der Rufer blieb in der Dunkelheit versteckt, nur der Umriss des Steuermanns war zu erkennen. Unserer Mannschaft gefror das Blut in den Adern, und keiner mochte antworten. Mein Mund fühlte sich staubtrocken an, und ich musste erst kräftig schlucken, bevor ich einen Ton hervorbrachte.

»So ihr gute Christenmenschen seid, nehme ich eure Korrespondenz gern an mich bis Amsterdam«, bot ich ihm an, worauf er mich einlud, überzusetzen und bei einem Gläschen Grog das Bündel abzuholen.

Obwohl es mir gehörig zum Fürchten war, willigte ich dennoch ein, um die Undine damit vielleicht zu retten. Der Kapitän und die Mannschaft rieten mir gleichermaßen davon ab. Bloß war ich willens, mein gegebenes Versprechen einzuhalten. Da Angst stets ein schlechter Berater ist, gab ich ihr keinen Raum in meinen Gedanken, sondern versuchte so pragmatisch wie möglich mit der Situation fertigzuwerden. Ein mulmiges Gefühl in der Bauchgegend ließ sich aber nicht vertreiben. Um mich nicht völlig schutzlos auf das Gespensterschiff zu begeben, packte ich daher so viele Bibeln, wie ich auf die Schnelle finden konnte, in einen Sack und nahm diesen mit mir. Etwas widerwillig ließen sie mich dann im Beiboot hinüberrudern, allein, denn an furchtlosen Begleitern mangelte es in

dieser Stunde. Drüben band ich das Boot an der herabgelassenen Strickleiter fest und stieg daran die Bordwand hinauf.

Der Fliegende Holländer hatte seinen üblen Ruf nicht zu Unrecht. Das Deck fand ich finster und still vor, beinahe wie im Grabe. Überall verstreut lagen dort die Mitglieder der Besatzung herum, und just, als ich meinen Fuß auf die verrotteten Planken des Geisterschiffs gesetzt hatte, richtete sich einer nach dem anderen auf, als würden sie vom Faden eines unsichtbaren Marionettenspielers hochgezogen.

Die schwarzen Silhouetten ihrer in Lumpen gehüllten, dürren Gestalten hoben sich kaum gegen den verhangenen Nachthimmel ab. Bedrohlich dichte Wolkenhaufen wälzten sich über uns, raubten fast jedes natürliche Licht und versuchten, das Meer scheinbar endgültig unter sich zu begraben.

Ein Nebelschleier glitt auf der spiegelglatten See heran. Als er den Rumpf des Holländers komplett eingehüllt hatte, begann das Totenschiff auf ihm zu schwimmen. Die Figuren standen einfach nur da, so wie ich auch. Dabei grauste es mir schauderhaft. Behutsam drehte ich die Laterne in meiner Hand dennoch so lange, bis es mir gelang, mit dem Schein der Kerze ihre Gesichter aus der Nacht hervorzuholen. Sie besaßen noch menschliche Züge, die aber ebenfalls die gleichen löchrigen Spuren des Verfalls aufwiesen wie der hölzerne Pott, der sie übers Meer trug. Von dem, was man bei der Marine einen straff geführten Kahn nennt, war dieser weit entfernt und mutete viel eher wie ein Siechenhaus an. Das reinste Gruselkabinett.

Ich schloss die Augen und dachte fest an die Bibeln in dem Sack über meiner Schulter, als die dünne Stimme dessen, der mich eingeladen hatte, abermals erklang.

»Herzlich willkommen, Freund. Wenn es Euch nichts ausmacht, Mijnheer, schlage ich vor, dass wir den Grog in meiner Kajüte einnehmen!«

Seine marmorbleiche Hand deutete auf eine der Luken. Er lief vorneweg über Treppen und Stege, tief in die Eingeweide des Schiffes hinein. Ich folgte ihm. Verwesungsgeruch schlug mir unangenehm entgegen. Wo meine Laterne auch hinleuchtete, war dieses Schiff wie jedes andere ausgestattet. Doch in den tiefen Schatten schien sich etwas zu winden. Durchsichtige Würmer möglicherweise, groß wie Schlangen. Geistiges Gezücht aus Albträumen herausgekrochen und von Angst genährt.

Wir kamen bei den Offizierskabinen an. Ich atmete kurz auf, verstohlen, um meinen Gastgeber nicht zu beleidigen. Es roch modrig darin, aber weniger schlimm als auf dem restlichen Unterdeck. An einem Tisch, in der Mitte des Raumes, sollte ich Platz nehmen. Die Tischplatte war über und über mit Schriftzeichen versehen. Jemand musste sie mit einem Messer in wochenlanger Silbenstecherei in das Holz hineingeritzt haben. Gerade hatte ich angefangen, die niederländischen Wörter zu entziffern, als der untote Maat eine halbvolle Flasche und zwei Gläser daraufstellte.

Er schenkte ein, und ich bemerkte, dass ein verendeter grüner Käfer am Boden der Grogbuddel lag. Es kostete mich einiges an Überwindung, mir nichts anmerken zu lassen und nach dem Anstoßen das Glas auch vollständig zu leeren.

Nun, da es begossen war, holte er aus der Seemannskiste hinter sich das stockfleckige Briefbündel heraus und reichte es mir wie angekündigt. Ich nahm es

an mich. Dabei zeigte mein kleiner Finger auf die Schnitzereien. Er nickte nur stumm. Gab mir mit seinem trüben Blick zu verstehen, dass ich es lesen solle. Mir deuchte, dass er der Verfasser gewesen sein muss und dies die Geschichte seines Schiffs erzählte.

Laut jener Aufzeichnungen fuhren sie ehedem von den Kolonien Neuhollands aus heimwärts in Richtung der Alten Welt, als eine unbekannte entsetzliche Krankheit an Bord grassierte. Innerhalb weniger Wochen starben drei Viertel der Mannschaft daran, und die Überlebenden, selbst krank und schwach, versuchten mit letzter Kraft einen Hafen anzulaufen. Jedoch, kein Hafen dieser Welt wollte sie anlegen lassen. Jedes Mal verscheuchte man sie wie tollwütige Hunde, aus Angst vor dieser Pestilenz. Manche schossen sogar Kugeln nach ihnen. Also trieb das Schiff ohne Ziel oder Zukunft auf den Wellen umher. Gott und die Welt verfluchend, war eines Tages auch der Letzte von ihnen erbärmlich zu Grunde gerichtet. Seither segelten sie ruhelos über die Ozeane, bloß noch von dem einzigen Wunsch in dieser Sphäre gehalten, ihren Familien endlich die Abschiedsbriefe senden zu können.

Nun hatte ich begriffen. Aufrichtig und als Ehrenmann stand ich auf und gab dem Maat meine Hand darauf, dass ich diese Briefe ausliefern würde – ganz gleich, was die Zukunft für mich bereithielte.

Eine Erschütterung durchlief da das Schiff, die mich fast von den Beinen holte.

Es begann zu zerfallen, was schon vor mehr als hundert Jahren hätte geschehen sollen. Die Post(hume) trocken in der Tasche meines Rocks verstaut, sprintete ich an Deck und kletterte hurtig in mein Boot. Es galt nun schleunigst Abstand von dem Holländer zu gewinnen, um nicht mit ihm ins Elysium gezogen zu werden.

Beim Zurückrudern vernahm ich noch, wie der Maat vom Achterdeck herab gemeinsam mit der ganzen Besatzung des Gespensterschiffs, die sich an Deck versammelt hatte, einige Psalmen aus meinen Bibeln las. Mit diesem leiser werdenden Chor, der zum Schluss Christi Himmelfahrt besang, wurde das Schiff geradewegs in eine dichte jenseitige Nebelbank hineingetragen. Der Fliegende Holländer, der zahllosen Seeleuten das Fürchten gelehrt hatte, verschwand darin für alle Zeiten. Keiner hat ihn seither jemals wieder zu Gesicht bekommen.

Wie ich es versprochen hatte, übergab ich die Briefe bei nächster Gelegenheit einem integren Postillion. So kam der letzte Wille dieser armen Seelen am Ende doch noch bei ihren Nachkommen an, und wir konnten dank des Versprechens in jener Nacht mit der Undine unbeschadet weitersegeln.

23.

Wie Münchhausen den Tempel der tausend Säulen barg

Um Kap Komorin herum, dem unteren Zipfel des indischen Festlandes, lenkten wir die Undine in den Golf von Mannar bis hin zu einer Meerenge. Der Legende nach hatte ein Heer von Affen sie gebaut, damit Rama darüber hinweg nach Ceylon gelangen konnte, um seine entführte Frau aus den Händen des Dämonenkönigs Ravana zu befreien. Demnach heißt dieser Ort bis heute die Rama-Brücke.

Genaugenommen handelt es sich um eine kaum zwanzig Meilen lange Inselkette, deren vergleichsweise schmale Durchfahrten mit Korallenriffen und Sandbänken übersät sind. Unter der Zuhilfenahme spezieller Seekarten und mit unserem Bootsmann, welcher vom Bug herab mittels des Senkbleis ständig die Tiefenlinie auslotete, gelang es, die schwierige Passage sicher zu befahren. Kapitän Kidder wählte diese kurze, aber diffizile Seestraße, damit wir nicht in den aufkommenden Sommermonsun hineingerieten.

Wie geplant liefen wir rechtzeitig, bevor Sturm und Regen die Undine auf offener See malträtiert hätten, in den sicheren Hafen von Trincomalee ein, um dort erste Kontakte mit den Gewürzhändlern der Region zu knüpfen.

Die Stadt stand unter niederländischem Protektorat, was mir gelegen kam. Gleich während des ersten Landgangs suchte ich ein königliches Postamt auf und reichte da die Briefe der holländischen Seeleute des Geisterfrachters zur Übersendung an ihre Familien ein. Der diensthabende Amtmann machte einen überaus korrekten Eindruck auf mich. Andererseits war er aber auch an Schrulligkeit kaum zu überbieten. Seine feinen blonden Haare hatte er oben auf dem Kopf zu einer Art Nest zusammengerollt. In dieser weichen Kuhle hockte eine kleine Pimpelmees, eine Blaumeise.

Bestimmt hatte er das zahme Vögelchen aus seiner Heimat mitgebracht, damit es ihm das Ungeziefer aus der Frisur vertilgte. Zweifelsohne eine wirkungsvolle Methode, welche einige Jahre danach irgendwann zur sprichwörtlichen Meise unter dem Hut avancierte.

Die Geschäftstüchtigkeit unseres Kapitäns gegen die zähe Verhandlungstaktik jener Handelsvertreter der niederländischen Ostindien-Compagnie verschaffte mir etliche Tage Zeit, diese sehenswerte Insel zu bereisen. Trincomalee selbst konnte man ohne Übertreibung als Metropole bezeichnen. An manchen Ecken mutete es einem bereits wie Holland an.

Das Leben pulsierte auf den Straßen. Wo man auch hinsah, stieg Dampf auf. Diese Stadt kochte vor sich hin wie ein Kessel bunter Gemüsesuppe. Sämtliche Plätze und alle von ihnen wegführenden Gassen waren mit Menschen unterschiedlichster Herkunft überfüllt. Das rege Gedränge verhinderte zwangsläufig ein zügiges Vorankommen, sodass mir genügend Pausen blieben, diese Vielfalt ausgiebig in Augenschein zu nehmen.

Zuerst fielen mir die vielen indischen Männer in den schlichten schneeweißen Anzügen auf, neben ihren Frauen, welche im Gegensatz dazu farbenreiche, mit Ornamenten verzierte Saris trugen. Freilich suchten sich auch einige sandgelbe Matrosen aus China ihren Weg durch die Menge, vorbei an auffallend scharlachrot uniformierten Militärs ihrer Majestät King George II. Es fehlte auch nicht an dunkelbärtigen arabischen Kaufleuten mit kornblumenblauen Turbanen, blonden niederländischen Advokaten in flohfarbenen Roben, rothaarigen irischen Dockarbeitern bekleidet mit erdbraunen Westen und ich mittendrin, hübsch abenteuerlich in meinem kleidsamen kuhmistgrünen Leibrock und der hellen Perücke.

Ein hektischer Rummel, der erst gegen Abend etwas nachließ. Ich war froh, als ich mich endlich hindurchgewühlt hatte. Abseits dessen, in den Wäldern bei den Klippen, ein beruhigendes Stück entfernt von diesem Schmelztiegel, arbeitete eine Gruppe von Holzfällern. Mehrere Elefanten halfen ihnen, die gefällten Stämme am Wegesrand hochzustapeln. Die elegante Leichtigkeit, mit welcher diese Tiere das schwere Holz anhoben, begeisterte mich, und über meine Neugierde kam ich mit den Arbeitern ins Gespräch.

Sie legten eine Rast ein, und im Schatten der heiligen Pippala-Bäume tranken wir gemeinsam Kaffee. Ohne ersichtlichen Grund kamen sie auf die alten Zeiten zu sprechen, als nahebei auf dem breiten Felsplateau neben der Bucht noch der Tirukoneswaram, der Tempel der tausend Säulen gestanden hatte.

Die Geschichte begann mich zu interessieren. Ich fragte nach, wie es sein kann, dass ein derart bedeutsames Bauwerk einfach so verschwindet. Die Männer erklärten mir, wie vor mehreren Jahrzehnten die Portugiesen den eintausend Jahre alten Tempel, welcher Shiva geweiht war, erst plünderten und hernach noch einen Teil der Klippe absprengten, worauf die heilige Stätte im Meer versank. Ich ließ mir die Stelle genau zeigen, an welcher dieser Frevel vormals geschah, um dann ein wenig in dieser Bucht zu baden. Das Wasser hatte eine angenehme Temperatur, was es mir leichter machte, so oft und so lange zu tauchen, bis ich die Überreste der Tempelanlage am Meeresgrund gefunden hatte.

Noch einmal schwamm ich mit einem leeren Weinballon in der Hand dorthin. Um seinen gläsernen Hals war eine lange Schnur gewickelt. Ihren Anfang in der Hand tauchte ich wieder hinunter und band sie am Rüssel einer steinernen Gottheit fest. Fortan markierte der verkorkte Ballon den Fundort.

Mein Plan war, jene so hinterhältig geschleifte Stätte des hinduistischen Glaubens hinauf an ihren ursprünglichen Platz zu holen. Die Einheimischen von meinem Vorhaben zu überzeugen, allen voran die Holzfäller, deren Hilfe ich unbedingt brauchte, erwies sich als unkompliziert. Der bloße Gedanke daran, dass wieder ein Tempel als weithin sichtbares Zeichen ihres unerschütterlichen Glaubens den heiligen Felsen zieren könnte, beflügelte alle in solchem Maß, dass mir ein jeder sogleich seine Unterstützung anbot. Ihre Gewerke, so unterschiedlich diese auch waren, machten dieses ambitionierte Projekt überhaupt erst durchführbar.

Während der angenehm kühlen Nächte tüftelte ich funktionale Gerätschaften aus, die zum Bergen der Steinriesen unabdingbar sein würden. Ein Küfer bekam sodann den Auftrag, nach meinen Zeichnungen einen großen Bottich zu zimmern, in dem genug Luft Platz fand, damit ich mehrere Stunden darin unter Wasser arbeiten konnte. Die Holzfäller errichteten indes Holzgestelle am Rand der Klippen, über die wir mit Winden und Seilen, welche die Frauen parallel knüpften, das Heiligtum hinaufziehen wollten. Das Bauen der Tauchglocke und sämtlicher Hilfsmittel nahm allerhand Tage in Anspruch, sodass ich schon befürchtete, mit der Undine weiterfahren zu müssen, bevor die Aufgabe erledigt sei. Doch draußen auf dem Ozean tobte nach wie vor der Monsun und hielt uns noch für ein Weilchen in diesem Hafen fest.

Nachdem die Vorbereitungen getroffen waren und die Bergung endlich beginnen konnte, hatte sich die frohe Kunde soweit herumgesprochen, dass sich Tausende Menschen bei dem Felsen einfanden. Publikum hatten wir dadurch genug, und gleichzeitig auch jede Menge williger Handlanger.

Ich hielt mich die meiste Zeit in meiner Glocke am Meeresgrund auf und befestigte dort starke Stricke an den intakten Statuen, den kunstvoll behauenen Gesteinsquadern und Säulen, denen das Heiligtum seinen Namen verdankte. Je nachdem, welches geschätzte Gewicht solch ein angeseiltes Stück hatte, ließ ich einen oder mehrere mit verschiedenfarbigen Gewürzen gefüllte Beutel an die Oberfläche steigen, wo sie aufsprangen und gut sichtbare bunte Flecke auf dem Wasser hinterließen.

Auf diese Zeichen hin spannte man oben die entsprechende Zahl von Elefanten an, welche wir vorher nach Kraft und Ausdauer durchsortiert und mit denselben Gewürzfarben unterschiedlich angemalt hatten. Gelbes Kurkuma für

die leichten Objekte, grüner Pfeffer für die mittleren Brocken und feuerrote Chili für die massiven Blöcke. Gut abgestimmt zogen Tier und Mensch daraufhin die einzelnen Teile mit relativer Leichtigkeit an Land. Dort reinigten die Frauen die Fundstücke von Algen und Korallen, bis sie in altem Glanz erstrahlten.

Als am Nachmittag unser aller Kräfte dann doch zu schwinden begannen, brühten sie schwarzen Kaffee in Kübeln über dem offenen Feuer und gaben jedem davon zu trinken, auch der buntgefärbten Elefantenherde. Die anregende Wirkung des Tranks trieb besonders die Tiere nochmals zu ungeahnten Höchstleistungen an, dass selbst ihre Besitzer darüber ins Staunen kamen.

Stück für Stück schafften wir das, was noch nicht gänzlich zerfallen war, hinauf auf den Felsen zurück, woraus die geschickten Baumeister der Tamilen dann einen neuen Tempel errichteten.

Bedeutend kleiner als der ursprüngliche wurde er, aber dennoch nicht weniger eindrucksvoll: Die Freude bei den Hindus war übergroß, und einer ihrer Hohepriester verlieh mir den verdienstvollen Titel eines Sadhu. Mit Ehren reich bedacht, verließ ich Ceylon in dem Gefühl, etwas aufrichtig Gutes vollbracht zu haben.

24.

Wie Münchhausen den bengalischen Tiger jagte

Dem Kapitän war es gelungen, im Laufe der vergangenen sechs Wochen wichtige Handelsvereinbarungen mit der Compagnie zu treffen und die ersten Setzlinge von Zimt-, Tabak- und Teepflanzen an Bord unseres Schiffes bringen zu lassen. Da auch die letzten stürmischen Ausläufer des Monsuns den Golf von Bengalen inzwischen passiert hatten, setzten wir unsere Reise fort.

Die neue Anlaufstelle sollte die Stadt Dagon im ehemaligen birmanischen Reich sein. Vor kaum vier Jahren hatten die Mon wiederholt ihre Unabhängigkeit erstritten und ihren Herrschaftsbereich Hongsavatoi benannt. Die mächtigen Fürsten dieser neuerlichen Mon-Dynastie strebten derzeit nach noch größerer Macht, aber zuvorderst nach Anerkennung.

Um ihnen mit der nötigen Etikette zu begegnen, und um sie von Beginn an freundlich zu stimmen, bat mich der Kapitän, ein angemessenes Geschenk zu beschaffen. Ich meinte darauf, dass es kein königlicheres Angebinde gäbe als einen lebendigen bengalischen Tiger.

Kaum vor Dagon festgemacht, setzte ich auch gleich alles daran, eines möglichst majestätischen Exemplars dieser Gattung habhaft zu werden. Am bloßen Kauf war ich allerdings nicht interessiert! Vielmehr reizte mich die Jagd. Zu eben jenem Zwecke mietete ich mir einen Elefanten samt Führer an.

Wie nun der Kapitän die Sekretäre im Palast um eine Audienz bei den Durchlauchten ersuchte, durchstreifte ich den Dschungel fleißig nach seinem angedachten Gastgeschenk. Recht sicher und wider Erwarten bequem schleppte mich der Elefant in einer Sänfte auf seinem hohen Rücken weit ins Landesinnere hinein. Dort, wo das Blattwerk am dichtesten war, wo der Waldboden schon lange keine Sonne mehr gesehen hatte, hielt mein burmesischer Kundschafter das Tier dann an.

Er gab mir zu verstehen, dass die Katze da am sichersten zu finden sei. An seiner leichten Erregung, und auch an der des Elefanten, bemerkte ich gleich, dass er die Wahrheit sprach.

Horridoh! Damit erwachte der Jäger in mir. Ein großes Netz und die geladene Büchse über der Schulter schlich ich in das Dickicht hinein.

Nach einigen wenigen Schritten durch einen Bambushain stand ich schon auf einer schmalen laubbedeckten Schneise vor einem Flusslauf. Mehrere Akazienbäume wuchsen dort direkt am Wasser. Die Stelle erschien mir ideal, um der Raubkatze die Falle zu stellen. Sorgfältig breitete ich das mitgebrachte Fangnetz am Boden unter einer der Akazien aus. Als ich eben im Begriff war, das Zugseil über die geeignete Astgabel zu spannen, nahm mich eine riesige Würgeschlange, welche in jener Baumkrone hauste, als Mahlzeit ins Visier. Schlimm genug, mögt ihr jetzt vielleicht denken.

Doch blieb sie nicht die einzige, die es auf mich abgesehen hatte. Ein gar grauseliges Krokodil schwamm vom gegenüberliegenden Ufer aus herbei, um es der Schlange gleichzutun. Und weil der guten Dinge immer drei sind, gesellte sich dann auch noch ein edles Tigerweibchen hinzu. Lautlos schlich sich die Streifenkatze durch die Schatten des Waldes an mich heran.

Im allerletzten Augenblick, kurz bevor die drei Tiere sich auf mich stürzten, wurde ich ihrer gewahr. Als sie nun alle zufällig im selben Moment angriffen, stahl ich mich behände unter dem gewaltigen Satz des Tigers heraus aus ihrem Kreis, und die drei stießen unweigerlich mit den Köpfen gegeneinander.

Dabei gelangte die Schlange in den weit aufgerissenen Rachen des Krokodils, welches die Boa in zwei Teile zerbiss. Im Fallen ließ ein Reflex die beiden Schlangenhälften sich um das winden, was sich in ihrer unmittelbaren Nähe befand. Worauf die eine den Tiger und die andere das Krokodil umwickelte und im Todeskrampf erdrosselte. Froh, nicht im Magen dieser Untiere gelandet zu sein, grämte es mich dennoch, dass der schöne bengalische Tiger vor mir unabänderlich perdu war.

Bloß, eine gnädige Wendung des Schicksals wollte es, dass die Tigerin mich als Beute für ihren hungrigen Nachwuchs vorgesehen hatte. Dieser meldete sich bald lautstark aus einem Gebüsch heraus, wo ich, den Wimmerlauten folgend, das entzückende Katzenkind vorfand. Es fauchte furchtsam, weil es mich sah,

und krallte nach dem Filz, als ich es im Nacken packte und in meinen Hut setzte. Die drei toten Bestien übereignete ich meinem Kundschafter, welcher sich überschwänglich für die wohlwollende Geste bedankte. Das Tigerkind aber nahm ich mit nach Dagon.

Meinem wortgewandten Kapitän musste es tatsächlich gelungen sein, obwohl er Ausländer war, eine Einladung zur Audienz in der kommenden Woche erhalten zu haben. Er zeigte sich jedenfalls äußerst zufrieden über die drollige Streifenkatze und bot mir an, ihn bei dieser Gelegenheit in den Palast zu begleiten, um das Geschenk persönlich zu überreichen. Mit Freuden willigte ich ein, und ich sollte nicht schlecht daran getan haben. Denn der Palast stellte sich als einzigartig heraus.

In Sänften ließen wir uns von Kulis dorthin tragen. Mich wunderte, dass wir dafür keineswegs auf die Stadtmitte zuhielten, wo sich Paläste im Allgemeinen befinden, sondern uns davon entfernen. Dorthin, wo der Yangon die Stadt umfließt und letztlich ins Andamanische Meer mündet.

An seinen grünen Ufern entlang trugen sie uns bis zu einem Landungssteg, der weit hinaus auf das Wasser reichte und an dessen Ende das gewaltigste Galeerenschiff vor Anker lag, welches mein Auge jemals erblickte.

Allein der Rumpf dürfte gut und gern zweihundertsechzig Schritt in der Länge und mindestens hundertfünfzig Schritt in der Breite gemessen haben. Die Bordwände waren mit goldenen Platten verziert, welche Vogelfedern darstellten, und vorn am Bug dienten zwei überdimensionale fabelhafte Kranichköpfe als Galionsfiguren. Anstatt Masten, Tauen und Segeltuch befand sich im Zentrum der schwimmenden Plattform ein mächtiger Prunkbau. Umringt von einem blühenden Garten, in dem mannigfaltige Tierarten lebten, überragten die unzähligen Pagodendächer dieses Palastes alles in dieser Stadt. Fast kam es mir vor wie eine neue Arche Noah. Von diesem Palastschiff aus regierten die Mon ganz Hongsavatoi, und nötigenfalls, im Kriege beispielsweise, verlegten sie ihr bewegliches Zentrum der Macht schlicht auf ein entferntes Gewässer.

Über den Steg pilgerte ein nicht enden wollender Strom von Edelleuten und geistlichen Würdenträgern zu dem Schiff. Wir reihten uns ein und standen keine fünf Stunden darauf vor den Majestäten.

Der Worte brauchte es nicht viele. Das Präsent verschaffte uns umgehend eine ausgezeichnete Reputation an diesem Hof, und mit großzügigen Konzessionen überschüttet, entließ man uns in die lohnenswerte Welt des hinterindischen Gewürzhandels. Damit füllten sich die Fracträume der Undine wieder etwas mehr, und die neuen Kontrakte, welche infolgedessen in die Schreibmappe des Kapitäns wanderten, waren das Papier, auf dem sie geschrieben standen, auch wirklich wert.

25.

Wie Münchhausen
Konfuzius half, China im Gleichgewicht zu halten

»Die Summe aller Tugenden ist die wirkliche Menschlichkeit.« So wenige Lehren des Konfuzius mir damals erst bekannt waren, diese eine Weisheit ist mir seit meiner Jugend im Gedächtnis und stets ein guter Leitfaden gewesen. Das Quentlein, was ich früher über diesen Meister der fernöstlichen Philosophie wusste, hatte aber ausgereicht, um mehr über seine Weltanschauung erfahren zu wollen. Umso erfreulicher fand ich es, dass unser nächster Hafen der von Macao sein sollte.

Konfuzius der Weise – in dieser Stadt war er, genauso wie im restlichen China, auch zweitausend Jahre nach seinem Tod immer noch allgegenwärtig. Gleich während der ersten Nacht im Reich der Mitte erschien er mir im Traum. Manche mögen darüber denken, dass ich ihn mir bloß herbeigesehnt hätte und alles nur Einbildung sei. Ich bin da jedoch anderer Meinung. In der Rückschau möchte ich sogar so weit gehen zu behaupten, dass sein übernatürliches Ich mich auserwählt und gefunden hatte. Unsere fortschrittliche europäische Kultur lässt uns landläufig an die Macht des eigenen Geschicks verknüpft mit der göttlichen Fügung glauben. Diese um so viel ältere Kultur der Chinesen aber sieht in allem, was geschieht, auch jedes Mal eine gewisse Vorbestimmtheit. Und so, wie sich diese Geschichte in jenen Tagen zugetragen hat, denke ich nicht, dass sie Unrecht mit dieser Meinung haben.

Der rosenwangige Gelehrte erwartete mich im Jasmingarten. Den starken Duft der Sträucher roch ich beim Durchschreiten des Gartens deutlicher, als man es von einer Träumerei normalerweise gewohnt ist. Überhaupt nahm ich den gesamten Traum außerordentlich dinglich wahr.

Auf den Meister traf ich in der Mitte einer roten Holzbrücke. Sein freundlich durchgeistigtes Antlitz empfing mich mit einem ewigen Lächeln. Er wollte mich

auf ein wichtiges Ereignis vorbereiten. Dabei war seine Methode so einfach wie genial. Er erzählte mir geradeheraus, was ich innerhalb der nächsten Tage erleben würde und riet mir zuerst ein gebührliches Verhalten dafür an. Immerhin prophezeite er mir, dass ich tags darauf der kaiserlichen Familie begegnete. Ich reagierte mit freudigem Erstaunen, bis er zum Kern der Sache kam.

Ihm war bekannt, dass Kaiserin Xiao Xian seit ihrer Kindheit an einer Erkrankung der Lunge litt. Nun, da sie zweiunddreißig Jahre zählte, sei ihre Zeit gekommen, und sie würde ihrem dauerhaften Leiden erliegen. Ihr plötzlicher Tod würde Kaiser Qianlong, der seine Frau über alles liebte, in ein tiefes Unglück stürzen. Die angespannte innenpolitische Situation konnte allerdings einen derart geschwächten Kaiser gegenwärtig nicht ertragen. Die kriegführenden Rebellen in den Randprovinzen gewännen ungemein an Stärke, und bittere Ränke innerhalb der Palastmauern würden den Kaiser letztendlich in die Knie zwingen. Das mächtige chinesische Reich bräche unweigerlich auseinander, und ein Zeitalter des großen Blutvergießens wäre angebrochen.

All diese Plagen, die er vorhersah, konnten seinem Land und dessen Volk erspart bleiben, verstünde es jemand, die Kaiserin zu heilen. Eben dieses trug mir Konfuzius auf. Mir wurd's gehörig ehrfürchtig zumute, da ich nun auch die Tragweite meines scheinbar kleinen Dienstes erkannte. Darüber hinaus fehlte es mir an Kenntnissen, was solcherlei Gebrechen betraf, weil ich ja kein medizinischer Doktor war.

Der Weise aber nahm mir die Bedenken, indem er meine Hände packte und sie über diese Verbindung mit heilsamer Energie anreicherte. Nur wenige Augenblicke lang sollte ich damit den bloßen Rücken der Kaiserin berühren, und sie würde danach am Leben bleiben. Bevor er lautlos wie eine Erscheinung entschwand, schaute er mir noch einmal tief in die Augen und erkannte den Idealisten darin, welcher ich stets von ganzem Herzen war. Dieser würde seiner Meinung nach der anstehenden Mission gewachsen sein. Voller Vertrauen entließ er mich aus diesem visionären Traum, hinein in ein sanftes Erwachen.

Der neue Morgen begrüßte Macao mit eitel Sonnenschein. Ein Tag, wie ihn ein begabter Künstler nicht schöner hätte malen können, brach an. Bis zur Mittagsstunde maß ich meiner seltsam intensiven Träumerei noch nicht die Bedeutung bei, welche sie eigentlich verdiente und welche sie letztlich auch bekommen sollte. Also hört gut zu, was weiter geschah.

Just als ich in einem Lokal in der Innenstadt zu Mittag speiste, marschierte eine Hundertschaft Soldaten mit bunten Fahnen und viel Getöse durch die Straße davor, gefolgt von einem Trupp Berittener und schließlich der Sänfte des Kaiserpaares, umringt von grimmig dreinblickenden Kriegern.

»Schockschwerenot, das ist nicht zu fassen. Es passiert wahrhaftig!«, durchzuckte es meinen Geist, als mir zu Bewusstsein kam, dass der Traum Wirklichkeit wurde. Das Nudelgericht blieb mir daraufhin im Halse stecken, und ich begann zu husten. Schweißperlen traten mir auf die Stirn. Mit hochrotem Gesicht ließ ich den Rest der Portion zurückgehen. Der Kellner grinste mich beim Abräumen herablassend an, weil er wohl der Meinung war, dass mir die Nudeln zu scharf gewürzt seien. Ich klärte dieses Missverständnis aber keineswegs auf, hatte ich doch beileibe Wichtigeres zu tun, nun wo sich alles nach der Prophezeiung hin fügte.

Unverzüglich mischte ich mich draußen unter das zusammenlaufende Volk, um ein wenig dem Klatsch zu lauschen. Bedauerlicherweise bin ich der chinesischen Sprache kaum mächtig, jedoch reichten mir die aufgeschnappten Wortfetzen aus, um zu wissen, dass die schwere Erkrankung der Kaiserin das Tagesgespräch war. Ihr Leibarzt musste endgültig an die Grenzen seines Wissens gestoßen sein. Welche andere Erklärung hätte es sonst dafür geben können, dass ein hoher Beamter des Hofes die Leute am Straßenrand nach Doktoren und Wunderheilern in der Gegend ausfragte? Als dieser dann auch an mir vorbeikam, bot ich meine Dienste an und wurde tatsächlich ersucht, ihm nachzueilen.

An der Pforte eines der prunkvollsten Häuser Macaos wurde ich in eine lange Warteschlange von Heilern und zweifelsohne ebenso vielen Scharlatanen eingereiht. Einer nach dem anderen wurde von den Wachen in das Schlafgemach geführt und probierte seine Praktiken an der dort gebetteten schwachbrüstigen Kaiserin aus. Keinem von ihnen gelang es, ihr Linderung zu verschaffen. Noch lange bevor ich endlich an der Reihe gewesen wäre, brach Xiao Xian vor Erschöpfung die kläglichen Versuche ihrer Rettung ab. Wie durch ein kleines Wunder aber wanderte ihr hoffnungsloser Blick aus dem Fenster hinaus, über die herbeigerufenen Untertanen. Bis hin zu mir. Sicherlich bin ich ihr vorher schon aufgefallen, meiner langen Nase wegen und da ich an Körpergröße die meisten Chinesen bei Weitem übertraf. Auch weil ich durch die Kleidung und mein Aussehen geradezu exotisch auf sie gewirkt haben musste, entschied sie, mit merklich schwindender Kraft, es mich als Letzten noch einmal versuchen zu lassen.

Die Wachen führten mich an ihr Krankenlager. Mit einer ehrerbietigen Verbeugung bekundete ich meinen Respekt, bevor ich ihr mit Gesten verständlich machte, dass ich zur Behandlung meine Handflächen zwischen ihre entblößten Schulterblätter legen müsse. Man drehte Xiao Xian auf den Bauch, denn sie war schon zu schwach, um es selbst zu tun. Ich platzierte meine Hände genau dort, wo es mir Konfuzius angewiesen hatte. Dann schloss ich die Augen, konzentrierte mich völlig auf den Fluss der Energien. Meine Handflächen erwärmten sich spürbar und begannen heftig zu schwitzen. Prickelnd zog ein osmotischer Strom von Haut zu Haut. Kaum eine Minute später kühlten sie wieder ab, und ich erklärte die Prozedur für beendet.

Innerhalb der folgenden Tage gesundete die Kaiserin zusehends, und vier weitere Jahre waren ihr dadurch an der Seite ihres Mannes vergönnt. Bis dahin hatte das Reich seine nötige innere Stabilität wiedererlangt. Kaiser Qianlong regiert China bis heute noch gerecht und weise.

Seine Dankbarkeit ob meiner Heilkunst kannte keine Grenzen. Er bot mir fruchtbare Lehen, zahllose Konkubinen und seltene Tiere zum Geschenk an. Ich lehnte jedoch höflich alles ab, hatte ich zum Wunder selbst ja nur einen geringen Anteil beigetragen, wenn überhaupt, es bloß indirekt vollbracht.

Einen possierlichen Maki musste ich zu guter Letzt doch annehmen, um seine Majestät nicht in Verlegenheit zu bringen. Ausgesprochen munter turnte das Äffchen an mir herum und wich von Stund an nicht mehr von meiner Seite. Dieser kleine Glücksbringer bereitete den meisten an Bord der Undine großes Vergnügen, und in bester Laune setzten wir unsere Fahrt nach Osten fort.

Die Zukunft eines ganzen Landes für einen Moment lang in seinen eigenen Händen zu halten, ist ein unbeschreiblich erhebendes Gefühl. Nach dieser Erfahrung wurde mir Folgendes klar: Ein fähiger Philosoph muss wissen, wie die Welt ist, und sollte zugleich sehen, wie sie sein könnte. Die Volksseele täte gut daran, solch einem zu folgen.

26.
Wie Münchhausen
den japanischen Piraten die Stirn bot

Weiter trug uns die Undine über das Chinesische Meer hin ins Land der aufgehenden Sonne. Genauer gesagt nach Deshima, einer künstlich aufgeschütteten Insel in der Bucht von Nagasaki. Darauf hatte sich die niederländische Ostindien-Compagnie mit einer Handelsstation niedergelassen. Übrigens die einzige in ganz Japan, welcher es vom Tokugawa-Shogunat – dem herrschenden Kaisergeschlecht – erlaubt war, im direkten Warenaustausch mit Europa zu stehen. Eben jener Isolation und der damit verschärften Konkurrenzsituation wegen vermutete Kapitän Kidder weniger günstige Voraussetzungen, um die Interessen unserer Auftraggeber in Riga dort leicht vertreten zu können. Weil der Hafen aber auf direktem Weg lag, wollte er es nicht unversucht lassen.

Die uns fremden fernöstlichen Götter des Wassers und der Winde zeigten sich gnädig, sodass wir gut vorwärtskamen. Der kleine Katzenmaki, welchen mir seine Majestät der Kaiser von China verehrt hatte, bescherte uns bei der Überfahrt manch neckischen Zeitvertreib. Anfangs verkroch er sich noch häufig in den weiten Taschen meines Rocks. Das raue Klima auf hoher See und der barsche Ton achtern schüchterten ihn ein. Doch er gewöhnte sich daran und kletterte bald mit den Matrosen in der Takelage herum. Als er so ein Mitglied der Besatzung geworden war, lag es bei mir, ihm auch einen geeigneten Namen zu geben. Eingedenk der hervorragenden Großtaten der christlichen Seefahrt und im frommen Glauben an deren Schutzpatronin wählte ich zur Huldigung wie auch zur Preisung den unserer Mutter Gottes.

Fortan nannte ich den Affen also Maria. Was ihm nichts auszumachen schien, obwohl es sich um ein männliches Tier handelte. Auch hörte er recht schnell auf seinen klangvollen neuen Namen. Oft schallte dieser, in Flüche verpackt, aus

der Kombüse heraus, wenn unser Koch den flinken Dieb beim Stibitzen von Eiern oder Obst erwischte. Einmal griff er sich das Augenglas des Schiffsarztes gerade von dessen Nasenwurzel weg und jagte damit über die Reling davon. Selbstverständlich war die Aufregung darob ziemlich groß, weil der gute Doktor seine Gläser zum Operieren dringend brauchte. Affe Maria flüchtete sich bis ganz nach oben auf die Spitze des Großmastes und schaute sich das rege Treiben unter ihm gelassen durch den Kneifer an. Eine Handvoll Matrosen stieg ihm hinterher und versuchte, ihn vom Krähennest aus mit Bananen zu locken. Der Affe zeigte sich davon wenig beeindruckt und äugte lieber noch eine Weile lang durch die Linsen in die Welt hinaus.

Dabei entdeckte er zufällig Schiffe am Horizont. Mehrfach kreischte er aufgeregt, bis ich sichtlich Kenntnis davon genommen hatte und die Wasserlinie selbst mit meinem Fernrohr absuchte.

Es handelte sich um zwei alte Dschunken, die unserem Kielwasser folgten. Sie schienen umgebaut und vor allem leichter gemacht worden zu sein. Am Abend hatten sie deshalb so weit aufgeholt, dass wir ihre schwere Bewaffnung und die wenig vertrauenerweckende Besatzung schon mit bloßem Auge erkennen konnten.

Für Kapitän Kidder bestand nun kein Zweifel mehr daran, dass unsere Undine die Beute von japanischen Piraten werden sollte. Für einen offenen Kampf rechnete er uns schlechte Chancen aus. Spätestens morgen hätten sie die Undine eingeholt, manövrierunfähig geschossen, geentert und jeden Mann an Bord in barbarischer Manier ans Kreuz geschlagen. Demnach blieb uns einzig die hereinbrechende Dämmerung, um diesen Galgenstricken im Schutz der Nacht zu entkommen.

Wir beteten für dichte Wolken und einen sternenlosen Himmel. Und wurden erhört. Rabenschwärze hüllte uns bald ein. Auf Befehl des Kapitäns löschten wir alle Lampen gleichzeitig, auch die Positionsleuchten.

Ab da war es jedem unter Strafe verboten, auch nur das kleinste Geräusch zu machen. Von einem Moment zum anderen hörten wir bloß noch das Killen der Segel über und das Gemurmel der Wellen rings um uns. Weil die Finsternis die Undine nun gänzlich verschluckt hatte, drehte der Steuermann das Ruder hart nach rechts, und wir blieben bis zum Sonnenaufgang auf diesem geänderten Kurs, ungesehen in der Dunkelheit verborgen. So gelang es, die Verfolger vorerst abzuschütteln. Gegen die Mittagsstunde tauchten die beiden Kaperschiffe allerdings erneut hinter uns auf, und am Nachmittag waren sie bereits wieder bis auf Schussweite nachgerückt.

Die dramatische Lage forderte mein Genie heraus. Ein Geistesblitz war vonnöten. In kürzester Zeit ersann ich eine wirkungsvolle Lösung gegen die Auswegslosigkeit des Dilemmas. Was mir im Falle unmittelbarer Gefahr dadurch gelingt, dass ich meine eigenen Gedanken sich selbst überholen lasse. Ein innerliches Hürdenlaufen, wenn man so will. Auf diese Art überspringe ich ausgedehnte Analysen und einen langwierigen Erfindungsprozess und gelange stattdessen direkt zur Auflösung des Problems.

Zur Eliminierung desselben ließ ich mir dieses Mal einen Sack Schießpulver, zwei leere Fässer, zwei Kannen Steinöl, Lunten, Tauwerk, Holzschwimmer sowie Pfeil und Bogen aus dem Kabelgatt bringen. Die Holzschwimmer befestigten die Matrosen auf mein Geheiß hin gleichmäßig verteilt über das Tau. An dessen Enden seilte ich die leeren Fässer an, füllte diese mit dem Schießpulver gut halb voll, legte mehrere Lunten so hinein, dass sie noch ein Stück über den Rand heraushingen, und verschloss sie mit Holzdeckeln. Hernach kippte ich das Steinöl darüber, bis es die Fässchen und die hervorschauenden Luntenstummel völlig überzog. Nun wies ich die Soldaten an, meine simple Notfallbastelei vom Heck aus in die See zu schleudern, wo sie dem ersten Piratenschiff vor den Bug schwamm. Ein ruckartiges Ausweichmanöver der Dschunke misslang. Sie nahm das Tau beinahe mittig am Kiel auf. Wie gedacht, zogen sich die Enden mit den Fässern durch die Fahrt Backbord und Steuerbord bis an den Rumpf heran.

Indes hatte ich ein mit Öl getränktes Tuch um einen Pfeil gewickelt, entzündete es und schoss diesen mit dem Bogen los. Meine geübte Hand lenkte ihn gleich beim ersten Versuch gegen das Pulverfass, welches schlagartig in Brand geriet. Sofort fing auch eine der Lunten Feuer, und nachdem das Pulver dadurch explodiert war, klaffte ein großes Loch in der Bordwand des Piratenschiffs.

Dem Donner der Sprengung folgte das Siegesgebrüll unserer Matrosen. Kurz darauf bekam die volllaufende Dschunke Schlagseite. Ihrer zwielichtigen Mannschaft blieb nichts weiter übrig, als sich in die Fluten des Ozeans zu retten, um nicht zusammen mit dem Schiff in ein nasses Grab hinabzusinken.

Erwartungsgemäß drehte die zweite Dschunke bei. Sie musste die Kumpane ja wieder herausfischen. Deshalb konnten wir abermals entkommen. Nun möchte man meinen, dass die Piraten nach diesem Desaster aufgegeben hätten – doch weit gefehlt. An Stolz und Ehre verletzt, was bei einem Japaner dem gesellschaftlichen

Tode gleichkommt, setzten sie uns deswegen erst recht nach und schipperten tags darauf wieder längsseits unserer Brigg, sodass es mir unmöglich wurde, die gestrige List erneut anzuwenden. Weil uns der Gegner dieses Mal aber nicht mehr in die Zange nehmen konnte, war die Aussicht auf einen möglichen Sieg entscheidend gestiegen. Ich ließ gefechtsklar machen. Mit dreifach geladenen Kanonen und den Musketen im Anschlag erwarteten meine Soldaten und ich gefasst den Angriff. Der unbestechliche Kamerad Zufall jedoch wollte es, dass noch bevor ein Schuss gefallen war, eine Flotte von sechzehn gepanzerten Schildkrötenschiffen aus dem Gelben Meer kommend unser Gewässer durchfuhr.

Das Auftauchen der Kriegsboote versetzte die Piraten in Panik. Schnellstmöglich änderten sie ihren Kurs und nahmen Reißaus. Dies geschah nicht ohne Grund, denn jene bewährte Flotte wurde vom Königreich Korea eigens dazu unterhalten, alle japanischen Eindringlinge zu rammen und rücksichtslos zu versenken. Da der Verfolger nun zum Verfolgten wurde, konnten wir unsere Fahrt unbehelligt fortsetzen.

Das vergnügliche Ende dieser Episode ereignete sich dann in der eingangs kurz erwähnten niederländischen Siedlung auf Deshima. Neben zahlreichen Beamten und Angestellten der Compagnie wohnte in jenem Jahr auch ein recht talentierter junger holländischer Maler dort.

Mein Äffchen, wieder einmal mit dem geborgten Kneifer des Doktors auf der Flucht, inspirierte diesen zu seinem wohl außergewöhnlichsten Gemälde, welches er wie folgt betitelte: »Affe Maria mit Brille«.

So er das Kunstwerk fertiggestellt hatte, kaufte ich es ihm selbstverständlich ab. Seit meiner Heimkehr schmückt es die Wand meines Kuriositätenkabinetts hier im Salonzimmer, wie ihr sehen könnt.

27.

Wie Münchhausen die Feuergöttin Pele umgarnte

Vom Land der aufgehenden Sonne aus lag nun die längste direkte Seeroute unseres Abenteuers vor uns. Diese kräftezehrende Etappe auf dem weltgrößten Ozean hinüber in die Neue Welt zwang uns, beinahe jede sich bietende Gelegenheit zu nutzen, um auf festem Boden zu stehen und um frisches Trinkwasser aufzunehmen. Von den zahlreichen winzigen Eilanden, die wir dabei auf den mehr als achttausend Seemeilen fanden, schienen die meisten unbewohnt zu sein.

Weil man sich aber bei solch einer Strecke über kurz oder lang einander auch überdrüssig werden kann, hoffte ich, sobald wir irgendwo vor Anker gingen, dass mir dabei wenigstens einmal andere Menschen begegnen würden. Insofern wird man auch meine Erleichterung verstehen können, als wir auf einer Vulkaninsel in der zentralen Südsee auf einen Stamm Eingeborene trafen.

Die unvoreingenommene Freundlichkeit, mit welcher uns die Inselbewohner empfingen, war wie Balsam für die bedrückte Seefahrerseele. Ihre bronzefarbenen Leiber bedeckten sie, wenn überhaupt, nur spärlich mit Baströcken und breiten Ketten aus duftenden Blütenkelchen. Ein wohlmeinendes Gefühl der Lebenslust beherrschte dieses Zusammentreffen. Das ließ uns gern bei ihnen verweilen.

Die Vegetation der Insel strotzte vor Vielfalt und Überfluss. Eine schier unerschöpfliche Menge an unbekannten Tieren bevölkerte den immergrünen Urwald. Ob Mensch oder Tier, alles war vital und voll von wilder Fruchtbarkeit. Mein zahmer Affe Maria fühlte sich in dieser Umgebung auf Anhieb heimisch. Als der Häuptling des Stammes begann, sich sehr für dessen Kunststücke zu interessieren, kam ich schließlich nicht umhin, meinen tierischen Wegbegleiter an ihn weiterzugeben. Dieses Geschenk verschaffte mir sowie der gesamten Besatzung der Undine einen ausgezeichneten Einstand bei der Inselgemeinschaft, dass danach regem Handel mit den Einheimischen nichts mehr im Weg stand.

Wir brachten in unseren weiten Taschen alles Tauschbare, was wir besaßen, herbei. Gegen Glasperlen, Spiegel oder billigen Rum konnte dort ein jeder von uns die fremdländischen Schönheiten gewinnen. Auch lud man uns besonders herzlich zum bevorstehenden Fest ein, welches zur Huldigung der Feuergöttin Pele veranstaltet wurde, was uns recht kam, hatten wir doch schon seit Monaten keine ausgelassene Feier mehr erlebt.

Die größte Ehre wurde allerdings mir zuteil. Ich sollte als Höhepunkt dieser Feierlichkeiten der Göttin die Beeren des heiligen Ohelo-Strauchs als Opfer darbringen dürfen. Selbstverständlich willigte ich ein, weil mir das Angebot imponierte. Die Insulaner behandelten mich in den folgenden Tagen und Nächten besser als ihren eigenen Häuptling. Kein Wunsch, kein Verlangen, welches mir nicht umgehend erfüllt worden wäre. Es schmeichelte mir, wie sehr sie mich umsorgten und meine Person auch schon annähernd so sehr verehrten, als sei ich selbst eine Gottheit. Zu diesem Zeitpunkt wusste ich dummerweise nicht, dass die Zeremonie von alters her vorsah, nicht nur die Körbe samt Beeren rituell in einen Vulkan hineinzuwerfen, sondern den Überbringer gleich mit.

Die Sinne vernebelt, stand ich bald am Rand des rauchenden Höllenkraters. Mehrere Hohepriester hatten mich bei dem strapaziösen Aufstieg nach oben begleitet. Sie gaben mir auch wiederholt von einem berauschenden Gebräu zu trinken, welches mir die Ängste vor dem Sturz nehmen sollte. Bloß das ich nie Angst gehabt hatte. Können wir doch sowieso niemals tiefer fallen als in die geöffnete Hand unseres Gottes.

Wie dem auch sei, ich tat das, was von mir erwartet wurde und sprang hinein.

Um unten nicht zu zerschellen und möglichst weich zu landen, worauf immer das auch sein würde, griff ich die Schöße meines Rocks und zog diese weit auseinander, was den Fall erheblich einbremste. All die Opfergaben, welche mir die Priester nachwarfen, überholten mich gleich noch im Fluge und verschwanden schnell im dichter werdenden Qualm unter mir. Dicke, schweflige Dämpfe trieben mir die Tränen in die Augen. Die heiße Luft dörrte meinen Gaumen

allmählich aus. Wen wundert's also, dass mich ein unsäglicher Durst überkam, als ich endlich den felsigen Grund erreicht hatte.

Immerhin klärte sich da die Sicht, und eine formlose rote Wüste tat sich vor mir auf. Darin saß die Göttin Pele in einer Feuergrube.

Ein wild züngelnder, purpurner Haarbusch umgab ihr grobes, maskenhaftes Gesicht. In ihren glühenden Augen erkannte ich jenen frühweltlichen Zorn, der, einmal heraufbeschworen, Steine zum Schmelzen bringen konnte. Da stand ich dürstendes Menschlein nun dieser launenhaften Urmutter gegenüber und hatte, schon um meiner selbst willen, den Auftrag, sie zu besänftigen.

Wie jeder weiß, bin ich ja um eine charmante Schmeichelei nie verlegen. Also preise ich zuerst ihre anmutige Schönheit und lobte dann ihre große Weisheit. Beides mit mäßigem Erfolg. Das ganze Reden machte meine Kehle nur noch trockener, als sie es ohnehin schon gewesen war. Um diese etwas zu benetzen, zog ich also eine Flasche schnöden Rum, die vom Tauschhandel noch in meiner Innentasche steckte, hervor und genehmigte mir einen kräftigen Schluck daraus.

Pele schien irritiert. Gleich entschuldigte ich mich für diese Unhöflichkeit. Bat, mir meine Schwäche nachzusehen. Sie nickte huldvoll, aber befahl mir, ihr die Flasche zu reichen. Ich tat's, und sie wünschte zu erfahren, was mir da Erfrischung verschaffte. Deshalb erzählte ich ihr von der belustigenden Wirkung des Rums.

»Wo das gesprochene Wort, wo die Sprache versagt, da lässt man bei uns gern den Weingeist Sankt Spiritus sprechen. Er lebt in meinem Feuerwasser. Man findet ihn in solchen Flaschen.«

Begierig leerte Pele die Buddel darauf bis zur Neige. Solch schnöder Schiffsrum hat nun aufgrund seiner Unreinheit den leidigen Makel, einem die Innereien wie Beize auszubrennen. Das kitzelte ihr Gemüt. Peles Affinität zum »Feuerwasser« lag aber gleichsam auch in der Bezeichnung an sich begründet. Wer es ihrer Meinung nach verstand, diese beiden völlig gegensätzlichen Elemente auf solch eine angenehme Art zusammenzufügen, dem erkannte sie unumwunden einen Funken gottähnliche Schaffenskraft zu. Was sie milde stimmte und mir gelegen kam.

Nun brauchte es nur noch ein wenig mehr von meiner Süßholzraspelei, und ihr gelüstete nach mir. Dieser seltene Gefühlsausbruch der sonst so Robusten rief allerdings Peles neidische Schwester Kapo herbei – die gefürchtete Hexe in der Gestalt einer Liebesgöttin.

Eifersüchtig löste sie gewaltsam unsere Umarmung, sodass ich Pele dabei versehentlich ein Büschel Haare vom Kopf riss. Gekonnt umgarnte mich nun Kapo. Schmiegte sich unerhört weich an meine Brust. Und verglichen mit ihrer Schwester war sie der reinste Augentrost. Ihr langes schwarzes Haar, der wohlgeformte Leib und die exotischen Züge ihres sündhaft eleganten Gesichts weckten die Begierde in mir. Jener Venushaften nicht im nächsten Atemzug zu verfallen, mich zurückzuhalten, gelang mir nur mit Mühe. Bloß das Wissen darum, dass mich ihre Liebesmuschel sofort ganz und gar verschlingen würde, wenn ich der Zauberstimme nicht widerstünde, hielt mich noch davon ab. Ein Wunderweib allererster Güte war diese Kapo. Mit ihrer schlechten Angewohnheit allerdings nicht ganz meine Kragenweite.

Glücklicherweise mischte sich Pele ein, bevor meine Gefühle noch mehr in Wallung kamen, und drängte sie wieder weg von mir. Die beiden gerieten in Streit

darüber, wem ich wohl zustünde und begannen um mich zu rangeln. Sowie ihr Zwist heftiger wurde, fing die Erde an zu beben.

Weil die beiden Göttinnen genug miteinander beschäftigt waren und hierbei gewaltiges Chaos um sich herum verursachten, nutzte ich die Gelegenheit zur Flucht. Aufs Geradewohl rannte ich in die Wüste hinein, bis mich eine rote Felsenwand am Weiterkommen hinderte. Doch bei genauerer Betrachtung befanden sich unzählige Löcher darin, in welchen man durch Schlote scheinbar nach oben gelangen konnte. Zumindest deutete ein starker Sog, der dort hineinzog, daraufhin.

In der Hoffnung, dass sie in der Höhe nicht schmaler werden würden, suchte ich mir eine Öffnung von passender Größe aus und kletterte hinein. All diese unterschiedlichen Röhren funktionierten ähnlich wie die Pfeifen einer Orgel. Sobald die Göttin im Erdinneren tobte, zog ihre überschäumende Wut dort hindurch ab, und der Vulkan schmetterte ein apokalyptisches Oratorium hinaus in die Menschenwelt. Zum Glück beruhigte sich die Zwietracht der Götterschwestern mir nichts dir nichts wieder, und das Atoll blieb dieses Mal von einer ihrer verheerenden Machtdemonstrationen verschont. Es wurde lediglich ein wenig durchgeschüttelt.

Die enorme Saugkraft in dem Schlot erfasste nun auch meine sterbliche Hülle und half mir, flugs hinauf an die Erdoberfläche zu gelangen. »Plopp« – gleich einem Korken schoss ich aus einer Felsspalte am Fuße des Berges heraus und landete mit Karacho in einem Hibiskusstrauch. Eine schmerzhafte Erfahrung war das.

Nachdem ich alle meine Knochen durchgezählt und am rechten Platz gefunden hatte, bemerkte ich, dass meine Hand Peles Haar nach wie vor umfasst hielt. Zusehends verwandelte es sich an der klaren Luft in funkelnde Rubine. Als ich damit zurückkehrte, knieten alle Insulaner vor mir nieder und stimmten einen religiösen Lobgesang an.

Meine wundersame Wiederauferstehung ging in ihre Mythen ein. Seither erzählt jeder Vater im Archipel seinen Nachkommen zu gegebener Zeit die Legende von dem unerschrockenen weißen Götterbuhlen.

28.

Wie Münchhausen den Urwald durchschiffte

Es ist für einen Seefahrer ein ums andere Mal das erbaulichste Gefühl, wenn der Beobachtungsposten im Mastkorb »Land voraus« ankündigt. Jeder grüne Küstenstreifen, der sich am Horizont abzeichnet, erscheint einem wie eine Offenbarung, nach all den blauen Wassern, welche man hinter sich gebracht hat. Die ganze Mannschaft versammelt sich dann an der Reling, um sich am Anblick der »neuen« Welt zu ergötzen. Und eben jene hatten wir nun endlich erreicht.

Die Neue Welt – ein weitläufiger Kontinent, dem der Ruf der grenzenlosen Freiheit so wohltuend anhaftete, dass einem Abenteurer wie mir das Herz in der Brust höherschlug. Mit einem Mal war sie zum Greifen nahe. Vom Anbeginn unserer Reise ist sie doch das Hauptziel gewesen.

Wir landeten in Neugranada, wo die Landmassen des unbegreiflich großen Nordteils mit denen des gewaltigen Südteils durch einen gerade mal dreißig Meilen breiten Gürtel miteinander verbunden sind.

Beim Studieren von Kapitän Kidders geografischen Karten stellte ich fest, dass sich bestimmt ein lohnendes Geschäft daraus machen ließe, genau an dieser Engstelle einen Kanal zu graben, welcher die beiden Ozeane verbinden würde.

Bisher entlud man die Handelsschiffe ebenda auf der einen Seite und transportierte die Fracht auf einer eigens dafür angelegten Straße quer durch den Dschungel hinüber zur anderen Seeseite, wo ein zweites Schiff im Hafen wartete, um die Ladung wiederaufzunehmen. Das kostete den Reeder immer wieder ein kleines Vermögen. Jedoch stellte diese eine gefahrlosere Route dar, als das berüchtigte Kap Hoorn zu umsegeln, was ferner auch noch mehrere Monate dauerte.

Weil uns ein zweites Schiff aber ohnehin nicht zur Verfügung stand und ich auch schnell zu dem Schluss kam, dass unsere eigenen Kapazitäten nicht ausreichen, um meinen Wasserweg durch die schmale Landbrücke zügig selbst zu bauen, blieb scheinbar doch nichts weiter übrig, als das Vabanquespiel Kap

Hoorn einzugehen. Dennoch beschäftigte mich nun laufend die Idee, eine Möglichkeit zu finden, das hinderliche Festland irgendwie überwinden zu können.

Am folgenden Tag besichtigte ich die alte Handelsstraße. Sie bot ausreichend Platz und verfügte über einen harten Untergrund. Im Geiste rollte ich unsere Brigg bereits mit glatten runden Baumstämmen unter ihrem Kiel darauf entlang. Nur an den Bergen und Tälern scheiterte diese Vorstellung. Über solche Unebenheiten müsste sie schon hinwegschweben, um nicht am eigenen Gewicht zu zerbersten, wenn sie in Schwung käme.

Egal wie utopisch mir das Gedankenbild dort draußen im Wald noch vorgekommen sein mochte, ich sann des Nachts auf meiner Schlafstatt liegend ruhelos weiter darüber nach, ob es nicht doch auszutüfteln sei. Denn wo ein Wille ist, da ist auch Weg. In diesem Fall natürlich genau umgekehrt.

Das Prinzip der Kong-Ming-Laterne war mir erst kürzlich in China bekannt geworden. Dabei handelt es sich um einen Lampion, der mittels einer kleinen Kerze in seinem Inneren hoch in den Himmel aufsteigen kann. Nun stellte ich mir vor, dass ein Lampion von entsprechender Größe im Grunde ausreichen sollte, die Undine ebenso anzuheben. Dem Kapitän war meine praktikable Erfindungsgabe inzwischen vertraut. Mithin möchte ich behaupten, dass er meinen Esprit mittlerweile zu schätzen wusste. Als ich ihm diesen irrwitzigen Vorschlag nämlich unterbreitete, sicherte er mir nicht nur glattweg seine Fürsprache zu. Mehr noch! Ohne Zögern übertrug er mir für dieses gewagte Unternehmen die ganzheitliche Befehlsgewalt über das Schiff und die Besatzung. Nun lag es bei mir, meinem Ruf als Tausendsassa auch gerecht zu werden.

In erster Linie brauchte ich etwas Zeit und die Unterstützung der Landbevölkerung. Wir entlohnten sie gut dafür, dass sie uns drei übergroße Hüllen aus derben Tierhäuten zusammennähten und lange Netze knüpften. Inzwischen verlud die Mannschaft unsere Fracht und alles bewegliche Inventar aus der Undine heraus auf Fuhrwerke. Drei eiserne Öfen, von deren Schloten aus biegsame Schläuche in die Hüllen führten, hatte ich auf den Decksplanken festgeschraubt. Ein paar Kleinigkeiten noch, mehr war nicht nötig.

Nachdem wir sämtliche Vorbereitungen getroffen hatten und die Winde lau wehten, wähnte ich den richtigen Zeitpunkt gekommen, mein Experiment zu starten.

Hunderte Indios standen derweil am Strand bereit. Die meisten hielten die Taue fest, welche zu unserem Schiff führten. Andere hatten lange Stangen in den Händen, mit denen das fliegende Schiff dann gelenkt werden sollte. Nur drei Matrosen, Kapitän Kidder und ich selbst waren auf der Undine geblieben. Alle anderen fuhren uns mit dem Stückgut voraus. Die Anspannung stieg, als ich die Öfen anheizte Ungeduldig wartete ein jeder darauf, dass die Hüllen, welche derzeit noch neben der Brigg im Wasser schwammen, aufzusteigen begannen.

Es dauerte eine volle Stunde, bis sich diese überhaupt erst einmal blähten und eine weitere, bevor sie sich langsam aus der See erhoben und schließlich irgendwann prall gefüllt über dem Schiff in der Luft hingen. Nun verstärkte ich die Wirkung der warmen Dämpfe, indem ich in Verbindung mit dem Holz noch eine Art Unkraut verheizte, welches die Indios Pimpone nannten. Sie rauchten die jungen Triebe dieser strauchartigen Pflanze in ihren Pfeifen und versetzten sich damit in hypnotische Zustände. Ihr Körper würde dadurch träge werden, und ihr Geist flöge leichter davon, beschrieben sie dieses Gefühl. Den Effekt wollte ich nutzen, um noch mehr Auftrieb zu gewinnen.

Und was soll ich euch sagen, der Versuch glückte! Das ganze schwere Schiff ließ die Gezeitenströme letztlich unter sich und strebte tropfend himmelwärts. Ein überraschtes Gebrabbel und Staunen kam in der Menge auf, bis ich sie lauthals darauf aufmerksam machte, ihre Pflichten gefälligst ernst zu nehmen, damit diese Jungfernfahrt nicht in einem Fiasko endete.

Sogleich begannen die Indios mein Luftschiff an den Tauen heranzuziehen. Glücklicherweise waren unten am Boden genügend von ihnen, um das plumpe Gewicht in der Schwebe zu halten, ohne dass sie davon selbst in die Höhe gehievt wurden. Mit vereinten Kräften zerrten sie es über das Land, wo es erst einmal mit den Stangen eingekeilt wurde. Eilends setzten die drei Matrosen das Hauptsegel. Nachdem es dann wieder freigegeben war, fuhr das Schiff tatsächlich lautlos an.

Für mich galt es, ab sofort dauerhaft die richtige Menge beim Nachlegen des Schwebstoffs zu finden. Das musste mit größter Behutsamkeit geschehen. Gäbe ich zu viel in die Öfen, zöge es alle unsere Helfer unweigerlich mit sich hoch hinauf in die Wolken; gäbe ich zu wenig hinein, stürzten wir ab und erdrückten die Tagelöhner darunter. Der heiligen Maria sei Dank ging es gut. Ich fand stets das rechte Maß.

Mehrere Gruppen von Indios wechselten sich im Fünf-Stunden-Takt an den Haltestangen und Tauen ab. Sie manövrierten das schwerfällige Schiff geschickter, als anzunehmen war, durch die Schneise im Dschungel. So kamen wir täglich gut sechs Meilen voran. Jeder der Helfer hatte seine Ruhezeiten, die die Männer nach der kräftezehrenden Arbeit auch dringend brauchten. Jeder außer mir. Da ich der Einzige war, der das Pimpone aufs Gramm genau verheizen konnte, blieb ich Tag und Nacht bei den Öfen, um diese wichtige Aufgabe eigenhändig zu verrichten.

Die ganze Zeit wach zu bleiben verlangte mir viel ab, sodass ich hin und wieder zu dem einheimischen Kokakraut greifen und die belebenden Blätter kauen musste. Monströse Baumgebilde wanderten währenddessen zu beiden Seiten an mir vorbei. Manchmal verfing sich meine Aufmerksamkeit zwischen den Ästen. Kaum, dass ich aber etwas länger in diesen Urwald hineingeschaut hatte, schaute der Wald schon aus tausend Augen auf mich zurück. Als wüsste er, weswegen ich mich auf dieser Reise befand. Als hätte er mich ertappt und wolle

mich deshalb herausfordern. Manchmal fuhren wir leicht aufwärts, bis ich knapp über die Baumkronen hinwegsehen konnte. Beim Anblick des dichten, nicht enden wollenden Blätterdachs fühlte ich mich wie der Bezwinger eines riesenhaften grünen Ungeheuers. Der Ritter in glänzender Rüstung, dem der schuppige Leib des erschlagenen Lindwurmes zu Füßen lag. Schwärmerische Traumtänzerei war das. Ein Hirngespinst der Größe des Moments wegen und ursächlich in der Müdigkeit und dem Kokakonsum begründet.

Diese Wildnis lässt sich nicht zwingen. Sie ist nicht zu beherrschen. Demnächst musste ich sie noch durchstreifen, in sie eindringen und dabei zulassen, dass sie auch in mich eindringt. Dann sollte sie mich solange an die eigenen Grenzen führen, bis ich ihr den nötigen Respekt zollte. Damit sie mich nicht einfach schlucken und verdauen konnte, sondern lebendig wieder ausscheiden müsse.

Bevor das alles aber geschah, erreichten wir erst einmal innerhalb einer Woche die andere Küstenseite von Neugranada. Die hilfreichen Indios gaben auf mein Geheiß hin das Schiff am Strand frei. Ein Weilchen ließ ich es noch droben in den Lüften gondeln, um etwas weiter draußen über tieferes Fahrwasser zu gelangen. Wie die Öfen ausbrannten, sank es gemächlich in die Flut hinunter. Alsdann entledigten wir uns der Flugapparatur, holten die restliche Besatzung und die Ladung wieder an Bord und setzten unsere Reise im Atlantik fort. Immer an der Küste entlang, hinunter bis zur Mündung des Amazonas.

Der Kapitän beglückwünschte mich zu dem gelungenen Manöver und kündigte an, mir einen Orden verleihen zu wollen. Bei der Zeremonie bin ich allerdings eingeschlafen.

29.

Wie Münchhausen das Goldland entdeckte

An der Mündung des Amazonas angelangt, teilten wir unsere Bemannung. Die eine Hälfte blieb auf der Undine, die andere sollte mir ins Landesinnere folgen, um die unermesslichen Reichtümer des legendären Goldlandes zu suchen.

Eine brauchbare Wegbeschreibung hatte mir vor gut einem Jahr der greise Nachfahre des Konquistadoren geliefert, welchen ich damals in Riga im Gasthaus »Zum roten Stieren« getroffen hatte. Seinetwegen zog ich diese heikle Expedition überhaupt erst in Erwägung.

Da wir nicht blindlings mit unseren Booten in den Urwald fuhren, sondern gezielt und darüber hinaus trefflich vorbereitet waren, hielt ich das Risiko für wägbar genug, um es nicht unversucht zu lassen.

Jedoch unterschätzte ich ob meiner eigenen Stärke die Schinderei für meine Männer. Segelten wir die ersten Tage begünstigt von den landeinwärts blasenden Mereswinden noch bequem stromaufwärts, verließ uns dies Glück auch schon wieder. Bald durchschnitt kein Lüftchen mehr das drückend warme Klima. Schweißgebadet ruderten die Matrosen abwechselnd mit den Soldaten wie die Wilden tagein, tagaus gegen den Fluss.

Dazu zerstachen uns blutgierige Mosquitos die Haut, worauf manche an einem Fieber erkrankten. Der Schiffsarzt, welcher uns begleitete, gab den Betroffenen Chinin zu schlucken. Er riet uns auch dazu, weitere Stiche möglichst zu verhindern. Deshalb wickelten wir Kopf und Hände fortan mit Tüchern ein, dass es einem zufälligen Beobachter wie Mummenschanz vorkommen musste.

Einer meiner unachtsam Wasser schöpfenden Soldaten hätte beinahe seinen Arm verloren, als sich ein Krokodil darin verbiss. Einzig dem schnellen Enthauptungsschlag, welchen ich mit meinem Säbel wider das Reptil ausführte, verdankte der Kerl sein weiteres Leben.

Allen Unbilden zum Trotz erreichten wir den für uns bestimmenden Seitenlauf des Amazonas, dem wir folgten, bis er zum Befahren zu seicht wurde.

Angekommen versteckten wir die Boote dann in hohlen Baumstümpfen, schulterten die Ausrüstung und kamen dem Dschungel weiter zu Fuß bei. Im Schatten des urwüchsigen Riesenwaldes, geschützt vor den gnadenlosen Strahlen der Sonne, lauerte dort eine noch ungleich größere Menge anderer Gefahren. Bissiges kriechendes Getier ohne Zahl, giftige Falltürspinnen, würgende Schlingpflanzen, hinterhältige Raubkatzen und eingeborene Kannibalen.

Zunächst trafen wir aber auf einen unlängst missionierten Stamm. Drei spanische Jesuitenpater lebten bei ihnen, um die Lehren Christi unter diesen Primitiven zu verbreiten. Sie nahmen meine Mannschaft und mich freundlich in ihrer Gemeinde auf und leisteten unseren Kranken Beistand. Deren Genesung in Aussicht gestellt, entschied ich, dass wir einige Tage in diesem Dorf verweilen sollten.

Die Rast tat allen wohl. Man ließ uns in kleinen, leer stehenden Lehmhütten wohnen, deren Eingänge nicht größer waren als das Einmannloch beim modernen Festungsbau. Darüber hinaus fehlte es diesen Behausungen aber an jeglicher Öffnung, wie zum Beispiel Fenster oder einem Abzug. Wenn darin die Feuer brannten, füllte der Rauch den Raum dicht, dass einem das Atmen schwerfiel und die Augen dick davon anschwollen.

Anfangs fragte ich mich, warum dieses Volk sich solchen Qualen aussetzte. Doch erfuhr ich schon in der folgenden Nacht am eigenen Leibe, dass man dort drinnen so endlich Ruhe vor dem Ungeziefer fand. Der Mangel an guter Luft beschwor allerdings wirre Träume in mir herauf. Ein Zerrbild Jacobinas erschien vor mir, und sie flehte bitterlich: »Kehre um, Geliebter, bevor dich der Wald verschlingt.«

Ebenso wie einen Macbeth das Schicksal ereilte, rückte der Wald auch auf mich vor, kaum dass sie mich davor gewarnt hatte. Gegen seine angreifenden Wurzeln und Zweige focht ich mit dem Säbel ums Leben, verlor meinen Kopf dabei, hob ihn vom Boden auf und setzte ihn, gleich einem Hut, wieder zurück auf den Hals. Die blutroten Wasser des Amazonas unter mir spiegelten beim Waschen die grinsende Fratze eines Besessenen wider, kurz bevor mich dieses verstörende Bild endlich aufweckte.

Mir war durchaus bewusst, dass es bloß ein Traum gewesen war, doch mahnte mich diese Fantasie dennoch zur Achtsamkeit.

Im Aufbruch begriffen, bot sich uns einer der Padres als Führer an, was ich für segensreich hielt und gerne annahm. Ihm war das Gebiet vertraut, und er vermied unnötige Fährnisse. Durch sein Wissen verlor diese unbarmherzige Wildnis erheblich von ihrem Schrecken. Neben den Strapazen hatten wir zum ersten Mal überhaupt die Möglichkeit, deren schöne Seite ebenso wahrzunehmen. Das grenzenlose Wachstum, egal wohin man blickte. Die überbordende Vielzahl von Tieren und Pflanzen voller Saft und Kraft. Der ewige Kreislauf vom Töten und getötet werden. Nur ein scheinbares Durcheinander, denn auch in diesem vorzeitlichen Lebensraum hatten die Dinge ihre vorbestimmte Ordnung.

Faszinierend war diese neue, ungezähmte Welt und manchmal obskur.

Ein anderes Urvolk, dem wir auf unserem Marsch begegneten, hatte beispielsweise eine eigentümliche Angewohnheit entwickelt, um in mageren Zeiten seinen Hunger zu stillen. Es lebte seit Jahr und Tag hauptsächlich vom Fischfang. Um nicht

zu darben, wuschen diese Indios feine, lehmartige Erde, die meist an Flussrändern zu finden ist, mehrmals rein, um daraus faustgroße Kugeln zu formen. Diese wurden dann getrocknet in einer Art Vorratshütte pyramidenförmig aufgebaut.

Kam nun die Regenzeit heran, in der sich jeder Bach in ihrem Gebiet zu einem reißenden Strom verwandelt, dass kein einziges Krebslein mehr herauszuholen war, aßen sie in aller Bescheidenheit ihre Erdklumpen. Oft über Monate hinweg, ohne offensichtlich abzumagern oder schwächer zu werden.

Eine kärglichere Mahlzeit konnte ich mir kaum vorstellen, und ich versuchte es deshalb selbst einmal. Wer nun aber etwas Besonderes erwartet, wird leider enttäuscht sein. Die Kugeln schmeckten genauso, wie sie rochen, schlicht und einfach nach Erde. Ich füllte mir den Magen damit, und es bekam mir nicht schlecht. Jedoch, wenn ich wählen dürfte, bevorzuge ich nach wie vor eine gebratene Taube in Wacholdersoße.

Mithilfe des Missionars und der Wegbeschreibung erreichten wir unser Ziel unbeschadet. Von der einstigen Hochkultur fehlte aber überraschend jede Spur. Falls die Goldene Stadt also jemals existiert hatte, musste sie jemand gründlich bis auf die Fundamente hinunter abgetragen und weggeschleppt haben. Vielleicht finanzierten sich die Spanier einst ihre kostspielige Armada damit? Dann läge das Gold womöglich zusammen mit den Schiffswracks unerreichbar tief auf dem Meeresgrund.

Auch die von dem Alten beschriebene Quelle des heißen Goldes blieb unauffindbar. Eine in Stein gefasste Rinne, die bis an eine Felsspalte heranreichte, deutete zwar auf jenen besonderen Quell hin, bloß war er versiegt. Was immer es gewesen sein mag, das dereinst da aus dem Inneren des Weltkörpers an die Oberfläche trat, es sprudelte schon seit Langem nicht mehr. Die Umgebung an diesem besonderen Ort bestand ebenso wie im restlichen Amazonasgebiet nur aus schnödem Dschungel. Unserer aufwühlenden Exkursion ward demnach kein Erfolg beschieden.

Man kann sich vorstellen, dass die Enttäuschung für uns kaum größer hätte sein können. Wenigstens hielten sich die Anstrengungen auf dem Rückweg zur Undine in erträglichen Maßen.

So nützte der Ausflug einzig dem Schiffsarzt etwas. Die ganzen entbehrungsreichen Wochen lang hatte er peinlich genau darüber Buch geführt, was uns auf dem beschwerlichen Wege alles begegnet war. Jahre danach veröffentlichte er seine Aufzeichnungen in Form von Reiseberichten bei einem angesehenen Verlagshaus in London und »vergoldete« auf diese Art jene missglückte Expedition doch noch nachträglich – zumindest für sich und seine Nachkommen.

30.

Wie Münchhausen das Land der Vizepedes sah

Nach mehreren Tagen auf hoher See kreuzten wir wieder in küstennahen Gewässern, die zu einer kleinen, weitgehend unbekannten Provinz namens Vizenuela gehörten. Aus der Ferne betrachtet, unterschied sie sich durch nichts von den anderen Küstenstaaten in dieser Region. Doch beim Einlaufen in einen Hafen bemerkte ich, dass der Bursche, dem wir die Leinen zuwerfen wollten, rückwärts über den Pier herbeieilte. Zwar drehte er sich zur Verrichtung seiner Aufgabe nach vorn, wie es üblich ist. Aber gleich, nachdem er unsere Brigg festgemacht hatte, ging er wieder rücklings zum Büro des Hafenmeisters, um diesem unsere Ankunft zu melden. »Sei's drum«, war mein erster Gedanke dazu. »Halbgewalkte Schafsköpfe gibt es überall auf der Welt.«

Der Hafenmeister schritt kurze Zeit später völlig natürlich über die Laufplanke auf unser Schiff, sodass wir – Kapitän Kidder, die Offiziere und ich – seine stattliche Vorderseite ansehen konnten. Ein wohlgenährter Spanier, worauf sein Knebelbart schließen ließ. Auf seinem bequemen Posten war er augenscheinlich um ein paar Pfunde aus seiner Uniform herausgewachsen. Das geht jedoch den meisten so mit den Jahren. Seine beiden Adjutanten schienen dagegen wirklich aus der Art geschlagen zu sein. Sie folgten ihm nämlich auch auf jene absonderliche Weise und traten sie mit dem Rücken zuerst an uns heran. Kapitän Kidder hielt das Gebaren offensichtlich noch für reine Unhöflichkeit und kommentierte es mit einem Hüsteln. Allein die ihm angeborene Besonnenheit und seine mannigfaltigen Erfahrungen mit fremdartigen Gebräuchen ließen ihn den Moment reserviert, aber geduldig abwarten.

Zackig drehten sich die Gehilfen dann auch gleich auf dem Absatz in unsere Richtung um, und der Hafenmeister begrüßte uns außerdem ordentlich. Das löste die anfängliche Verstimmung. Man klärte die Formalitäten, was die Anlegegebühren und den Zoll betraf. Zudem erfuhren wir von einer Art Sonderabgabe,

die aber nur bei einem Landgang fällig würde, wenn jemand diesen gesittet, mit dem Gesicht voran, unternehmen wollte. Das machte mir die Sache schmackhaft. Ich leistete diese Zahlung prompt noch an Bord und erhielt dafür ein handgroßes Zertifikat, welches mir das »Vorwärtsgehen« ausdrücklich erlaubte.

Ein Land mit solch verstiegenen Gepflogenheiten durfte ich freilich nicht unerkundet lassen.

Vizenuela gehörte zu den ehemaligen Welser-Kolonien, weshalb dort viele der deutschen Sprache mächtig waren, zumindest bruchstückhaft. Mit den meisten Indios konnte ich mich daher verhältnismäßig leicht verständigen. Die Beamten bevorzugten gewohnheitsmäßig ihre eigene spanische Muttersprache.

Mein Streifzug durch das Küstenstädtchen verstärkte den merkwürdigen Eindruck, den diese Provinz von Anfang an auf mich gemacht hatte. Dass die Menschen hierzulande rückwärts liefen, war mir ja inzwischen bekannt, aber als dann ein vollbeladener Karren ebenso an mir vorbeigetrieben wurde, fand ich mich aufs Neue erstaunt.

Der Bauer hatte den Esel verkehrtherum angespannt und trieb das störrische Tier mit einem Stöckchen an, das Fuhrwerk zu schieben. Ein anderer saß falsch herum auf seinem Maultier und hielt sich dabei mit den Händen an dessen Schweif fest. Aber noch um einiges seltsamer wirkte dieses sonderbare Schauspiel auf einem überfüllten Marktplatz in der Stadtmitte, wo ein unerträgliches Gewühl durch das Rückwärtslaufen entstand. Die Menschen stießen beim Schauen und Feilschen dauernd gegeneinander.

Nicht wenige purzelten über die am Boden stehenden Bastkörbe voller Maisfrüchte. Im Fallen riss mancher sogar den ganzen Stand mit ein. Das Geschrei der Marktweiber nahm daraufhin verheerend zu und würzte das entstandene Durcheinander zusätzlich mit Hysterie.

Selbst die Turmuhr der Missionskirche am Platz gab die Zeit nur entgegengesetzt dem uns bekannten Uhrzeigersinn an.

Verdrehter als da ist mir die Welt noch nie vorgekommen. Ich suchte einen Umweg, vorbei an diesem Gemenge, durch die Seitenstraßen, wo man üblicherweise die sogenannten Bodegas findet, die Bars und Schenken. Vizenuela machte wenigstens in dieser Hinsicht keine Ausnahme, außer dass an den Aushängeschildern AGEDOB geschrieben stand. Kopfschüttelnd ließ ich mich an einer Theke nieder, um meine Verwirrung mit etwas Branntwein hinunterzuspülen.

Nun fällt einer, der dort vorwärts hereinkommt, natürlich auf.

Die glücklosen Gestalten in den schäbigen Ecken beäugten mich unfreundlich. Nur waren das lediglich einige Indios, bei denen mir mein Säbel schon ausreichend Respekt verschaffte. Der Wirt fragte auf Spanisch, was er mir bringen solle, und ich bestellte auf Deutsch eine Flasche Rum. Das imponierte ihm. Nachdem ich ihn auf ein Gläschen von seinem eigenen Rachenputzer eingeladen hatte, kamen wir ins Gespräch.

Weil ich kein Spanier war, wurde er auch mit jedem Schluck etwas redseliger. Auf meine Fragen hin erklärte er mir, dass die Ureinwohner dieses Landes

die Vizepedes sind. Jahrhundertelang arbeitete ihr duldsames Volk, neben einge-
schifften afrikanischen Sklaven, in den Goldminen der spanischen Kolonialherren.
Doch die Erträge aus den Minen wurden mit den Jahren geringer. Irgendwann
waren die Erzadern in den Bergen erschöpft. Nun zwang man sie in riesige Zu-
ckerrohrplantagen, damit das Geschäft mit dem süßen Gold ausgeweitet werden
konnte. Bloß, die Gewinne wie früher erzielten sie damit nicht mehr.

Was wiederum Grund genug für das spanische Gouvernement gewesen war,
um neue Steuern zu erfinden. Je miserabler deren Geschäfte also liefen, desto
dubioser wurden die Abgaben, die sie den Menschen auferlegten.

Nachdem die ohnehin hohen Rum- und Tabaksteuern nicht mehr genug ab-
warfen, weil auch der Schmuggel damit unkontrollierbare Ausmaße angenommen
hatte, musste bald das Tragen von breitkrempigen Hüten extra bezahlt werden.
Was blieb da dem armen Landarbeiter übrig, als den Sombrero gegen eine schlichte
Mütze einzutauschen. Das ging dann munter so weiter. Dem folgten eine Fenster-,
Türen-, Dach- und Brunnensteuer. Worauf die uralten Höhlenwohnungen in den
Bergen von vielen wieder benutzt wurden.

Der Mehrwertsteuer folgten die Wenigerwert- und die Garnichtsmehrwert-
steuer und schließlich die offensichtlichste von allen, die Vorsteuer.

Nur höheren Beamten war es noch gestattet, ohne Erlaubnis einfach so vor-
wärtszugehen. Bei allen anderen kassierte man für dieses neuerliche Privileg gebührend ab. Auch jegliches Zuchtvieh, jedes Haustier und alles andere, was sich
gemeinhin vorwärts bewegte, musste künftig laut Gesetz bezahlt oder umgedreht
werden. Dass das bei den Einheimischen nicht mehr auf Verständnis stieß, muss
ich wohl kaum gesondert erwähnen.

Am Anfang lachten die Leute darüber, hielten den Irrsinn für die fixe Idee eines
Übergeschnappten. Bis die Spanier das Strafgeld einfach verdoppelt, vervier- und
verzehnfacht haben. Durch die so erwirkten Mehreinnahmen konnten dann wiederum mehr Kontrolleure bezahlt werden, die jeden Verstoß augenblicklich anzeigten.
Von da an waren nur noch die Vögel in der Luft so frei zu fliegen, wie es ihnen im
Blut liegt. Am Boden kostete jedes Ding, was vorwärts wollte, eine Gebühr. Fürwahr
eine unbequeme Gangart, die den Lauf der Ereignisse nur noch beschleunigte.

Als ich zurück zum Schiff spazierte, durfte ich dann auch Bekanntschaft mit einem der besagten Kontrollbeamten machen. Begleitet von zwei Soldaten verlangte er mein Zertifikat zu sehen. Nach dessen Echtheitsprüfung gab er es mir dankend wieder und wies mich ungefragt auf die aktuelle Lage im Land hin, fast so, als ob er sich sorgte. Dass unser Schiff so bald wie möglich absegeln sollte, empfahl er. Sämtliche Verwalter packten wohl schon seit Wochen ihre Habe zusammen und schickten diese voraus in ihre Heimat nach Spanien. Der Gouverneur war im vergangenen Frühling das letzte Mal in seiner hiesigen Provinz gesehen worden. Dieser Landstrich warf seit Langem kaum mehr Gewinne ab. Die Krone hatte ihr Interesse daran verloren. Seit der Unmut bei den Eingeborenen größer denn je wurde, war man als Zugereister besser beraten, sich anderswo niederzulassen. Die Zeichen standen auf Sturm, und der pflegt in diesen Breiten als Revolte über das Land zu fegen.

Dass seine Warnung nicht von ungefähr kam, bestätigte sich, als ich wieder an Bord ging. Unsere Matrosen schleppten eine Menge Kisten und Möbel unter Deck, die nach Sevilla mitgenommen werden sollten. Einen wohlhabenden Passagier hatten wir in der Zwischenzeit auch noch dazu gewonnen – Don Alfredo de la Mancha.

Mit der nächsten Flut liefen wir aus, der aufgehenden Sonne entgegen. Nachdenklich stand ich an der Reling, schaute auf dieses herrliche Land. Nebel stieg aus dem Urwald hinter der Stadt empor, aus dem sich am morgenroten Himmel schmale Federwolken bildeten. Die friedliche Ruhe der noch frühen Stunde, das Kreischen der Möwen in der salzigen Meeresluft, einige Schiffe, die still im Hafen lagen, und ein einzelner Indio, der am Rand der Mole saß und angelte. Dieses beschauliche Bild konnte einen glauben machen, dass Vizenuela ein gottgerechtes Fleckchen Erde sei.

Wir reisten einfach weiter, aber dort drüben fanden sich Menschen zusammen, die in der Region geboren waren und keine Mittel hatten, dieser teuflischen Komödie zu entrinnen. Sie organisierten den Widerstand. Noch mussten die Freiheitskämpfer, von ihren heimlichen Treffen kommend, rückwärts nach Hause laufen. Doch einhergehend mit ihrer gegenläufigen Meinung zum vorherrschenden System schritt ihre Revolution bereits unaufhaltsam vorwärts.

31.

Wie Münchhausen mit den Meerjungfrauen posierte

Unsere Brigg nahm nun Kurs auf die offene See. Nach all den Abenteuern in der Neuen Welt und der langen Zeit, die wir seither schon unterwegs waren, tat es gut zu wissen, dass es nun endlich mit geblähten Segeln nach Hause ins alte Europa ging.

Noch lag freilich der Atlantische Ozean vor uns. Viertausend Seemeilen Wasser und der andauernde Geschmack von Salz auf den Lippen. Doch die Distanz schreckte keinen. Der Mannschaft gefiel das angesteuerte Ziel bestens, und sämtliche Matrosen schwangen sich so lebendig in die Wanten wie seit Beginn dieser Reise nicht mehr. Dem Smutje fielen fürwahr auch wieder andere Gerichte ein als regelmäßig nur Fisch in Variationen. Sogar der Schiffsjunge schrubbte ohne zu murren die Planken sauber. Die allgemeine Stimmung auf der Undine konnte man in jenen Tagen als äußerst entspannt bezeichnen, was unser aller Moral sehr zuträglich war.

Don Alfredo, der neue spanische Passagier, und ich verbrachten nicht selten den halben Tag damit, in meiner Kajüte dem Kartenspiel zu frönen. Wenn ich dieser Leidenschaft allerdings ausnahmsweise nicht nachgab, fand man mich meist oben an Deck, von wo aus ich zum Zeitvertreib mit einem Fernrohr die Wasserlinie nach anderen Schiffen absuchte. Obwohl ich seit Tagen nur blaues Meer nach allen Seiten gesehen hatte, landete eines Nachmittags ein Albatros auf einer der obersten Spiere dicht bei der Bramstenge.

Vermutlich hatte der Vogel einen längeren Flug hinter sich gebracht und brauchte nun eine Pause. Bei der Besatzung erregte er großes Aufsehen, weil einer der abergläubischen Kerle das riesige weiße Tier als schlechtes Omen deutete.

Dieser fragte gar beim Ersten Offizier nach einer Flinte, um ihn damit zur Strecke zu bringen oder wenigstens hinfortzuscheuchen. Nur, der Albatros bemerkte die Aufregung und hatte keine Lust, sich übertölpeln zu lassen. Unter Nutzung des nächsten Aufwindes hob er lieber schleunigst ab. Es erforderte bei

seinem Gewicht jedes Mal einige Anstrengung, um in die Lüfte aufzusteigen. Im Zuge dieses außergewöhnlichen Kraftaktes entleerte er sich nach hinten hinaus.

Zu meinem Pech, just auf meinen Hut.

Noch in derselben Minute ließ ich mir einen Eimer Wasser an Bord holen und versuchte, das Malheur damit zu beseitigen. Bevor ich den Schlamassel endlich abgewaschen hatte, war dieser zum Teil schon so tief in den Filz hineingekrochen, sodass ich trotz der gründlichen Wäsche danach voller Bestürzung einen schwarzweißgestreiften Dreispitz in den Händen hielt.

Am Nachmittag war der erste Ärger darüber verflogen, und schon meinte ich besser gelaunt, mit diesem Hut nun ein ziemlich extravagantes Stück zu besitzen. Ich trug ihn deshalb ganz unbescheiden viel würdevoller als vorher. Die Matrosen schauten mich seitdem etwas skeptisch an, als ob eine unheilvolle Aura mich umgäbe. Und wirklich, im Laufe der nächsten Tage widerfuhren mir in der Tat befremdliche Dinge.

Einmal meldete der Ausguck im Mastkorb »Jungfrauen voraus!«

Der erste Offizier ließ ihn augenblicklich abentern und überprüfte seinen Geisteszustand, vermutete er doch, dass der Kerl dort oben einen Sonnenstich erlitten habe. Einzig, der Mann blieb bei seiner Behauptung und deutete hektisch zum Bug hin.

Die gesamte Besatzung rannte nach vorn, und siehe da, in der schäumenden Gischt unter uns schwammen etliche zarte Meerjungfrauen neben unserer Brigg her. Hin und wieder sprangen sie aus dem Wasser, sodass man ihren buntgeschuppten Unterleib mit der breiten Flosse am Ende deutlich erkennen konnte. Einige von ihnen winkten mit den Händen und riefen uns in einer unbekannten Sprache etwas zu.

Ein allzu seltener Anblick, der die Matrosen schlichtweg toll machen musste. Schnell kamen sie auf den Gedanken, Netze zu holen und sich eines der Fischmädchen einzufangen. Diese stellten sich aber als exzellente Schwimmerinnen heraus. Zugegeben, wer hätte etwas anderes von solch geschmeidigen Meeresbewohnern erwartet. Sie wichen den Wurfnetzen wiederholt geschickt aus.

Die aufgebrachten Seemänner ließen trotzdem nicht locker, bis sie zuletzt doch noch ihren Fang bekamen. Grölend holten sie das Netz ein und legten das wild zappelnde Knäuel auf dem Vorderdeck ab.

Aber, welcher Schreck fuhr ihnen da durch die Glieder, als die Burschen erkannten, dass sie statt einer Jungfer einen mindestens neun Fuß langen Schwertfisch an Bord gezogen hatten. Allein der scharfe, spitze Dorn, welcher vorn an seinem Kopf herauswuchs, machte gut ein Drittel seiner gesamten Körpergröße aus.

Das dichte Gedränge löste sich augenblicklich auf. Keiner wollte dem tödlichen Werkzeug des Fisches zu nahe sein. Dieser schnitt sich damit derweil aus den Maschen frei und stellte sich mit einem Satz senkrecht auf seine Hinterflosse.

Den Dorn voran stürzte er nicht zimperlich auf uns los, dass ich gezwungen war, meinen Säbel zu zücken und die Attacke kurzerhand abzuwehren. Er griff unentwegt an, und seine Kampfeslust steigerte sich mit jedem Hieb. Das Schwert, welches ihm zweifelsohne zu seinem Namen verhalf, gebrauchte er meisterlich.

Der anfängliche Schlagabtausch wurde zu einem beispiellosen Stechen und Hauen. Wir hetzten uns fechtend quer über das ganze Schiff. Selten zuvor hatte ich es mit solch einem ausgezeichneten Kämpfer zu tun. Die Mannschaft kam aus dem Staunen nicht mehr heraus.

Am Heck angekommen, brachte er mich einen Moment lang in die Bredouille, und ich musste mich weit nach hinten beugen, um seinem wuchtigen Schlag auszuweichen. Hierbei büßte ich das Gleichgewicht ein, und weil ich dicht bei der Reling stand, kippte ich rückwärts über diese hinweg.

Da der freie Angriff des Fisches aber zu weit nach links ins Leere ging, war er kurzzeitig ohne Deckung, und im Fallen stieß ich ihm gerade noch die Spitze meiner Klinge direkt ins Herz. Leblos sackte er zusammen, während ich hinunter in den blauen Ozean fiel. Nun bekam ich es mit einem bedeutend gefährlicheren Gegner zu tun – Wasser!

Mein Rock sog sich innerhalb von Sekunden so voll damit, dass er schwer wie Blei wurde und mich geschwind in die Tiefe gezerrt hatte, bevor es mir gelang, ihn abzustreifen. Alles Freistrampeln nützte da schon nichts mehr, denn bis nach oben würde ich es aus eigener Kraft ohnehin nicht mehr schaffen. Im Geiste die Zuversicht verloren, machte ich mich bereit, den Gevatter zu treffen. Die »Mann über Bord«-Rufe des wachhabenden Offiziers drangen nur noch gedämpft an mein Ohr. Langsam, aber sicher schwanden mir die Sinne. Meine Gedanken schweiften zu Jacobina.

Das allgegenwärtige Blau veränderte sich unten im Meer eben zu einem grünen Schimmern, als mich plötzlich die lieblichen Fischmädchen umkreisten. Sie huschten lachend an mir vorbei und neckten mich, bis sie bemerkten, dass mir die Luft fehlte. Also bot sich eine nach der anderen an, ihren kalten, weichen Mund auf den meinen zu pressen und mir ihren betörenden Atem einzuhauchen. Süß und mild, wie Fliederduft im Mai, durchflutete dieser lebenspendend meine Lunge und ermöglichte es, ihren mir unbekannten Lebensraum befreit von solchen Zwängen zu erfahren.

Auf diese Weise sanken wir bis zum Grund. Die Strahlen der Sonne tänzelten da als diffus flimmerndes Lichtspiel über den mit leeren Schneckenhäusern und Muscheln übersäten sandigen Boden. Weiter entfernt von uns ragte das ausgebleichte Knochengerüst eines verendeten Wales in die Höhe. Auch halbzerfallene Wracks aller Nationalitäten hatten sich über die Jahrhunderte zahlreich dort unten angesammelt.

Regelmäßig mit Luftküssen versorgt, wanderte ich mit wachsender Begeisterung durch diesen Schiffsfriedhof. Links und rechts neben mir türmten sich die

traurigen Überreste einst so stolzer Flotten. Die meisten waren von grünen See-graswiesen überwuchert und glichen in der Zwischenzeit eher einer hügeligen Weidelandschaft. Auf den Rümpfen von großen spanischen Galeonen grasten plumpe Seekühe in der Tat bedächtig die Halme ab. Daneben ritten etliche Lan-gusten auf einer Art Koppel die halbwüchsigen Seepferdchen zu. Hierfür be-nutzten sie ihre langen Fühler am Kopf wie Dressurpeitschen. Überall zogen Schwärme farbenfroher Fische entlang, mit denen die Meermädchen nebenbei Haschen spielten. Am liebsten hätte ich mehr Zeit gehabt, um die Laderäume der Wracks nach Schätzen abzusuchen. Aber die Undine erkannte ich mittlerweile nur noch als unklaren Schatten weit, weit über mir, und bevor sie völlig aus mei-nem Blickfeld verschwand, gestikulierte ich den Jungfrauen vernünftigerweise, dass ich sie nun verlassen musste.

Beschwingt hakten sich zwei hilfreich bei mir ein und trugen mich gemeinsam nach oben an die Wasseroberfläche. Die dritte folgte uns mit meinem Rock nach. Zur größten Überraschung der Matrosen tauchte ich völlig unbeschadet steuerbords wieder auf. Die unterseeischen Schönheiten trugen mich auf ihren Händen bis zu der Strickleiter, die der erste Maat eben an der Bordwand herabgelassen hatte. Ich kletterte ein Stück daran hinauf, bis auch meine Beine vollends aus dem Meer he-raus waren, ließ mir meinen schweren Rock hochreichen und verabschiedete mich sodann mit wohlklingenden Schmeicheleien bei meinen grazilen Retterinnen. Das gefiel ihnen, auch wenn sie nicht verstanden, was ich sagte. Lebhaft, wie ich sie nun kannte, folgten sie unserer Brigg zur Freude aller noch viele Meilen weit.

Ein animierenderes Erlebnis dürfte auf See nicht leicht zu finden sein, und ab-solut unvergesslich wird dieses für mich bleiben. Der überaus talentierte Schwert-fisch wurde übrigens alsbald vom Schiffsarzt präpariert und erhielt später einen verdienten Ehrenplatz direkt über dem Kamin hier in meinem Salonzimmer.

32.

Wie Münchhausen auf die Insel der Kinder kam

Als allerletzte Anlegemöglichkeit, bevor endgültig nur noch die unüberschaubare Weite des Atlantiks vor uns liegen würde, bot sich eine kleine Inselgruppe weitab vom überseeischen Festland an. In einer Bucht gingen wir vor Anker und ließen die Beiboote zu Wasser. Drei Gruppen zu jeweils vier Mann, eine unter meiner Führung, ruderten an Land, um noch einmal so viel frisches Wasser wie möglich an Bord zu schaffen.

Nicht ausschließlich nur für die Besatzung, insbesondere auch für unsere wertvolle Fracht – die wunderlichen Pflanzen aus aller Welt – mussten die Bewässerungsfässer nochmals randvoll gefüllt werden. Wir durften auf gar keinen Fall riskieren, dass die empfindlichen Setzlinge bei der bevorstehenden Überfahrt verdorrten.

Das Eiland, welches wir ansteuerten, sollte laut Karte unbewohnt sein. Dennoch hatte jeder, wie es die Vorschrift verlangte, seine Bewaffnung dabei. Gut so, denn bereits am Strand entdeckte ich Spuren im gelben Sand, die zweifelsfrei von Menschenfüßen stammten. Allerdings waren die Abdrücke nur halb so groß wie die eines normalen Mannes. Aufgrund ihrer Winzigkeit meinte ich, dass wir es später womöglich noch mit freibeuterischen Pygmäen zu tun bekämen. Obacht war also angebracht.

Beim Marsch ins Landesinnere haderte ich allerdings zunehmend mit dieser Vermutung. Jene abgeschiedene Insel unterschied sich zu deutlich von allem, was ich bisher gesehen hatte. Sie wirkte wie eine Welt in einer Welt. Der Dschungel blühte üppiger als anderswo und strahlte überhaupt nichts Bedrohliches aus. Alle Bäume ringsum hingen voll mit prallen, überreifen Früchten, aus denen Nektar tropfte.

Die treibende Angespanntheit anderer Landgänge verspürte in diesem Wald keiner von uns. Gar zutraulich flatterte ein kleiner Sittich wie selbstverständlich von einem Ast herab mir auf die Schulter und zupfte frech an meiner Perücke. Ich musste ihn regelrecht verscheuchen, dass er mir die bisher nur leicht ramponierte

Frisur nicht gänzlich auseinanderpflückte. Über eine Lichtung flitzte eine Gruppe gestreifter Jungtapire heran, offensichtlich in der Absicht, ausgelassen mit den Neuankömmlingen zu spielen. Ohne Angst, vielleicht auf einem Bratspieß über einem Feuer zu landen, huschten sie mehrfach munter zwischen unseren Beinen hindurch, dass wir Mühe hatten, aufrecht stehenzubleiben. Auch sonst so scheue Rehkitze ästen nahebei, ohne besondere Notiz von uns zu nehmen.

Der Seltsamkeiten nicht genug, stießen wir bald auf einen Wasserfall, von dem anstatt klares Wasser fette weiße Milch in das Tal herunterstürzte. Daneben entsprang ein Bächlein aus sämigem Brei, welcher sich weiter vorn mit einem Rinnsal goldenen Honigs vereinte. Wir schafften es nicht, daran vorbeizugehen, ohne uns satt zu essen. Durch gespitzte Münder saugten wir die süßen Gaben in unsere Bäuche wie die Schmetterlinge. Mutter Natur bot uns das Wunderbarste auf, das sie darbringen konnte, um einfach nur leicht in ihr leben zu können.

Bei diesem Garten Eden war ich ganz bange, ob die Mannschaft denn jemals wieder aus dieser Enklave wegzubringen sei. Doch ein nicht unerheblicher Umstand zerstreute meine Befürchtungen. Als wir nämlich die Bewohner dieser Insel antrafen, waren das ohne Ausnahme Kinder.

Die Jungen und Mädchen begegneten meinen Mannen genauso arglos wie zuvor die Tiere. Fröhlich packten sie uns bei den Händen und führten uns springend und tanzend in ihr Dorf. Auch dort hatte offenbar keiner das zwölfte Lebensjahr überschritten. Wohin man auch sah, weder Frauen noch Männer, überall nur Kinder! Das Spielen, das Lachen und das Glücklichsein hörten auf dieser Insel scheinbar niemals auf. Sie tobten umher und jauchzten oder lümmelten die ganze Zeit einfach nur in der warmen Sonne herum. Wenn jemand Hunger verspürte, machte er bloß ein paar Schritte in den Dschungel hinein und erntete sich ab, was ihm beliebte. Zum Schlafen krochen sie in mehrlagig geflochtene Schilfhäuschen. Die äußerst laienhafte Bauart ließ vermuten, dass die Kinder diese ohne Hilfe von außen selbst errichtet hatten.

Ihr Leben beschränkte sich, aller Sorgen ledig, schlicht auf das, was Menschliches Sein im Ursprung sein kann – die pure, bedingungslose Freude an der bloßen Existenz.

Nun, da unser Trupp groß und kultiviert in ihrer Mitte stand, liefen immer noch mehr herbei. Neugierig befühlten ihre kleinen Hände unsere weiche

Stoffkleidung mit den glänzenden Knöpfen daran, kannten sie doch bis dato nur die eigene ungezwungene Nacktheit. Einige von ihnen schmückten sich zwar mit Blumen und Palmblättern, aber eher aus dem Grund, dass sie wohl einen Vogel nachahmen wollten.

Auch unsere Waffen erweckten ihr Interesse. Die hübschen Verzierungen an den Schäften der Säbel oder die geschliffenen Rohre der Flinten faszinierten die Buben und Mädchen besonders. Sie drängten uns mit Fingerzeigen vorzuführen, was diese Gegenstände tun können, aber ich verbot den Männern gleich das Schießen.

Den stillen Frieden dieser Idylle wollte ich durch einen lauten Schuss nicht durchbrochen wissen. Besser, ich zog meinen Säbel und duellierte mich vorsichtig zum Scherz ein wenig mit dem Ersten Offizier. Die Kinder applaudierten vor Begeisterung. Sie jubelten mir zu, als ich ihm seine Klinge aus der Faust schlug sowie hernach noch den Hut vom Kopf. Er nahm diese Niederlage mit Humor. Hauptsächlich, weil den Kindern unsere Narretei offenkundig hemmungslosen Spaß bereitet hatte.

Einer der größeren Burschen mit hellem Haar brachte dem Offizier seinen Säbel zurück und legte ihm ehrfürchtig die Waffe wieder in die Hand.

Von jenem Moment an erwiesen sich die Knirpse als überaus anhänglich. Während der nächsten Tage transportierten wir den benötigten Proviant auf das Schiff, wobei uns viele der Kinder auf Schritt und Tritt verfolgten. Wenn wir dann den Kameraden an Bord von dem märchenhaften Eiland berichteten, hielt es keinen mehr auf dem Kahn. Jeder wollte dieses Wunder mit eigenen Augen sehen. Kapitän Kidder besuchte sogar ganz offiziell in Begleitung sämtlicher Offiziere und des Bootsmanns das Dorf. Er beschenkte die Gemeinschaft mit dem üblichen Tand – Glasperlen, Spiegel, Blechgeschirr – und lud die Neugierigen auf seine Brigg ein.

Sie überfielen die Undine daraufhin wie eine unbändige Horde ahnungsloser Affen.

Vom Kabelgatt bis zum Krähennest war nichts vor ihnen sicher. Unser Schiffskoch hatte seine liebe Not, die Vorräte an Sirup und Mostrich in Sicherheit zu bringen. Als Kapitän Kidder bemerkte, was er da für Lauser abgeholt hatte, verschloss er seine Kajüte und postierte eine Wache davor. Gestandene Seebären spielten auf einmal mit den Kindern Fangen oder Seilhüpfen, und der

Schiffsjunge im Hintergrund lachte sich ins Fäustchen. Mich persönlich erfreute dieser zügellose ungestüme Wind, der mit ihnen durch das muffige Unterdeck zog. Danach musste zwar einiges wieder geradegebogen und hergerichtet werden, aber dieses fröhliche Wirbeln hatte reichlich Effet und Lebendigkeit in dem alten Kahn hinterlassen. Viel zu bald mussten wir uns von den guten Klabautern wieder trennen.

Ein letztes Mal wanderte ich zum Dorf. Die Rasselbande empfing mich wie schon die Tage zuvor mit überschwänglicher Freude. Noch einmal versammelte ich alle um mich und erheiterte sie mit dem anschaulichen Bericht über meine Reise zum Mond. Ob sie wirklich verstanden, was ich da sagte, will ich anzweifeln. Jedoch allein die gefällige Abwechslung und das Bewundern der grandiosen Gesten ließ sie gerne zuschauen.

Am Rande dessen gerieten dabei zwei der Jungen über den Besitz einer bunten Glasmurmel in Streit. Anfangs nur lautstark, mit mir unverständlichen Worten, bis der Größere genug vom Diskutieren hatte, sich einen trockenen Ast aus dem Unterholz griff und dem Kleineren damit hart gegen den Kopf schlug. Dieser stürzte sofort zu Boden und schrie jämmerlich. Rot lief das Blut über seine Stirn. Ich sprang hinzu und packte mir den Übeltäter. Es war jener mit den auffällig hellen Haaren, der neulich dem Ersten Offizier den Säbel zurückgebracht hatte.

Einen Tunichtgut schalt ich ihn, nahm ihm den Stock weg und zerbrach diesen über meinem Knie. Sodann verwies ich ihn unseres Kreises. Danach versorgte ich die Wunde des anderen mit einem Verband, den ich aus meinem Taschentuch knotete.

Entsetzte Blicke hatten die Szene verfolgt. Ratlosigkeit machte sich bei vielen breit – kurzzeitig. Die Aufregung legte sich erstaunlich rasch.

Als die Undine kurz darauf ihren Anker lichtete, um gemächlich aus der Bucht zu segeln, waren alle unsere kindlichen Freunde am Strand zusammengelaufen, um uns zum Abschied zuzuwinken.

Unter ihnen befand sich auch der große Blondschopf. Doch wo der Rest die leere Hand zum Gruße schwenkte, ließ er einen neuen vertrockneten Knüppel über ihren Köpfen kreisen, um uns Lebewohl zu wünschen.

Ohne es zu wollen, hatten wir einen Despoten erschaffen und die alles zersetzende Gier in diesen reinen, vielleicht letzten unschuldigen Teil der Welt getragen. Möge Gott mir vergeben! Es geschah ohne Absicht, so wahr ich hier sitze.

33.

Wie Münchhausen heimkehrte

Die weite See und die Undine waren auf Wochen hin wieder einmal unser Zuhause geworden. Zwischen den Mahlzeiten fand sich für mich nur wenig zu tun. Ein Tag glich dem anderen, so wie sich die Hühnereier ähnlich sind. Und wenn ich nicht gerade Wachdienst hatte, befiel mich gleich die Langeweile.

Dann flog mein Verstand häufig nach Riga voraus, und ich sah mich längst in Jacobinas Schoß. Gelegen kam mir, dass Don Alfredo, unser spanischer Passagier, eine Spielernatur in sich trug. Oft fanden wir zusammen, um die Eintönigkeit mit Würfeln oder beim Kartenspiel zu zerstreuen.

Alsbald stellte sich aber heraus, dass es uns beiden weder an Glück noch an Fingerfertigkeit mangelte. Erst verlor ich einen Dukaten an Don Alfredo, und in der nächsten Runde gewann ich ihn auch schon wieder zurück. Das ging andauernd so, weshalb keiner dem anderen den Schneid abzukaufen vermochte. Was wiederum auf die Dauer ermüdend wirkte und uns von diesen herkömmlichen Amüsements abkommen ließ. Infolgedessen suchten wir nach neuen, außerordentlichen Herausforderungen, mit denen sich zwei Könner gleicher Couleur richtiger messen konnten.

Also vergrößerten wir die Spielfläche bis über den Umfang des Schiffes hinaus, soweit das Auge eben reichte. Zufällig lief uns beim Hinausgehen der Koch an der Kombüse in die Arme und jammerte, dass ihm sämtliche Fische verdorben seien und das geplante Souper für die Offiziere ausfallen würde. Ich beruhigte den guten Mann einstweilen, indes Don Alfredo flugs zwei stabile Angelruten herbeischaffte. Diese Angelegenheit sollte uns zum ersten Wettstreit dienen. Es galt, so war's spontan per Handschlag vereinbart, das längere Meerestier aus der See auf das Deck zu bringen. Wem das gelänge, dem gehörten der Sieg und ein Beutel voller Golddukaten.

Indem der Koch die ohnehin verrotteten Vorräte über Bord warf, lockte er damit alle möglichen ozeanischen Aasfresser mit blindwütigem Appetit in unser Fahrwasser. Wir brauchten nur die Angeln in das Gewimmel zu halten und hatten im Handumdrehen etwas an den Haken. Unter Aufbietung übermenschlicher Muskelkraft zogen wir beide die Angeln hinan, und es stellte sich heraus, dass Petrus jedem von uns einen ungeheuren Haifisch daran gehängt hatte.

Nachdem die Biester erschlagen auf dem Deck lagen und die teilweise verschluckten Angelsehnen gekappt waren, nahm man ihr Maß der Länge nach.

Und abermals waren wir gleichauf.

Die Untiere unterschieden sich nicht um das kleinste Stück. Schon meinte ich langsam, Fortuna verhöhne mich absichtlich, als mir auffiel, dass mein Hai wenigstens einen beachtlichen Bauch angesetzt hatte. Beherzt griff ich ihm in den Rachen und löste den Rest der Angelsehne von seinen nadelspitzen Zähnen. Anschließend zog ich kräftig daran und holte so einen mittelgroßen Thunfisch aus dem Inneren des Ungeheuers hervor. Außerdem rutschte noch ein beachtlicher Barsch aus dem Thunfischmaul, dem seinerseits ein Hering aus dem Magen fiel.

Aufgefädelt wie Perlen auf einer Schnur lagen die vier Fische nun vor uns und überragten Don Alfredos Fang bei weitem. Da reichte er mir die Hand, wie es sich unter Ehrenmännern geziemt, und beglückwünschte mich zu meinem wohlverdienten Sieg.

Als Souper brachte unser Koch dann eine schmackhafte Haifischflossensuppe nebst rohem Fischsalat auf den Tisch.

Ein anderes Mal ergriff mich der Ehrgeiz, meinen Lieben in Riga die Nachricht meiner baldigen Rückkehr vorauszuschicken. Dieses dachte ich ganz selbstverständlich via Flaschenpost zu erledigen. Don Alfredo kam darüber aus dem Lachen nicht mehr heraus und schimpfte mich einen Einfaltspinsel. Flugs avancierte die Sache zu einer Wette.

Er hielt dagegen, und jeder setzte diesmal ein ganzes Kästchen Dukaten auf sein Wort ein.

Der Brief war schnell verfasst, nicht ohne den Vermerk, dass ich auf Antwort hoffte. Eine Buddel Übersee-Rum, welche wir vorher gemeinsam leerten, bestückte ich mit dem Schreiben und versiegelte den Korken. Überaus heiter erklärte ich dem Spanier dann auf dem Weg zum Bug, dass die Flaschenpost genauso sicher ankommen würde wie mit einer Postkutsche auch. Die Kenntnis der Meeresströme vorausgesetzt, brauchte ich die Flasche bloß am richtigen Punkt einzuwerfen und konnte sie auf diese Weise in jeden beliebigen Hafen der Erde hinleiten.

An der Spitze des Schiffes angelangt, hielt ich die Nase prüfend in den Wind, um meine Sendung darob nach links über die Reling zu schleudern. Sie zischte lange durch die Luft, bis sie, fast schon außer Sicht, endlich auf den Wellen landete, wo sie kreiselnd davongezogen wurde, grad so, wie ich es mir erhoffte.

Für eine Zeit, in welcher mein Mond zweimal abnahm und wieder voll wurde, geschah nichts, was den Ausgang dieses Spiels betraf. Wir segelten bereits in portugiesischen Gewässern, sodass ich schon befürchtete, die daheimgebliebene Verwandtschaft sei während meiner Abwesenheit liederlich geworden und lege keinen Wert mehr auf wohlmeinende Korrespondenz.

Erst als unsere Brigg die nordspanische Küste anlief, wendete sich mein Geschick. Ein Täubchen flatterte vom Festland herüber und gab sich dabei die größte Mühe, möglichst nah bei meiner Person zu landen. Ich erkannte den Vogel sofort als einen aus der hervorragenden Zucht derer von Dunten, meinen Braueltern.

Ihre Brieftauben unterschieden sich dadurch von den anderen, dass sie nicht nur in der Lage waren, von jedwedem Ort zurück in ihren Verschlag zu finden, sondern von dort aus ebenfalls auch einen bekannten Empfänger in der Fremde aufspüren zu können.

Ich fütterte das famose Tier mit ein wenig Schiffszwieback und nahm ihm dabei den Zettel vom Bein. Im Beisein des vollkommen perplexen Don Alfredo verlas ich die Grüße aus meiner livländischen Heimat, welche Jacobina eigenhändig auf das Papier geschrieben hatte. Nach dem darauf vermerkten Datum zu urteilen, war das vor dreieinhalb Wochen geschehen.

So ging er wenig später mit der Gewissheit von Bord, seinen Meister gefunden zu haben, was unserer Freundschaft keinen Abbruch tat.

Diese Lektion von mir erfahren zu haben, deutete Don Alfredo als Fingerzeig des Schicksals. Ihm wurde bewusst, dass man sich seiner selbst niemals zu sicher sein sollte und die eigene Fehlbarkeit trotz aller Perfektion und Tugendhaftigkeit stets mit ins Kalkül ziehen muss. Durch diese wertvolle Erkenntnis brachte er es weit, und im Herbst seiner Jahre holten sich sogar die Vertreter der spanischen Krone gern und oft väterlichen Rat bei ihm ein.

Kaum, dass unser Schiff an einem herrlichen Oktobermorgen des Jahres 45 in Riga festgemacht hatte, versammelte sich schon ein ansehnlicher Menschenhaufen an der Hafenmauer. Aus dieser Menge trat der Magistrat hervor und begrüßte als Erster die verdienten Söhne seiner Stadt. Ihm folgten die Geldgeber dieser Reise, welchen zuvorderst natürlich an der nutzbringenden Ausbeute und den ausgehandelten Verträgen gelegen war. Nach Beschau der Ladung und einem kurzen vertraulichen Gespräch mit Kapitän Kidder machten auch diese zufriedene Gesichter.

Mit dem glücklichsten Antlitz von allen empfing mich aber Jacobina. Sie wieder an meiner Seite zu wissen, ließ die Vielzahl der feierlichen Ehrenbekundungen

des Empfangskomitees verblassen. Meinen Brief trug sie in ihrem Pompadour bei sich und gestand, dass eben jenes Papier sie veranlasst hatte, die Stadtoberen von unserer baldigen Rückkunft zu unterrichten und dieses gebührende Willkommen bei ihnen zu erbitten. Wie lange meine liebe Frau auf solch eine Nachricht gewartet hatte, wie viele einsame Stunden sie damit verbracht haben muss, meine Heimkehr herbeizuwünschen, wage ich kaum zu ermessen. Allein der innige Moment im damaligen Hier und Jetzt entbehrte jeglicher Antwort und bewies auch mir, wohin ich letztlich gehörte.

Denn das Herz eines Abenteurers schlägt zwar für die ganze Welt, doch nur in der Heimat wird er seinen Frieden finden können. Sobald er begreift, dass egal welche Fremde er durchquerte, er doch immer nur sich selbst bereist hat.

Dritte Abteilung:
Abenteuer in der Heimat

34.

Wie Münchhausen Thomas Müntzer posthum zu zweihundert Spießen verhalf

Der Lebensweg nimmt manchmal ganz unprätentiöse Abzweigungen. Auch bei mir machte er in dieser Hinsicht keinen Unterschied. Meine sogenannte »Zeit der handfesten Abenteuer« lag längst in der Vergangenheit begraben. Vom Staub der Verklärung bedeckt, nur noch in der Erinnerung lebendig. Den Militärdienst bei den Braunschweigern hatte ich quittiert und schied im Rang eines Rittmeisters aus meinem Regiment. Bodenständig lebte ich nun schon seit vielen Jahren glücklich mit meiner Frau Jacobina auf unserem Gutshof in Bodenwerder. Die Substanz der Gebäude erwies sich als solide, obgleich sie zum Teil bereits vor mehr als vierhundert Jahren errichtet worden waren.

Nur allein das Überholen, das Erhalten, was oben auf den Dächern anfing und erst unter der Erde bei den Kellergewölben aufhörte, erforderte andauernd vernünftige Planung und die nötigen Mittel, um Mensch und Material auch bezahlen zu können. Mit viel Liebe richtete ich mir damals unter anderem mein Salonzimmer her. Außerdem trug sich Jacobina mit dem Gedanken, zusätzlich noch ein neues Gartenhaus bauen zu lassen, was mir also auch noch zur Verpflichtung wurde.

Als reiner Glücksfall stellten sich in jener monotonen Phase die guten Verbindungen der Familie Münchhausen in beinahe jede wichtige Residenz Europas heraus. Etliche einprägsame Auftritte bei Bällen und Banketten, wenn ich von meinen Erlebnissen aus verflossenen Tagen berichtete, brachten mir viele Bewunderer ein. Dieser einflussreiche Personenkreis verhalf mir einst leicht zu einem von mir begehrten Prädikat als Advocatus. Nicht dass es zwingend nötig gewesen wäre, dass ich mich als Rechtsgelehrter hätte verdingen müssen. Jedoch der zweckmäßige Zeitvertreib reizte mich dabei.

Es stand mir ferner in diesen Tagen an, nachdem der große Krieg in seinem siebten Jahr zu Ende gegangen war und nun endlich hinter uns lag, dem Recht in

unserem Lande wieder mehr Geltung zu verschaffen. Auch der günstige Nebeneffekt, mein Vermögen dabei ein wenig zu schonen, gefiel mir nicht minder. Der Juristerei seit jeher zugetan, bot ich also fortan meine Dienste bei Rechtsstreitigkeiten aller Art an. Aus einem reichhaltigen Erfahrungsschatz konnte ich dato ja bereits schöpfen.

Mein Ruf eilte mir voraus, und die Kanzlei erfuhr regen Zuspruch. Vom ordinären Nachbarschaftszank bis hin zu uralten komplizierten Besitzansprüchen breitete sich die gesamte Palette menschlicher Streitkultur während dieser Tätigkeit vor mir aus. Gemeinhin gehört es zu den Obliegenheiten eines Advocatus, den Dingen auf den Grund zu gehen. Weshalb das Stöbern zum Handwerk passte.

Beim Durchwühlen längst vergessener Archive stieß ich irgendwann in einem Wust von Papieren auf ein altmodisches Dokument, was mein Interesse weckte. Es war ein Vertrag, geschlossen zwischen den Städten Mühlhausen und Eisenach im Thüringischen, datiert auf das Jahr 1524, zur Zeit des Deutschen Bauernkrieges also. Zum Inhalt hatte das Papier den Kauf von zweihundert Kriegsspießen. Thomas Müntzer, Anführer der Aufständischen und vormals Pfarrer in der Kirche der Heiligen Maria der Stadt Mühlhausen, hatte diese bei den Eisenacher Stadtvätern in Auftrag gegeben. Wie des Weiteren daraus hervorging, erfolgte deren Bezahlung der Vereinbarung gemäß im Voraus. Eine entsprechende Notiz war auf dem Papier vermerkt.

Soweit hatte alles seine Ordnung, allein ab da fehlte der letzte Eintrag, jener welcher nämlich die Lieferung bestätigen sollte. Trotz allergrößter Bemühtheit fand ich selbst im Eisenacher Stadtarchiv keinen Beweis für die Sendung besagter Spieße. Mein Spürsinn witterte eine Lumperei, und mein übergroßer Hang zur Gerechtigkeit trieb mich weiter an, die Sache nicht auf sich beruhen zu lassen.

Nachdem ich alle Indizien und Hinweise gewissenhaft zusammengetragen hatte, beantragte ich ein ordentliches Gerichtsverfahren. Seine Exzellenz der oberste Richter zeigte allerdings wenig Verständnis für mein Anliegen und wies den Fall mit folgenden Worten ungalant ab: »Ist Er nicht ganz bei Trost? Wie kann Er nur glauben, dass wir wegen solch eines Humbugs die Welt verrückt machen würden?«

Was mich brüskiert dazu veranlasste, einen Vortrag über Treue und Redlichkeit zu halten. Über vorsintflutliche Rechtsprechung und den Niedergang der Zivilisation durch den Verfall von Grundwerten. Und nicht zuletzt über die gottgegebene Pflicht eines jeden Menschen, geschehenes Unrecht anzuprangern, völlig egal, wann und wo er darauf stieße, damit er den Schurkereien durch Unterlassung nicht noch Vorschub leiste. Mit solcher Inbrunst sprach ich, dass dem hohen Haus für die Dauer des Plädoyers Hören und Sehen verging.

Diese Beharrlichkeit brachte mir fast eine Woche Kerker ein, doch dann schien die blinde Justitia hinter ihrer Augenbinde hervorzuzwinkern. Mein ungewöhnlicher Fall wurde tatsächlich verhandelt.

Weil es in dieser Sache keine Zeugen mehr gab, konnte ich meine Anklage lediglich auf die sorgfältig geprüften Dokumente stützen. Als Beklagter wurde die Stadt Eisenach benannt, da der vor über zweihundert Jahren gezahlte Geldbetrag

bewiesenermaßen in die städtische Kasse geflossen war. Die Ratsherren dort zeigten sich wenig erfreut, als sie von dem Prozess erfuhren, und setzten ihrerseits alles daran, die Ablieferung der Kriegsspieße nachzuweisen. Allerdings lief jeder dieser Versuche ins Leere. Sie wehrten sich bis zuletzt dagegen, dieser alten Sache wegen noch etwas abzugelten. Zumal man in Eisenach gegenwärtig ohnehin nur ausgezehrte Speicher anzubieten hatte sowie genügend Kosten mit einer ruinösen Landgrafenburg, die aber ein zu beliebtes Pilgerziel war, als dass man sie einfach so hätte aufgeben können.

Ein allerletzter Vorstoß, sich mit den Mühlhäuser Räten ins Einvernehmen zu setzen, schlug ebenfalls fehl. Nicht dass diese Ranküne gegen die Eisenacher hegten. Sie waren sich nur der aus heutiger Sicht glücklosen Entscheidung, Müntzer hinzurichten und damit endgültig einen unsterblichen Volkshelden aus ihm gemacht zu haben, durchaus bewusst. In Anbetracht der seinerzeit erstaunlichen Dreistigkeit der Eisenacher konnten sie selbst zweihundert Jahre danach keinen faulen Kompromiss eingehen, ohne dadurch bei den Untertanen ihres Landkreises einen gewissen Unmut zu erzeugen. Gerade auch, weil die Flamme des Aufruhrs in Mühlhausen scheinbar nie ganz verlosch.

Das Urteil des hohen Gerichts fiel dann vergleichsweise milde aus. Die Stadt Eisenach wurde dazu verpflichtet, die zweihundert Spieße schleunigst an die Stadt Mühlhausen nachzuliefern. Über mögliche Zinsen mochte der Richter aufgrund des unüberschaubaren Zeitraumes nicht befinden und lehnte eine zusätzliche Verhandlung darüber kurzerhand als sittenwidrig ab.

Die bis zu dreizehn Fuß langen Kriegsspieße fanden schließlich Verwendung als Rankenhalter beim Mühlhausener Hopfenanbau. Das aus eben diesen Pflanzen gebraute Bier wiederum trägt seither spöttisch den Beinamen »Spießgesellentrunk«.

Ob es die ganze Mühe nun wert gewesen war, kann ich bis heute noch nicht sagen. Vielleicht mag es dem einen oder anderen so vorkommen, als hätte ich bloß Spatzen gegen Kanonenkugeln fliegen lassen. Jedoch umgekehrt und aus der sicheren Entfernung der Zukunft heraus betrachtet, ergibt manches, was man früher einmal getan hat, sowieso keinen Sinn mehr. Nachher ist man gewöhnlich immer schlauer.

35.

Wie Münchhausen
den Stadtbrand von Grimma löschte

In meiner Funktion als Advocatus verblieb ich nicht nur an meinem Heimatort. Ich kam auch hin und wieder durch die Lande. Ein üblicher Fall von Erbstreitigkeiten führte mich einst ins Kursächsische, nach Grimma. Dort angekommen, brachte ich mein Anliegen gleich im Rathaus vor und bat, dass mir die benötigten Niederschriften sowie Urkunden hervorgesucht werden mochten. Weil das erfahrungsgemäß einige Tage in Anspruch nehmen konnte, quartierte ich mich im nächstgelegenen Wirtshaus ein, um von da aus jeweils morgens, nahe der Mittagsstunde und zur Vesper beständig hinüber in die Amtsstube zu schlendern und der Schriftstücke wegen nachzufragen.

Nun musste ich zu meinem Bedauern feststellen, dass trotz eines imposanten Rathauses, wie es das Grimmaische ist, dessen Beamte sich dennoch nicht mehr als anderswo bemüßigt fühlten, etwas fleißiger als nötig zu sein. Jedes Mal bekam ich die gleiche lapidare Antwort. »Die Papiere sind noch nicht gefunden.« Darüber wurde ich bald verdrießlich und ersann eine List, um endlich an die gewünschten Dokumente zu gelangen.

Auf einer Wiese irgendwo am Flusslauf der Mulde erwarb ich von einem Hirten zwanzig Hühner. Der Kerl machte einen heruntergekommenen Eindruck, und dementsprechend schmutzig und verlottert waren auch seine Tiere. Genau das, was ich suchte.

Das Federvieh steckte er mir in einen Flickensack, welcher ihm bis eben noch als Sitzkissen gedient hatte. Der helle Klang meiner Dukaten in seinem Beutel ließ ihn den Feierabend auf der Stelle einläuten. Im feinsten Gossenjargon verabschiedete er sich von mir und zog mit dem Lohn vergnügt heimwärts. Mein Weg

hingegen führte mich, am Wirtshaus vorbei, wo ich kurz Halt machte, um mir noch Brot und den stärksten Rotwein mitzunehmen, quer über den Markt zum Rathaus hinüber. Durch ein geöffnetes Fenster entleerte ich den Sack voller Hühner heimlich in die Schreibstube. Sodann spazierte ich vor das Eingangsportal, zündete mir ein Pfeifchen an und rauchte dieses in aller Ruhe aus.

Drinnen nahmen unterdessen die Dinge ihren Lauf. Das Geflügel verursachte ein gehöriges Durcheinander. Die Schreibkatheder kamen dadurch ins Wanken, lose Seiten wirbelten überall umher, und Tintenfässchen mit Federkielen darin stürzten spritzend zu Boden, weil die beleibten Beamten versuchten, die aufgescheuchten Hühner einzufangen. Ungeschickt, wie sie sich anstellten, gelang es ihnen nicht, auch nur ein einziges der lebhaften Flattertierchen zu erwischen. Der Höhepunkt des Spektakels schien erreicht, als ein schmales Regal mit Schriftrollen umkippte. Das durchdringende Rumpeln rief den Amtsvorsteher aus der darüberliegenden Etage auf den Plan. Beim Anblick dieses Tohuwabohus verfestigten sich seine Gesichtszüge und liefen puterrot an. Wortlos blieb ihm der Mund offen stehen, den er beim Eintreten eigentlich dazu geöffnet hatte, ein tadelndes Wort zu sprechen. Wie gelähmt sank er rücklings nieder auf einen Stuhl, zog sich die Perücke vom Kopf und warf sie entnervt vor sich auf ein Pult. Was wiederum einer Henne gut gefiel. Glucksend nahm sie in dem vermeintlichen Nest Platz und legte warm ihr Ei hinein.

Den wahrhaftigsten Zirkus fand ich da vor, als meine Pfeife zu Ende war und ich das Zimmer durch den Haupteingang betrat. Dieses wilde Flattern, das Gackern überall und hintennach die keuchenden, völlig zerzausten Staatsdiener. Sicheren Schrittes marschierte ich auf den Direktor zu. Ich bot ihm an, seine Amtei im Handumdrehen von der Plage zu befreien, wenn er mir dafür sofortige Einsicht in die angeforderten Akten gewährte. Ohne zu zögern willigte er ein. Zum Zweck der unverzüglichen Verrichtung holte ich das Brot aus meiner Manteltasche hervor und zerbröselte es in eine Schale. Die Krumen übergoss ich mit dem Wein und servierte das geistvolle Futter den Hühnern. Ausgehungert fiel die ganze Schar gierig darüber her und pickte die Schüssel restlos leer. Mit dem Erfolg, dass keines der Tiere danach mehr laufen, geschweige denn fliegen konnte. Sie hockten einfach still am Boden und breiteten die Flügel aus, weil sie sonst umzukippen drohten. Benommen rollten sie buchstäblich bloß noch einfältig mit ihren Hühneraugen. Mühelos sammelte ich eins nach dem anderen wieder ein

und beförderte alle zwanzig zurück in den Sack. Ein paar Federn trudelten noch durch die Amtsstube, ansonsten war der Terz vorbei.

Wie abgesprochen händigte mir ein Beamter die Papiere umgehend aus. Er erlaubte mir sogar nachdrücklich, diese gleich für eine Woche zur Durchsicht mitzunehmen. In der einen Hand den Sack, in der anderen die Dokumente, komplimentierte man mich hinaus. Kaum hatte ich das Gebäude verlassen, verriegelte ein Büttel die Tür hinter mir und erklärte somit das Rathaus für den Rest des Tages als geschlossen. Die berauschten Vögel überließ ich meinem Wirt, woraufhin abends Brathuhn in Rotweinsoße und zudem eine kräftige Suppe auf der Angebotstafel zu lesen stand.

Gewissenhaft folgte ich in den kommenden Stunden meinem Auftrag und arbeitete die Akten der Reihe nach durch. Das brachte viel Klarheit in den mir anvertrauten Fall. Es bestand hernach sogar die Möglichkeit, diesen Streit ohne Verhandlung zu schlichten. Zufrieden mit dieser Recherche, legte ich die Schreibwerkzeuge beiseite und sinnierte darüber. In Gedanken vertieft, wanderte mein Blick ziellos in der angemieteten Bodenkammer umher. Spartanisch möbliert, mit Bett, Schrank, Tisch und Stuhl, diente sie nur für kurze Aufenthalte. Zweckmäßig, wie sie sein sollte, weidete ihr rustikaler Charme mein Auge kaum. Mein Blick schweifte daher in die Dachgaube, am Fensterbrett vorbei, auf dem der Blumentopf gefällig mit einem violetten Alpenveilchen darin stand, zum Fenster hinaus auf das hübsche Provinzstädtchen, über dessen Dächern eigentlich die Sommersonne strahlen müsste. Die sonst so klare, friedvolle Aussicht wurde mir jedoch durch eine dicke, tiefgraue Rauchsäule genommen. Nun konnte ich auch das Geschrei, was anstelle von fröhlichem Sperlingsgezwitscher schon eine Weile lang herauf an mein Ohr drang, deuten. Ganz in die Arbeit vertieft, waren mir die dramatischen Vorgänge, die sich offenbar außerhalb des Zimmers abspielten, entgangen.

Grimma stand in Flammen!

Ich nahm die Beine in die Hand, stürzte durch das Treppenhaus hinaus auf die Straße und eilte der Rauchsäule entgegen in Richtung des Unglücksortes in die Oberstadt, um Hilfe zu leisten.

Hunderte Einwohner hatten dort eine Kette von der lodernden Feuersbrunst weg bis hinunter zur Mulde gebildet. Unermüdlich reichten sie sich Eimer um Eimer von Hand zu Hand und versuchten, mit dem geschöpften Flusswasser der Flammen Herr zu werden. Welch aussichtloser Kampf, denn ein ganzer Straßenzug brannte lichterloh. Als immer mehr Dachstühle Feuer fingen, wurde aus der Verzweiflung ihres Handelns Resignation. Angesichts der größer werdenden Feuerwand erschienen ihre Löschversuche sinnlos.

Ich erkannte rasch, dass auf diesem Weg nichts mehr gegen die fortschreitende Katastrophe auszurichten wäre. Also rannte ich geschwind zu den Befestigungsanlagen des Schlosses, erpicht darauf, ein Experiment zu wagen. In der Bastion zeigten sich die Soldaten um den reichlichen Pulvervorrat besorgt, welchen man aufgrund des letzten Krieges dort oben eingelagert hatte. Sie waren hastig mit dessen Abtransport beschäftigt. Der Schlosshauptmann, selbst ein erfahrener

Führer und Kriegsheld wie ich, schenkte mir trotz aller Hektik Gehör. Geduldig lauschte er meinem vielversprechenden Vorschlag, wie man die Stadt gegebenenfalls retten könne, und gab mir letztlich die Befehlsgewalt über seine Mörser und Kanonen, um es zu versuchen.

Damit nicht noch mehr wertvolle Zeit verlorenging, lenkte ich die Pulverschlepper nun direkt zu den Geschützen hin um. Diese sollten sie mit voller Ladung bestücken. Zum Ziel erklärte ich, zur Verwunderung der Kanoniere, die großen tiefblauen Wolken, die an jenem Nachmittag außergewöhnlich niedrig übers Land hinwegzogen. Nach deren Färbung zu urteilen, mussten ihre Bäuche randvoll mit Wasser gefüllt sein. Wir brauchten also bloß noch einige Löcher hineinzubohren, um es an diesem Ort unserem Willen gemäß abzulassen.

Meiner Schätzung nach dürften die Kartätschen in ungefähr acht Sekunden die Wolkendecke erreicht haben. Folglich befahl ich der Einheit Lunte Zehn für die Kugeln und ließ die erste Salve abfeuern. Sie platzten exakt in der richtigen Höhe, inmitten der satten Wolken, dass es drinnen wie bei einem Gewittersturm hell aufleuchtete. Alle zur Verfügung stehenden Rohre schossen nun pausenlos gen Himmel, dass ich schon meinte, unser Firmament bräche jeden Moment in Stücke. Schließlich blitzte und donnerte es nur so dort oben, und endlich fiel mir auch der erste Regentropfen nass auf die Stirn.

Eine andere Urgewalt ward durch uns entfesselt. Augenblicke später stürzte ein dichter, kühler Schauer erlösend auf Grimma hernieder. Taubeneigroße Wassertropfen trommelten auf den Boden wie zum Angriff. Die Batterien begannen spontan zu singen. Im Chor stimmten die Soldaten das Volkslied »Es geht eine dunkle Wolk herein« an. Der herbe Geruch feuchter Erde stieg mir angenehm würzig in die Nase, worauf ich »Feuer einstellen« befahl und die Mannen aus meinem Dienst entließ. Völlig durchnässt suchte ich Unterschlupf in einem der steinernen Wachhäuschen. Die Melodie des Singsangs pfeifend sah ich durch die Schießscharten hinüber in die Stadt, wo die zwei unvereinbaren Elemente gegeneinander kämpften. Gnadenlos peitschte der Regenstrom beharrlich die heißen Flammen, bis sie zischend wie giftige Vipern in ihm erstarben und statt ihrer nur noch kalte, weiße Rauchfahnen aufstiegen.

Der Koloss Wasser hatte wieder einmal den Koloss Feuer besiegt und die Stadt Grimma an diesem Tag vor der allergrößten Not bewahrt.

36.
Wie Münchhausen dem Herzog von Gotha-Altenburg einen Unterrock schenkte

Mit dem größten Vergnügen erhielt ich eines schönen Tages eine Depesche vom Gothaer Hofe, in der seine hochfürstliche Durchlaucht Herzog Friedrich mich auf eines seiner formidablen Sommerfeste einlud. Wohlwissend, dass man zu solch einem Anlass nicht mit leeren Händen vorstellig werden kann, bediente ich mich meines reichhaltigen Fundus von Souvenirs.

Frühzeitig wurden die notwendigen Vorbereitungen von mir getroffen. Beispielsweise schickte ich als Erstes nach dem Equipagenmeister, damit er eine recht bequeme, aber auch geräumige Kutsche für die Reise beibrachte. Ahnte ich doch, dass die Fülle der Geschenke, die ich für solche Gelegenheiten im Laufe der Jahre bei meinen Reisen durch die Welt zusammengetragen hatte, selbst in einer Staatskarosse kaum alle richtig unterzubringen seien. Sogar meine Jacobina musste ich zu Hause lassen, da ich ihren Sitzplatz nicht entbehren konnte. Was bei ihr für Verstimmung sorgte, wie man sich denken kann.

Bis unter die Decke vollgepackt mit unzähligen Kuriositäten verließ ich eine Woche nach der Sonnenwende unser Gut bei Bodenwerder. Die Achsen der Kutsche bogen sich unter der Last der Fracht, und trotz der acht vorgespannten Vollblüter kam ich nur langsam voran. Bald sollte sich zeigen, dass es schlecht bedacht war, ohne bewaffnete Füsiliere mit solch einer wertvollen Habe zu reisen. Bei Osterode setzte mir eine Bande berittenes Lumpenpack mächtig zu. Obwohl mein getreuer Kutscher das Äußerste aus den Pferden herauspeitschte, schafften wir es dennoch nicht, ihnen zu entkommen. Die Wegelagerer enterten im vollen Galopp auf gemeine Piratenmanier den Kutschbock und stießen den armen Mann sogleich rücksichtslos hinab in den Graben. Es blieb mir nichts weiter übrig, solange wir

noch in Fahrt waren, als aus dem Fenster auf das Kabinendach zu klettern und mit gezücktem Säbel die Bande zur Raison zu bringen. Anders als mein Kutscher wusste ich mich ihrer Attacken zu erwehren. Meine flinke Klinge blessierte die Saukerle schneller, als sie um Hilfe schreien konnten. Nachdem ich alle durch gekonnte Hiebe wieder in denselben Straßendreck befördert hatte, aus dem sie kamen, blieben auch die restlichen Reiter in sicherem Abstand hinter meinem Gespann zurück. Bei meinem eben zur Schau gestellten Temperament, dürften sie sich inzwischen im Unklaren darüber gewesen sein, ob ich als Nächstes nicht auch noch einige Kugeln in ihre Wänste hineinschießen würde.

Etwas außer Atem nahm ich nun die Zügel selbst in die Hand und jagte die Vollblüter auf Teufel komm raus nach den dichten Wäldern des Harzes hin.

Da es mittlerweile dämmerte, war ich froh, als am Ende der Schlucht, durch die ich fuhr, zwischen den Bäumen auf einem Felsvorsprung eine Burg in Sicht kam. Weil auch ein Licht dort brannte, hielt ich ohne Weiteres darauf zu. Der Burgherr, ein Graf von Sargstedt – zweifelsohne verarmter Landadel –, nahm mich

zuvorkommend bei sich auf. Das altertümliche Gemäuer hatte seit seiner Erbauung nur wenige erkennbare Neuerungen oder Umbauten erfahren. Nun fühlte ich mich glatt ins finstere Mittelalter versetzt, als das massive Tor hinter mir ins Schloss fiel. Trügerisch war die Sicherheit innerhalb dieser dicken Mauern, denn der Graf stellte sich bald als Anführer der zuvor abgewehrten Banditen heraus.

Also geschah es, dass man mich Ahnungslosen nach dem Abendessen in das höchste Zimmer des höchsten Turmes brachte, von wo aus ich den gefälligen Fernblick auf den tintenschwarzen Wald und den endlosen Sternenhimmel bewundern sollte. Viel mehr gab es von da oben allerdings auch nicht zu sehen. Der Graf verabschiedete sich sodann, unaufschiebbarer Geschäfte wegen. Jedoch war ich darüber nicht sehr enttäuscht, denn er ließ mir als Gesellschaft die Frau Gräfin an meiner Seite. Sich derart angenehm bescheiden zu müssen, war ganz nach meiner Fasson.

Für jede Abwechslung dankbar verbrachte die charmante Gattin des Räuberhauptmanns mit mir allein in besagtem Turmzimmer den Rest des Abends. Wir tranken dabei eine Karaffe delikaten Portwein und vergaßen, was die Stunde schlug. Während ich, angeregt vom offenkundigen Interesse der gut aussehenden Dame an mir, von meinen Seeabenteuern berichtete, schwante mir nichts Böses. Bis Waffengeklirr und das Stampfen schwerer Stiefel auf der Holztreppe hörbar wurden.

Die Gräfin schaute mich aus wissenden Augen erschrocken an, und ich begriff prompt, dass ich blindlings in eine Falle getappt war. Sie sollte mich vermutlich bloß eine Weile lang ablenken, bis man meine Kutsche im Hof völlig ausgeplündert hatte.

Zu meinem Leidwesen stürmten nun dieselben Taugenichtse, die mir schon auf der Landstraße lästig gewesen waren, den Turm hinan, um mir endgültig ans Leder zu gehen. Erst dachte ich daran, meinen Säbel abermals wider sie zu führen, aber in dieser engen Kemenate gab es nicht genug Bewegungsfreiheit zum wirkungsvollen Parieren.

Beherzt sprang ich stattdessen zu der kleinen, aber stabilen Tür hin und schaffte es, einen Wimpernschlag, bevor die Halunken wuchtig dagegenrannten, den eisernen Riegel zuzuschieben. Gleich schrien die Ausgesperrten Zeter und Mordio und schickten einen, das Rammholz zu holen.

Etwas Zeit hatte ich dadurch gewonnen. Wie nun aber weiter? Zum Glück gab es noch einen zweiten Ausgang in dem Turm. Ein abwägender Blick aus dem geöffneten Fenster verriet mir, dass die Winde günstig wehten, und so fasste ich einen kühnen Entschluss.

Bei allem Respekt und mit dem dringenden Hinweis auf mein mögliches Ableben bat ich die Gräfin höflich um ihren Unterrock. Das Kleidungsstück schien ihr in Anbetracht der Umstände entbehrlich, und sie übereignete es mir bereitwillig. Sicherlich auch, weil ich sie bis eben noch köstlich unterhalten hatte und weil man einem Todgeweihten seinen letzten Wunsch sowieso nicht abschlagen darf. Hingebungsvoll erwartete sie mich mit mitleidvollem Blick und offenen Armen. An ihrer statt gebrauchte ich allerdings wirklich ihr seidenes Unterkleid und wider Erwarten nicht sie selbst, was die handzahme Dame etwas verwirrte.

Die eine Öffnung für die Taille zog ich so kräftig zusammen, dass diese gänzlich verschlossen blieb. Die andere hingegen raffte ich nur und packte die beiden so entstandenen Enden fest mit den Händen. In dem Wissen, dass warmer Rauch nach oben steigt, hielt ich nun das Ganze über die Kerzen der Tischlampe, um deren Hitze darin einzufangen.

Schnell spürte ich, wie mich die frühe Montgolfière leichter werden ließ. Als sich der Unterrock schließlich rund aufgebläht hatte, dass meine Schuhsohlen die Fußbodendielen schon hin und wieder verließen, quetschte ich ihn durch den Fensterrahmen nach draußen, wo ihn der kalte Nachtwind sogleich ergriff und mich flott mit ihm nach draußen in die Dunkelheit zog. Einen Abschiedsgruß auf den Lippen, ließ ich die Gräfin allein zurück. Nichtsdestotrotz lächelte sie entzückt und faltete dankbar die Hände zum Gebet.

Nachdem nun die niederträchtige Mordsbande die Tür endlich demoliert hatte und energisch in das Turmzimmer stürmte, schwebte ich längst sachte über die Schlucht hinweg, durch welche ich vor einigen Stunden erst dorthin gekommen war – ähnlich wie zwanzig Jahre später die beiden berühmten französischen Pioniere der Luftfahrt.

Innerhalb weniger Minuten kühlte sich die Luft in meinem seidenen Ballon wieder ab. Ich glitt, ein paar Baumspitzen streifend, bodenwärts. Weit genug entfernt, dass das Gesindel meiner in dieser Nacht nicht mehr habhaft werden konnte, glückte mir die Landung unbeschadet. Am Folgetag informierte ich die örtlichen Polizeidragoner von der Übeltat. Doch als wir das Räubernest daraufhin im Verbund ausräuchern wollten, fanden wir es geräumt. Die Galgenvögel waren ausgeflogen. Den Rest dieser Reise lohnt es nicht zu erwähnen, denn er verlief ohne interessante Zwischenfälle.

Zu meinem Bedauern hatte ich dadurch, dass ich mich mit solch einem gewagten Kunststück aus der Situation stehlen musste, all die herrlichen und wertvollen Kabinettstücke mitsamt der Kutsche und den Pferden eingebüßt. Aus diesem Grund stand ich zur Generalaudienz dann doch mit beinahe leeren Händen vor Herzog Friedrich.

Leicht beschämt machte ich deshalb aus der Not eine Tugend und gab das Erlebte bei dieser Gelegenheit gleich vor versammeltem Hofstaat zum Besten. Zur Krönung meiner Ausführungen zog ich pointiert beim letzten Satz den Unterrock der Gräfin aus meinem Ärmelsaum hervor. Die Hofdamen spöttelten darüber, die Höflinge staunten, und die Räte stutzten. Aber der Herzog schmunzelte zufrieden, als ich ihm das Asservat am Schluss zum Präsent machte.

37.

Wie Münchhausen einen Diener aus Lehm schuf

Eine günstige Fügung spielte mir vor langer Zeit in dem geschichtsträchtigen Städtelein Worms einen wahrhaftigen Schatz in die Hände. Gewiss kommt jedem dabei zuerst der sagenhafte Hort der Nibelungen in den Sinn. Bloß ist dieser wohl, dereinst von Tronjes Hagen im Rhein versenkt, für immer mit dem Strom dahingegangen.

Nicht Gold, noch Silber oder Edelsteine sind's gewesen, eher unscheinbar und schlicht mutete er an, als ich ihn fand. Seinen Wert hielt er verborgen, erkennbar nur für den, welcher ihn zu erfassen verstand. Ein altes, zusammengerolltes Pergament war es, das ich auf dem Dachboden einer Synagoge entdeckte.

Verstaubt und dem Zerfall näher als dem Erhalt wartete es dort, hinter einem Schrank, in einer vergessenen Wandnische abgelegt. In der trockenen Wärme unter dem Dach, zwischen Spinnweben und Gerümpel stehend, wusste ich die Schriftzeichen auf dem Bogen kaum zu deuten. Grad so viel, dass hebräische Formeln darauf geschrieben standen. Mehr nicht. Ich nahm es an mich, weil eine absonderliche Anziehungskraft von ihm ausging, die mir im Geiste ein Wunder verhieß. Ab da häuften sich die Seltsamkeiten in meinem Leben erneut, wie früher einmal.

Mit der Schriftrolle in meiner Tasche umgab mich bereits auf dem Rückweg zum Gasthof, in dem ich logierte, eine bemerkenswerte Aura. Die Menschen wichen mir in den engen Gassen der Vorstadt ohne mein Zutun aus. Sie traten beiseite, machten den Gehsteig frei und senkten demütig den Blick, wenn ich an ihnen vorüberlief.

Beim Ritt zurück nach Bodenwerder widerfuhr mir aber ein noch sonderbareres Geschehnis. Weit drinnen im mächtigen Odenwald überraschte mein Pferd und mich ein Wettersturz. Dunkel rollte die Wolkenwand über uns hinweg. Als der Himmel dann seine Schleusen öffnete, schickte er wahre Sturzbäche nieder.

Unter der ausladenden Krone einer Buche versuchte ich kurzerhand Deckung vor dem harschen Regenguss zu finden. Jedoch fiel das Wasser in solchen Mengen herunter, dass mein feuriger Litauer und ich, selbst nah an den Baumstamm gelehnt, davon noch bis auf die Haut nass wurden. Tobte das Unwetter in diesen Breiten besonders laut und stark, war es glücklicherweise meist im Nu auch schon wieder vorbei damit. Wie von Thors unbändiger Wut aufgestachelt, jagte es hinfort und verflüchtigte sich rasch hinter alle Berge. Gutmütiger, stiller Sonnenschein brach sich so auch dieses Mal kurz darauf Bahn, als ob nie ein Grollen diese Luftmassen durchdröhnt hätte. Stattdessen säuselte der Wind vertraulich, die Vögel hoben ihre hellen Stimmlein von Neuem an, und das Umland wirkte so harmonisch wie zuvor.

Nur des deutschen Urwalds frischgewaschenes Blätterkleid glänzte noch tropfnass. Wärmend brachten die Sonnenstrahlen nun überall weißen Dunst aus dem Dickicht hervor, weshalb die Einheimischen dem Durchreisenden scherzhaft erklärten, dass die Hexen eben im düstren Holz kochen würden.

Ich traf dort allerdings keine Menschenseele. Nach solch einem Guss war ich allein schon froh, als die Sonne am Rande einer großen Lichtung endlich auch barmherzig auf uns schien. So wohltuend umschmeichelte mich ihr heißes Licht, dass ich mein vor Nässe triefendes Pferd gern anhielt und ihr den Kopf dankbar entgegenstreckte. Mit geschlossenen Augen genoss ich ihr Wohlwollen. Auf das anfänglich gleißende Weiß schimmerte alsbald ein angenehm lindes Farbenspiel durch meine Lider. Ich öffnete die Augen einen Spalt weit um mehr zu sehen und fand mich im buntesten Lichterreigen sitzend wieder.

Das Ende eines Regenbogens hatte sich gar wundersam auf uns herabgesenkt und nährte mit seiner erquicklichen Energie meinen Hunger nach den auserlesenen Momenten des Lebens. Ein unbeschreiblich intensives Hochgefühl, ja, ein Anflug von Omnipotenz durchzog prickelnd meinen Körper. Voller Enthusiasmus gab ich dem Litauer die Sporen.

Wir preschten los wie der Sturmwind und sausten aus dem Wald heraus in die Felder. Dabei fiel mir auf, dass mein Schimmel unter mir plötzlich in sieben Farben leuchtete. Sein feuchtes, schlohweißes Fell musste sie eben im Regenbogen aufgenommen haben, und da ich ihn flugs trockengeritten hatte, blieben sie wohl

fest daran haften. Geradezu beflügelt sprengten wir mit höchstem Tempo weiter über die Berge des Reinheimer Hügellandes.

In den Dörfchen, durch die wir kamen, erregte mein buntgestreifter Litauer manches Aufsehen. Das Volk lief unsertwegen vielerorts zusammen und empfing die Spaßvögel mit großem Hallo und Beifall, weil man glaubte, der Jahrmarkt schickte uns als Verkünder voraus. Ein Ausrufer, der mit Tandaradei durchs Ländchen reise. Dass dem nicht so war, spielte überhaupt keine Rolle, denn meine gute Laune war ansteckend. Wer immer auf uns traf, der wurde heiter. Frohsinn zog mit uns, und Glück zogen wir nach uns. Lediglich das wiederkehrende Unwetter setzte dem ausgelassenen Treiben abrupt einen Schlusspunkt.

Der neuerliche Regenschauer wusch meinen Gaul bedauerlicherweise rein und holte uns beide damit von unserer Wolke, herüber in den nüchternen Gang eines gewöhnlichen Tages. Der Euphorie beraubt und abermals durchnässt wie die begossenen Pudel, die bestenfalls noch im Kern trocken geblieben waren, kehrte ich in die nächstbeste Absteige ein, um mich ohne viel Federlesen auf einem Daunenkissen ordentlich auszuschlafen, bis dass der Hahn morgens wieder krähte.

In heimatlichen Gefilden angelangt, machte ich mich daran, mithilfe eines gelehrten Busenfreundes das wundersame Schriftstück zu entziffern. Wir kannten einander schon, als wir noch Knäblein waren. Ein hochgebildeter Mann war seitdem aus ihm geworden, der sich mit Haut und Haar der Wissenschaft verschrieben hatte. Er wohnte damals in Hameln und war seines Zeichens Gewissensrat und Medicus. Ihm war es ein Leichtes, den Text im Sinne des Wortes zu übersetzen.

Dieser barg eine ausführliche Unterweisung, wie es gelänge, einem toten Klumpen Erde das Leben zu schenken. Der Schöpfungsakt eines zweiten Adam stand da aufgeschrieben. Mein Freund, der Medicus, meldete freilich Zweifel an der Durchführbarkeit an. Doch weil wir beide Männer der Tat waren, sollte es gleich abgemacht sein, dass wir jenes Experiment auf Gedeih und Verderb durchführen und einen Beweis erbringen würden.

Nach der Bestimmung des dafür günstigsten Zeitpunktes, der sich mit dem Lauf der Gestirne berechnen ließ, sollte das Wunder am 17. März vollbracht

werden. Man nehme drei Menschen an der Zahl, die jeweils das Feuer, das Wasser und den Wind symbolisierten, hieß es. Aus diesem Grund hatten wir meine
liebe Frau Jacobina in das Vorhaben eingeweiht und sie in unseren magischen
Zirkel aufgenommen.

Zu besagtem Datum fuhren wir alsdann zur nächtlichen Stunde mit dem Esel-
karren in eine abseits gelegene Lehmgrube. Weder ein Sternlein noch mein guter
Silbermond zeigten sich am wolkenverhangenen Himmel, wodurch die Nacht
stockfinster blieb. Im Schein der Laternen formten wir gemeinsam aus dem
feuchten Lehm am Boden eine Figur, drei Ellen hoch und etwas plump in ihrer
Gestalt. Ein bisschen wähnte ich mich da insgeheim wie der Herr, unser Gott.
Vor allem als wir versuchten, ihm auch einige menschliche Züge zu verleihen.

Bloß die Kälte der Mitternacht stahl uns das Feingefühl aus den Fingern, weshalb unser Lehmmann nicht zum Ansehnlichsten geriet. Außerdem glaubte ohnehin keiner von uns daran, dass er sich jemals wahrhaftig bewegen würde. Deshalb schien sein Aussehen auch nicht sonderlich von Belang zu sein und blieb eine Nebensache.

Im Folgenden wies uns der Medicus an, was exakt zu tun sei.

Dem Rezept nach musste ein jeder von uns die Figur siebenmal umschreiten. Zuerst ich, da er meinen Charakter dem Feuer zuordnete. Das hässliche braune Kerlchen fing dabei zu unserem Erstaunen an, rot zu glühen, als stünde es in einem Brennofen. Kaum hatte Jacobina, das Wasser, ihn daraufhin umkreist, kühlte er zischend und dampfend wieder ab, bis wirkliche Tropfen aus all seinen Poren hervorquollen. Schließlich und endlich absolvierte der Medicus seine sieben Runden. Gleichzeitig flüsterte er die erforderliche Zeugungsformel in den Wind, was unserer Skulptur den Lebensfunken einhauchte.

Die beiden Löcher, welche ich mit Mittel- und Zeigefinger an Stelle der Augen in seinen Lehmkopf gedrückt hatte, begannen zu leuchten. Voll freudigem Entsetzen sahen wir drei ihn an, und er erwiderte unseren Blick tatsächlich. Ein wahrhaftiges Wunder war das, von uns gewirkt!

38.

Wie Münchhausen einen Golem besaß

Wir hatten es getan. Nun ward er in die Welt gebracht. Regungslos standen wir unserem Golem gegenüber, genauso starr wie er. Noch wusste keiner etwas mit ihm anzufangen. Jeder von uns versuchte erst einmal für sich, die Tragweite seines Handelns abzuwägen. Der Versuch, sich die Dimension des eben Vollbrachten zu vergegenwärtigen, lähmte unsere Muskeln, gab aber dem Gedankenrad umso mehr Schwung. Mich fröstelte dabei.

Langsam fuhr allen die leidige Kälte in sämtliche Glieder. Richtig wohl fühlte sich zwischenzeitlich niemand mehr. Irgendetwas sollte geschehen, eine Entscheidung musste getroffen werden. Kurzum befahl ich aus einem Impuls heraus dem Lehmmann mit Worten und per Fingerzeig, sich auf die Ladepritsche des Karrens zu legen. Unverzüglich hob er seine Beine nacheinander hoch. Schmatzend rissen sie sich vom Lehmboden los. Er stapfte dahin und führte die Anweisung aus. Als er dann ganz still dort oben ruhte, kehrte endlich auch Zuversicht bei uns ein. Im selben Maß erleichtert wie begeistert umarmten wir einander und begannen allmählich, die mögliche Bedeutsamkeit unseres Werks zu erfassen.

Gedankenversunken lenkte ich die Karre heimwärts zu unserem Gutshof, während Jacobina mit dem Medicus hinten bei unserer Kreation saß. Der unbefestigte Feldweg, den wir alle drei seit Jahr und Tag kannten, wollte in dieser Nacht einfach nicht enden. Es fühlte sich an, als streckte er sich mit Absicht vor uns in die Länge. Dennoch kamen wir irgendwann beim Gehöft an, mit dem Unterschied, dass diesmal keinem auch nur mit einem einzigen seiner sechs Sinne etwas von der Fahrt in Erinnerung geblieben war. Einzig der Golem fand momentan Platz in unseren Köpfen.

Wir stellten ihn für den Rest der Nacht in die Scheune, da Jacobina ihn noch nicht im Haus haben mochte. Ich verdeckte ihn auch notdürftig mit ein paar Leinensäcken. Im Zustand dieser zufriedenen Entrücktheit sehnten wir unseren Betten entgegen. Ein tiefer, erholsamer Schlaf war uns daraufhin vergönnt, der unser Innerstes wieder in das erforderliche Gleichgewicht brachte.

Nahe der siebten Stunde klopfte jemand äußerst aufdringlich an die Schlafzimmertür. Es dauerte einen Moment, bis ich davon erwacht und weltlichen Verstandes war. Mein treuer Diener Johann schlug Alarm und bat mich flehentlich aufzustehen. Ich riet Jacobina, die ebenfalls wach wurde, noch im Bett zu bleiben, erhob mich und streifte mir im Gehen den Morgenmantel über.

Johann hämmerte ungeduldig weiter gegen die Tür, bis ich sie geöffnet hatte. Außerordentlich aufgeregt unterrichtete er mich darüber, dass sich ein furchtbar grässlicher Beelzebub in meiner Scheune befände, der versuchte, das Stroh in Brand zu setzen. Hastig folgte ich ihm in den Hof hinaus, wo ich das ganze Gesinde um das Scheunentor herum versammelt sah.

Mit Forken, Dreschflegeln und Sensen bewaffnet hielten sie das Ungetüm vorgeblich in Schach, unterdessen der Stallbursche ihm mutig das Wasser eimerweise über den Kopf goss. Die Angst und die Unsicherheit waren groß bei den Menschen, obwohl der Golem nur ruhig an seinem Platz stand. Unverändert, gerade wie wir ihn vergangene Nacht dort hingestellt hatten. Bis auf seine Augenhöhlen, welche feurig rot leuchteten, gab er keinen Deut Leben von sich.

Zu seinen Füßen lagen die Leinensäcke. Darin befanden sich zwei kleine schwarzumrandete Brandlöcher, in Größe und Abstand seinem Augenpaar gleich. Weswegen ihn bezüglich des Vorwurfs der Brandschatzerei keine Schuld traf, denn das Leinen hatte ich ihm schließlich persönlich übergeworfen. Weil es nun nicht mehr zu ändern, seine Existenz nicht mehr geheim und dieser Zeitpunkt ebenso gut wie jeder andere war, stellte ich meinen Bediensteten ohne Umschweife ihren neuen Gehilfen vor, wenn ich sie schon geballt auf einem Haufen beisammen hatte.

Ich erklärte ihnen den Golem als einen Neuerwerb meinerseits. Entdeckt bei einer Prager Kuriositätenschau, hätte er mir ganz besonders imponiert, sodass ich ihn dem Panoptikum spontan abkaufte. Um ihnen nun auch eine kleine Demonstration seines Könnens zu geben, empfahl ich zuerst, die Waffen beiseite zu legen. Widerwillig und mit manchem Stirnrunzeln gehorchte meine Dienerschaft.

Zu Beginn versuchte ich, ihnen die Furcht vor dem Unbekannten zu nehmen. Ich zeigte meinem Golem, dass er die Arme in die Höhe heben sollte. Er tat's, und mein Gefolge floh erschrocken einige Schritte nach hinten.

»Sei's drum«, dachte ich. »Dann soll er halt auf sie zugehen.«

Diese Aufgabe im Sinn, verbot ich ihnen, abermals zu weichen.

Das gehorsame Kerlchen marschierte, einem braunen Lebkuchensoldaten ähnlich, direkt an ihnen vorbei, wie ich es ihm vormachte. Er schleppte auf mein

neues Geheiß hin zwei volle Eimer Wasser vom Brunnen herbei. Endlich schlich sich Interesse in ihr Mienenspiel ein. Gespannt verfolgten sie, was er wohl als Nächstes darbieten würde. Darum ließ ich ihn gleich vor ihrer Nase Halt machen und sich die Bottiche diesmal eigenhändig über den Kopf kippen. Mit dem Erfolg, dass den Leuten der Graus genommen war. Den Rest des Tages erzählten sie den Nachbarn beiläufig von dieser Narrenposse und kamen darüber wiederholt herzhaft ins Lachen. Vom Fenster aus hatten Jacobina und der Medicus die Vorführung ebenfalls beobachtet. Zum Schluss hatten beide leisen Beifall geklatscht. Auch ihnen war nun wohler, nachdem sie wussten, dass ich die Bediensteten von seiner nützlichen Harmlosigkeit überzeugen konnte.

Der Frühling kam eben in diesen Tagen im Weserbergland an und brachte allenthalben frisches Leben hervor. Indes die Anpassung, die Motivation, jene Kunstfertigkeit des Überlebens zu erlangen, in der Natur beim Heranwachsen vollkommen selbstverständlich triebhaft vonstattenging, war das mit unserem Diener aus Lehm weitaus komplizierter.

Unerschöpflich in Kraft und Ausdauer fehlte es ihm sonst jedoch an allem. Er besaß praktisch kein Wissen. Weder Willen noch Vernunft, und nicht einmal so etwas wie echter Instinkt lenkten sein Handeln. Gar nichts ergab sich oder fügte sich natürlich. Alles, was er tat, mussten wir ihm befehlen. Und alles, was er besser können sollte, mussten wir ihm erst lernen.

Eine zeitraubende, aber reizvolle Angelegenheit, besonders für den Medicus, der uns deshalb zu dieser Zeit regelmäßig besuchte. Bekam unser Golem bei Jacobina meist nur eine Unterweisung im Kartoffelschälen und Bodenwischen, zeigte ich ihm wenigstens, wie man den Stall ausmistete und einen Acker bestellen konnte. Der Medicus hingegen lehrte seinen neuen Schüler Algebra oder mühte sich ab, ihm begreiflich zu machen, wie man einen Brief verfasste. Nur was oder wem sollte denn eine Lehmplastik schreiben? Jedenfalls versuchte jeder von uns dreien, ihm verschiedene nützliche Fähigkeiten beizubringen, von denen wir glaubten, sie stünden ihm gut.

Er lernte viel, aber wirklich gescheit wurde er davon nicht. Es stellte sich baldigst heraus, dass es die einfachen Tätigkeiten blieben, für die er geschaffen war. Dementsprechend setzte ich ihn vorrangig mit zur Bewirtschaftung des Gehöfts ein. Anfänglich wahrte das Gesinde noch deutlichen Abstand zu ihm, wenn er kreuz und quer im Hof umherstapfte. Doch mit der Zeit gewöhnten sie sich daran und fassten Vertrauen. Ohne Zweifel freuten sich die Männer darüber, dass er die schwersten Arbeiten auf meine Ansage hin übernahm und ihre Rücken dabei geschont blieben. Bald schafften sie auch Seite an Seite mit ihm und akzeptierten seine rüde, wortlose Manier. Gemeinsam schleppten sie die Kornsäcke ins Vorwerk, wuchteten Stutzbalken unter die Holzdecken im Speicher oder gruben neue Erdmieten für die anstehende Futterrübenernte in den steinharten Boden. Lediglich die Mägde ließen ihre Kinder niemals zu nah an den hilfreichen Gesellen heran. Bei aller Unterstützung, die er ihnen bot, blieb er in letzter Konsequenz doch nur der Golem für sie. Ein seelenloser Diener, unfähig, einem Geschöpf Gottes ebenbürtig zu sein.

39.

Wie Münchhausen seinen Golem wieder verlor

Durch besondere Geschicklichkeit zeichnete sich das neue künstliche Mitglied meiner Dienerschaft bedauerlicherweise nicht aus, sondern eher durch übermenschliche Stärke und schier unerschöpfliches Leistungsvermögen. Tag und Nacht bereit, die gewaltigsten Aufträge zu erledigen, aß und trank er dennoch kein bisschen. Wenn es nichts zu tun gab, stand er genügsam in einer Ecke der Küche, die er sich irgendwann selbst ausgesucht hatte, und stierte in das Ofenloch. Der Medicus vermutete, dass er sich seines Ursprungs im Feuer möglicherweise doch bewusst sei und daher dessen Nähe suchte. Das Personal hatte sich gleichmütig daran gewöhnt, und zum Wasserholen taugte er ihnen durchaus vortrefflich.

Irgendwann an einem Nachmittag im Mai stand er dann nach getaner Arbeit nicht wie gewohnt in seiner Ecke. Zuerst wunderten sich die Mägde nur, aber dachten sich auch nichts weiter dabei. Doch als die eine ihr Kind ebenfalls vermisste, fingen sie ein Geschrei an, das den gesamten Gutshof zusammenrief. Als vermeintlicher Übeltäter musste gewiss der Golem herhalten, und gleich bildeten sie einen bewaffneten Trupp, der sich auf die Suche nach den beiden machte.

Zum Glück meldete mir Johann umgehend, was da vor sich ging. Es gelang mir, diesem Mob mit meinem Pferd den Weg abzuschneiden. Ich versuchte, die Leute zur Vernunft zu bringen. Nur, die blinde Wut trieb sie unaufhaltsam weiter. Also ritt ich ihnen voraus und entdeckte meinen Golem bei den Aue-Wiesen auf einem kleinen Hügel. Das vermisste Mädchen stand gleich neben ihm. Es befand sich wahrlich an seiner Seite. Gemeinsam schauten sie nach oben in den Himmel, von welchem sich ein Regenbogen auf die beiden niedersenkte. Dieses harmonische Bild erschien mir nur allzu vertraut. Es trug einen unerhört hoffnungsvollen Frieden in sich.

Feierlich legte das schmächtige Kind ihm einen selbstgebastelten Kranz aus Gänseblümchen um den Kopf, so einen, wie es ihn auch trug, und zog ihn dann an seiner unförmigen Hand mit sich bergab. Schwerfällig wie er war, folgte er dem gutgelaunten Mädchen bestmöglich. Kam er schlecht hinterher, hielt sie rücksichtsvoll inne. Hüpfte ein wenig auf der Stelle hin und her, damit der Nachzügler ihren Vorsprung wieder ausgleichen konnte. Einträchtig spazierten die beiden durch das nasse, grüne Grasmeer, welches der Wind zum Wiegen brachte, auf mich zu. Die zerstreuten Schatten der fliehenden Regenwolken bewegten sich zügig darüber hinweg und raubten der blühenden Landschaft nur ab und an für kurze Zeit das Sonnenlicht.

Im Näherkommen bemerkte ich, dass die eine Gesichtshälfte des Mädchens ein Feuermal entstellte. Gewissermaßen als naturgegeben könnte man die schwer erklärbare Verbindung dieser beiden Gezeichneten sehen, bloß das herbeistürmende Gesinde empfand es in seinem Eifer anders. Mit anklagenden Blicken nahmen sie das Kind von ihm fort und gaben es in die Obhut seiner Mutter. Weinend, weil es dem Freund entrissen, kauerte das Mädchen auf ihrem Arm. In ihrer Ignoranz legten sie die Tränen des Kindes als Furcht vor dem Schreckgespenst aus. Obgleich ich ihnen verbot, die mitgebrachten Äxte und Forken gegen den Golem einzusetzen, was sie dann auch tunlichst sein ließen, hatten sie ihn in ihren Köpfen schon längst für die angebliche Entführung geächtet.

An der Stelle darf nicht unerwähnt bleiben, dass das allesamt fleißige, rechtschaffene Leute waren. Mir, ihrem Lehensherrn, treu ergeben, voll gutem Willen und mit lauteren Absichten. Einzig ihre beschränkte Sicht, oft überängstlich und angereichert mit Aberglauben, prägte ihren Eigensinn. Sie neigten nun mal dazu, die Dinge oberflächlich zu bewerten. Noch am selben Abend suchte ich deshalb das Gespräch mit allen meinen Bediensteten. Hierbei kehrte auch die Vernunft bei ihnen ein, und es gelang mir, den Ruf des Golems abermals herzustellen. Um des lieben Friedens willen ermächtigte ich mein Gesinde noch als versöhnliche Geste, dem Golem im Rahmen ihres Tagewerks zukünftig auch befehligen zu dürfen. Ihn setzte ich davon auch sogleich in Kenntnis und meinte, auf diese Weise die Situation wieder ins Lot gebracht zu haben.

Von da an verfuhr man leider wenig pfleglich mit ihm. Sie bürdeten ihm viermal so viel Plackerei auf, als ich es jemals getan hätte. Einem anderen wäre das

schlecht bekommen. Aber dem Golem machte dies nichts weiter aus, und im Laufe der Zeit verfloss die Galle in der Erinnerung ebenfalls. Dank meiner Leutseligkeit verlebten wir nun eine zufriedene Zeit miteinander, in der ich mich oft fragte, weshalb der Golem, noch bevor meine Order ergangen war, überhaupt dem Gesindekind gehorcht hatte. Eine rechte Antwort auf dieses Rätsel erhielt ich nie, doch ahnte ich, dass es damals an jenem eigentümlichen Tag mit dem Wind und dem Regen zu tun gehabt haben musste.

Wochen später machten Jacobina und ich im Rahmen eines erbaulichen Ausritts über die goldgelben Felder des Augusts Station im Hause des Medicus. Er servierte uns ein vorzügliches Mittagsmahl, nach dessen Genuss wir noch plauderten. Es lässt sich denken, dass wir auf unseren Famulus zu reden kamen. Der Medicus hatte ihn in jenem Monat kaum zu Gesicht bekommen, und auf mein Begehr hin schloss er sich Jacobina und mir auf dem Rückweg mit Freuden an. Ein seltenes Naturereignis machte uns dabei die Pferde scheu.

Leicht rüttelte ein Beben in dieser Stunde an unserer Heimatscholle. Vielleicht war es eine Erinnerung daran, dass nicht nur das Überirdische eine unfassbare Macht besaß. Dass wir nicht vergessen sollten, die Erde unter unseren Füßen gleichsam genug zu respektieren. Diese Nachricht verstand da jedes Lebewesen in seinem Schreck. Sie kam wohl auch bei dem Golem an, was sich bei unserer Ankunft auf meinem Landgut zeigte. Von Weitem vernahmen wir bereits mit einiger Besorgnis die Hilferufe der Dienerschaft.

Der Golem stapfte dort wie besessen über den Schirrhof, die Arme voll Feuerholz, währendem die Männer versuchten, ihn mit Schmiedehämmern und Eisenstangen anzuhalten. Ihm wurde eine Tracht Prügel von den Kerlen zuteil, die kein Mensch überlebt hätte. Die kraftvollen Schläge, welche sie ihm versetzten, hinterließen allerdings nicht die geringste Schramme an dem Lehmkopf.

Unbeeindruckt lief er geradeaus, stracks durch die dicke Vorderwand hindurch, direkt in den Flur des Haupthauses hinein. Drinnen rumpelte es beängstigend. Aus dem Mauerwerk, in dem nun ein Loch klaffte, bröckelten immer noch Steine zu Boden, als er daneben durch die Wand der Waschküche nach

draußen drängte. Dabei hatte er einen Zuber voller frischer Laken in den Händen. Ich brüllte ihn an, dass er sofort damit aufhören möge, worauf mein Golem aber nicht im Geringsten reagierte. Er marschierte unbeirrbar weiter und zog eine Spur der Verwüstung hinter sich her.

Entsetzt ahnte ich im Geiste, wie das Herrenhaus demnächst in sich zusammenfallen würde, wenn der Bursche weiter die Mauern so fleißig einrannte. Vor allem war es mir auch um die Branntweinbrennerei, welche mein seliger Herr Vater ins Nebengelass hatte einbauen lassen, bange. Momentan bewegte er sich zwar davon weg, zum Bleichrasen hin, doch Johann wusste, dass er in Bälde zurückkäme, um die Milch zu bringen! Da schlug ich die Hände über dem Kopf zusammen und verlangte zu erfahren, was in aller Welt wohl in ihn gefahren sein könnte.

Mein treuer Johann erklärte es mir: Die Knechte und Mägde hätten wahrscheinlich mehrere zugleich etwas und schimpflich viel von ihm verlangt. Seither befolge er keinerlei neuen Befehl mehr und leiste bloß nur noch stur wie brünstiges Hornvieh das Geforderte ab. Weil aber die Fülle der ihm aufgetragenen Arbeiten unmöglich am restlichen Tag noch zu schaffen sei, wählte er vermutlich die kürzesten Wege aus, schlicht um Zeit zu sparen.

Man habe alles versucht, diese Raserei aufzuhalten, ohne Erfolg.

Da polterte der Kerl schon wieder aus dem Fachwerk der Stallungen hervor auf uns zu und brachte die ohnehin zerbrochenen Milchkrüge trotzdem zur Speisekammer. Ich musste etwas unternehmen, bevor er meinen ganzen Besitz in Grund und Boden trampelte, jedoch fehlte mir eine Idee. Der Medicus empfahl, es mit der Umkehrung zu versuchen, nämlich das Pergament mit der Formel rückwärts zu lesen.

Hurtig rannte ich los, durch das Haupthaus hinauf in mein Studierzimmer, wo ich den Schatz im Schreibsekretär aufbewahrte. Zwischenzeitlich stieß unter mir der Golem weiter Löcher in die Fassade, dass mehrfach mein ganzes Haus davon erzitterte. Das Porzellan in den Schränken klirrte. Und jedes Mal bereitete mir diese sinnlose Zerstörungsorgie mehr Kopfschmerzen. Die große, halbdemolierte Holztreppe im Foyer knarzte bedenklich unter meiner Last, aber sie trug mich noch, wieder hinunter ins Erdgeschoss. Über Bruchsteinhaufen und Scherbenberge kämpfte ich mich, die Schriftrolle in der Faust, verbissen durch das Trümmerfeld bis an ihn heran. Kupfernes Kochgeschirr rollte mir scheppernd aus der Küche entgegen.

Durch eine aufwirbelnde Staubwolke hindurch stellte ich mich ihm neben dem Herd absichtlich in den Weg. Als er sich mit dem Abliefern eines Korbes voller zerschlagener Hühnereier beschäftigte, begann ich die Prozedur. Laut und deutlich las ich die Worte in umgekehrter Reihenfolge vor. Ehe er diesmal entwischen konnte, geriet er erst ins Stocken, um dann aus dem Stand heraus vollständig auseinanderzufallen. Im Handumdrehen zerbarst er in allerkleinste Teile.

Ein trockener Haufen Lehmpulvers war alles, was von ihm übrig blieb.

Er hatte den Ruf aus dem Schoß der Erde vernommen und war nun zu ihr zurückgekehrt. Es dauerte mich eigentlich, seine traurigen Überreste am Boden der Küche liegen zu sehen. Der Golem hatte doch niemals etwas Böses gewollt oder aus reiner Boshaftigkeit gehandelt, was die Menschen von Zeit zu Zeit tun. Diese Wesenszüge waren ihm genauso fremd, wie auch er in dieser Welt nur als ein Fremdkörper angesehen wurde. Treuherzig und ausdauernder, als ein Mensch sein kann, blieb dieser dienstbare Geist dennoch oder gerade deswegen ein Außenseiter. Wenn ich's recht überlege, fühle ich mich manchen Tags selbst ein klein wenig wie ein Golem.

40.

Wie Münchhausen
dem Mühlenteufel auf die Schliche kam

Gemeinsam mit meiner lieben Jacobina verweilte ich ab und zu bei Freunden im schönen Örtchen Omersbach am Rande des Spessarts. Wir blieben meist mehrere Tage in dem malerischen Landstrich und wanderten, wenn sich die Möglichkeit bot, durch den hiesigen Forst. Dabei kommt man am Geiselbach entlang durch den sogenannten Teufelsgrund. Im hellen Licht wirkte die wilde Naturschönheit des Tals weit weniger unheimlich, als es ihr landläufig nachgesagt wird. Jene abgelegene Felsenschlucht stand nämlich im Verruf, von jeher Geistern und Gespenstern als Unterschlupf zu dienen. Von hohem Wald dicht umgeben, weswegen das Geläut keiner Kirchenglocke bis dorthin durchdringen kann, klapperten an dem Bach dessen ungeachtet schon lange drei Mühlen nah beieinander.

Das heißt, genaugenommen klapperte derzeit gerademal noch eine von ihnen. Die erste und die zweite waren öd und verwaist. Lediglich bei der letzten rief uns noch ein Müller heran. Er hieß uns freundlich willkommen, und wir folgten der Einladung an diesem schwülen Sommertag nur zu gern. Im Schutze eines mächtigen Kastanienbaums, wo nahebei dem Mühlrad Tische und Bänke aufgestellt waren, bot sich ein schattiges Plätzchen zum Rasten an. Dort setzten wir uns hin und machten einander bekannt.

Nachdem er seinen Burschen losgeschickt hatte, frisches kühles Quellwasser für die Gäste zu besorgen, verfiel er vor lauter Wohlgefallen über unsere Gesellschaft ins Schwatzen. Und zu schwatzen hatte er vieles, denn der Müller war ein einsamer Mann. Frei von der Leber weg ließ er uns an seinen Sorgen und Nöten schonungslos teilhaben.

Nur er und der Bursche verdingten sich demnach noch da. Seine Frau und die Kinder seien vor Monaten zu ihrer Schwester nach Würzburg gezogen. »Es ist ihnen auch nicht zu verdenken, angesichts der furchteinflößenden Sachen, die sich hier ereignen«, meinte der Müller.

Schon mehrmals hätte er seitdem versucht, die Mühle zu verkaufen, aber niemand wollte sie haben.

»Die Angst vor den düsteren Urianen, die des Nachts im Tann umherstreichen, hält die Menschen fern«, klagte er.

Das ließ mich hellhörig werden. Nun wurde die Sache interessant, und ich ermutigte ihn, das Unausgesprochene auch noch zu erzählen. Der folgende Bericht entbehrte nicht einer gewissen fantastischen Komponente. Mit deutlichen Worten beschrieb er, wie sich das Wasser des Geiselbachs zum ersten Mal an Walpurgis rot von Blut gefärbt und er sich aufgemacht hatte, die Ursache dafür zu erkunden.

Durch die Finsternis flackerte da ein geheimnisvolles Leuchten aus der Nachbarsmühle. Vom fahlen Lichtschein angelockt, spähte er durch das Fenster hinein und sah in dem unmöblierten Zimmer den Leibhaftigen mit seinem hinkenden Pferdefuß um eine Lampe tanzen. Weiter hinten an einer Wand waren die ausgeweideten sterblichen Überreste einer erbärmlichen Kreatur kopfüber an den Beinen aufgehängt. Mit seiner Klaue schnitt ihr der schwarze Teufel bald die Seele aus der Brust heraus und stopfte sie feixend in einen Sack. Entsetzt wich der Müller zurück und rannte voller Angst nach seiner Heimstatt. Ebenda malte er mit Kreide aufgeregt drei Kreuze an jede Tür und an die Fensterläden, um den bösen Geist dadurch draußen zu bannen. Zudem hielt er für den Rest der Nacht mit einer Bibel in der Hand Wacht.

Anderntags, als das Bächlein wieder rein und klar plätscherte, nahm er seinen ganzen Mut zusammen und schlich nochmal hinüber. Bloß war das Gemäuer gleichfalls leer und kahl wie vorher, ohne jede Spur dieses rätselhaften Vorfalls. Schon begann er, seinem Verstand nicht mehr zu trauen, und machte sich Vorwürfe, einem Trugbild aufgesessen zu sein. Bis sich der Spuk keine Woche darauf genauso wiederholte.

Seither stand es schlecht um ihn und seine Familie. Die Mühle sicherte ihren Lebensunterhalt, und solange sie nicht verkauft war, müsse er sie notgedrungen weiter bewirtschaften, komme was wolle. In seiner Verzweiflung fragte er dann, ob ich mich als erfahrener Advocatus nicht für ihn verwenden könne, wenn er mir die Hälfte des Erlöses verspräche. Ich lehnte ab, was das Honorar betraf, versagte ihm aber meine Hilfe nicht.

Es reizte mich, die gewöhnliche Wahrheit, welche sich bestimmt hinter diesem Schauerstück verbarg, aufzuklären.

Also inspizierte ich zu diesem Zweck die leerstehende Mühle auf eigene Faust. Bis auf zwei erst kürzlich eingeschlagene Eisenhaken, die ich in sieben Fuß Höhe an der hinteren Wand entdeckte, schien das Gemäuer ungenutzt. Nichts deutete darauf hin, dass finstre Mächte da am Werk waren. Wesentlich geschäftiger ging es in den Wäldern ringsum zu. Gleichgültig was in diesem Tal umhergeisterte, ich würde damit auf Tuchfühlung gehen.

Tief drinnen im Holz dampften die Meiler der Köhler. Von dort aus führte ein Labyrinth von gut getarnten Trampelpfaden, die sich nur dem erfahrenen Auge offenbarten, durch das Gestrüpp. Schlingen und Springeisen waren unter Laub und Moos versteckt aufgestellt, um das unachtsame Wild damit einzufangen. Mein Spürsinn verriet mir, dass es sich lohnen würde, diese Fallen regelmäßig zu kontrollieren, um den Tatsachen auf den Grund zu gehen. Es fügte sich, dass sich eine ausgewachsene Hirschkuh in einem der Eisen verfing und mir ihr Unglück die Gelegenheit bescherte, um Gewissheit zu erlangen.

In brauchbarer Entfernung bezog ich kurz vor Sonnenuntergang Stellung in einem hohlen Baumstumpf und beobachtete das Revier aufmerksam. Auch horchte ich konzentriert in den Wald hinein. Ein Fuchs verbellte etwas in der Ferne. Quirlige Eichhörnchen huschten in luftigen Höhen durch die Wipfel nach Hause in den Schutz ihrer Astlöcher. »Ku-witt, ku-witt« – das Käuzchen erwachte. Genau wie der Siebenschläfer. Nach und nach kamen alle Nachtjäger aus ihrem Bau. Als aufziehende Wolken dem Himmel das letzte Licht stahlen, kreischte ein Eichelhäher seinen markanten Warnruf von den Baumkronen herab. Etwas regte sich in den Büschen. Lautlos und annähernd unsichtbar kam eine menschenähnliche Gestalt aus der Schwärze hervor. Sie humpelte, als wäre ihr linker Fuß lahm. Unter einem Beil, von der Hand des Schattens geführt, hauchte die Kuh ihr Leben aus. Kräftig packte der Schemen dann seine fette Beute und schleppte sie eilends zu der alten Mühle. Davor schnitt er ihr den Hals ab und ließ sämtliches Blut in den Geiselbach laufen. Hernach entzündete er eine Laterne und legte den Boden des Zimmers mit Leinentüchern aus. Als er das Tier hineingetragen und aufgehängt hatte, begann er, gänzlich außer Atem, das gute Fleisch mit dem Messer auszuschlachten. Ein hervorragender Zeitpunkt, um durch die unverschlossene Tür einzutreten und diesen ominösen Umtrieben ein Ende zu setzen.

»Stehe Er still«, riet ich dem Unbekannten forsch, »wenn Ihm sein Leben lieb ist!«

Vom Schreck geschüttelt fuhr die Gestalt herum und blickte mit weit aufgerissenen Augen in den Lauf meiner geladenen Pistole. Im matten Kerzenschein stand dort, kein Teufel vor mir, nur ein Mann, der sich Hände und Visage an den Holzkohlemeilern mit Ruß geschwärzt hatte.

Ein verwegener Wilddieb war er, der sich die im Volksglauben fest verwurzelten Schauermärchen rigoros zunutze machte, um ungestört seiner Beschäftigung nachgehen zu können. Ich band ihm die tote Hirschkuh auf den Rücken, dass er mir dadurch draußen in seinem Heimatwald nicht leicht entkommen konnte, und führte ihn so beschwert bis nach Omersbach hinein, wo ich ihn der hiesigen Gerichtsbarkeit übergab.

Es stellte sich heraus, dass er Johann Adam Hasenstab hieß und den Forstkommissären wohl bekannt war. Gleich arretierte man ihn.

Noch in derselben Woche wurde er von höchster Stelle aus der kurfürstlichen Lande verwiesen und auf Nimmerwiedersehen mit dem nächsten Schiff in die Kolonien nach Neuholland verschickt. Der Müller zeigte sich überglücklich darüber, dass sich sein Albdruck so banal aufgelöst hatte und die Gespenster weiterhin nur eine Legende blieben. Leider ist sein Eheweib nicht recht davon zu überzeugen gewesen. Also zog er ihr nach Würzburg hinterher und verpachtete die Wassermühle letztlich an seinen Burschen.

Bleibt nur noch zu erwähnen, dass der Hasenstab nicht lange in dem Exil blieb, wo man ihn sich wünschte. Keine zwei Jahre später wurde er wieder in der Gegend um Frankfurt gesichtet. Aber diesmal half ihm auch seine Gewitztheit nichts mehr. Zu guter Letzt beförderte die Kugel eines Revierförsters den armen Teufel im Kropfbachtal endgültig in den Orkus.

41.

Wie Münchhausen den Wolfsbären jagte

Im Winter des Jahres 74 verirrte sich eine Bestie, von Kälte und Hunger fortgeleitet, aus den urigen Wäldern des Königreichs Polen herüber in unsere Gegend. Seit alters her kündete ihr Erscheinen vom Beginn schwieriger Zeiten. Ein unliebsamer Vorbote, der die Pestilenz in seinem struppigen Fell mit sich trug und welchem nicht selten Kriege folgten. Von Gestalt halb Wolf, halb Bär, wurde sie der Järv genannt.

An Zankeslust und Garstigkeit mangelte es dem Unheilsbringer ebenso wenig wie an arglistiger Schläue, weswegen ihm schlecht beizukommen war. Überfiel den Järv der Blutdurst, war dieser so unersättlich groß, dass er nicht eher von seinem Tun abließ, bis sämtliche Tiere einer Herde geschlagen und tot vor ihm am Boden lagen. In jenen Tagen fürchteten die Mütter um ihre Kinder, die Bauern um ihr Vieh und verständlicherweise ein jedes vernunftbegabte Wesen um das eigene Leben.

Die böse Kunde, dass der Järv umging, erreichte mich früh.

Zu vorangegangener nächtlicher Stunde hatte er im Nachbardorf mehrere Ochsen gerissen, drei davon halb aufgefressen und auch sonst alles andere Getier, was sich in dem Stall befand, getötet. Deshalb stellte der Schultheiß eine Gemeinschaft mutiger Jagdleute zusammen, wofür er mich, wohl um meinen weidmännischen Erfahrungsschatz wissend, zu gewinnen hoffte. Zwar fehlte es mir wie den anderen auch an Beschlagenheit, was das Jagen eines Wolfsbaren betraf, trotzdem willigte ich ein und schloss mich der gewagten Hatz an.

Tüchtig im Herzen und ordentlich bewehrt, traf sich ein Dutzend Freiwilliger am Mittag auf dem Gemeindeanger, um von dort aus der Spur des Untiers zu folgen. So auch ich. Unter Führung des Landjägers ritten wir im scharfen Galopp los. Der Himmel über unseren Köpfen verfinsterte sich, als die bleichgepuderten Kuppen des Weserberglandes ein unirdisches Geheul durchdrang.

Die Bestie begrüßte ihre Jäger.

Nach einem Durchhau im Vogler-Wald, am Eingang einer verschneiten Felsenschlucht, zu der uns die Fährte gelenkt hatte, scheuten schließlich die Pferde. Sie weigerten sich weiterzutraben, sodass uns nichts anderes übrig blieb als abzusitzen. Wir ließen sie mit einer Wache zurück und erkundeten die windstille Klamm zu Fuß.

Möglichst dicht an den rauen Sandsteinwänden entlang folgten wir dem zugefrorenen Rinnsal, welches diese Schneise im Laufe von Jahrtausenden geduldig in das Massiv gespült hatte. Eiszapfen hingen bedrohlich spitz von den Vorsprüngen herab wie Speere, die auf unsere Häupter zielten. Dann und wann stob eine Fahne lockeren Schnees von oben hernieder. Ein Zeichen dafür, dass uns der Järv von der sicheren Anhöhe aus beobachtete. Bedrückende Stille machte sich breit. Keiner wagte mehr, auch nur ein Sterbenswort zu sprechen. Das einzige Geräusch war das Knirschen der berstenden Eiskristalle unter unseren Stiefeln.

Den Männern stand die Erregung ins Gesicht geschrieben. Aufmerksam beobachtete mein geschultes Auge die Umgegend ob er sich irgendwo leichthin zeigte. Offen gestanden ergriff mich hierbei die Nervosität stark wie selten. Einer nach dem anderen spannte nun den Hahn seiner gestopften Flinte – Knack, Knack, Knack -, als uns plötzlich die gellenden Todesschreie der zurückgelassenen Pferde erreichten. Ihr Wiehern hallte schauderhaft zwischen den Felswänden wider.

Sofort machten wir kehrt, um den Tieren, die zuerst vorstürmenden Männer mit den Flinten voran, zu Hilfe zu eilen, doch wir kamen keine fünf Schritte weit. Wie eine Furie sprang der Järv schnaubend von irgendwo oberhalb der Schlucht herunter mitten in unsere Reihe hinein und krallte sich an den Schultern des erstbesten Jägers fest. Die Vorderen drehten sich erschrocken um, die Hinteren brachten ebenfalls ihre Flinten in Anschlag, und als die Bestie dem armen brüllenden Menschen gerade krachend das Genick zerbiss, knallten alle gleichzeitig drauflos. Mit fatalen Folgen.

Sie trafen dabei nicht nur den Järv und sein Opfer, sondern auch die Schützen auf der jeweils gegenüberliegenden Seite. Aus nächster Nähe abgeschossen fetzten die Kugeln tellergroße fleischige Löcher in die Menschen und das Tier. Den Funkenstrahlen aus den Flintenläufen folgten Fontänen von Blut, das die Steinwände und das winterliche Weiß ringsum tiefrot einfärbte.

Hätte ich mich nicht geistesgegenwärtig fallengelassen, wäre es mir gleich geschehen. Die braven Leute streckten sich in ihrer kopflosen Panik innerhalb eines Atemzugs beiderseits ungewollt nieder, sodass keiner mehr auf seinen Beinen stand, nachdem sich der dichte weiße Pulverdampf aus der Felsenenge verzogen hatte. Einzig ich war noch am Leben, und da augenscheinlich keinem der anderen mehr zu helfen war, blieb mir nach dieser unnötigen Tragödie vorerst weiter nichts, als den einsamen Rückmarsch anzutreten.

Auf dem elenden Weg kreisten meine Gedanken um das jüngst Geschehene. Mir wollte es nicht recht einleuchten, wie die Bestie es schaffen konnte, so auffallend schnell eben noch bei den Pferden und gleich wieder bei uns zu sein. Sollte ihr tatsächlich ein Dämon innewohnen, welcher dergleichen Dinge möglich machte? Dann hätten unsere Kugeln aber sicherlich wenig an ihm ausrichten können, und doch lag das Scheusal tödlich getroffen hinten in der Schlucht.

Ein schlimmer Verdacht keimte in mir auf. Was, wenn es nicht nur eines gewesen war? Gleich wurde mir die faule Ahnung zur furchtbaren Gewissheit, und ich musste einsehen, dass ich nun gänzlich allein gegen ein weiteres Ungetüm stand.

Am Eingang der Schlucht angelangt, fand ich fünf unserer Pferde durch grässliche Bisswunden entstellt, tot in ihrem Blut liegend. Die anderen mussten mit dem Wachmann geflohen sein. Vom zweiten Järv war aber weit und breit nichts zu sehen. Möglicherweise verfolgte er sie. Nur wenn es ihn gab, und dessen war ich mir so gut wie sicher, dann würde er beizeiten wieder erscheinen, um sich in Ruhe an den Kadavern satt zu fressen.

Alldieweil mir sein absurdes Fressverhalten geläufig war, wollte ich ihn just darüber in eine raffinierte Falle locken.

Unweit der gerissenen Tiere standen zwei junge Eschen so dicht beieinander, dass man meinte, sie kämen aus derselben Wurzel hervor. Sie schienen mir geeignet, das Untier damit einzufangen. Ich legte die Flinte zur Seite und nahm mir ein Seil aus der Weidmannstasche. Dieses band ich fest um einen der schmalen Stämme und dehnte die Zwillingsbäume unter Zug so weit auseinander, dass ein großer Hund nun dazwischen hindurchschlüpfen konnte.

Straff gespannt schlang ich das andere Ende des Seils um einen Felsblock, ebendort, wo auch mein Versteck sein sollte, und legte mich dann auf die Lauer.

Ganz wie vermutet kam der zweite Järv keinen Glockenschlag darauf. Er bewegte sich vorsichtig durch das Unterholz, musterte die Umgebung genau.

Regungslos verharrte ich in meiner Mulde. Lange fixierte er die kleine Lichtung, bis ihm der Geruch des dampfenden Pferdefleisches in die Nase stieg und ihn die Fresslust packte. Daraufhin gab er die Deckung auf und schlich unwirsch ins Freie, um seine Zähne gierig in das rote Fleisch zu schlagen. Grunzend und schmatzend verschlang er den einen Holsteiner Hengst zu zwei Dritteln, bis er sich satt davon abwandte.

Nun ist es aber die Eigenart eines Järvs, immer noch weiterfressen zu wollen, obwohl sein Bauch ja übervoll ist. Also sucht er sich engstehende Bäume und zwängt sich dazwischen hindurch, um seinen Darminhalt möglichst bald loszuwerden und sogleich wieder aufs Neue schlingen zu können.

Wie ich es mir dachte, schob sich der Vielfraß zwischen meine Eschen und begann, sich wonniglich auszuquetschen. Flink schnitt ich mit dem Jagdmesser das Seil entzwei. Zing – die Bäume schnellten zurück in ihre eigentliche Position und klemmten das Biest unbarmherzig ein. Es brüllte gar grauselig und schnappte wild um sich in die Luft. Jedoch, so sehr es sich auch herauszuwinden versuchte, es steckte unabänderlich fest. Nun lief ich ruhig zu ihm hin, griff meine Reitgerte und peitschte es hinterrücks nach Leibeskräften durch, bis sein bares Innenleben aus dem eigenen stinkenden Maul hervorsprang, dass bloß noch der leere dicke Pelz in den Bäumen hängen blieb.

Völlig verwirrt und jeden Jagdeifer vergessend, suchte der sauber abgezogene Järv sein Heil in der Flucht und ward nie wieder gesehen.

Das Fell aber ließ ich reinwaschen und mir einen Mantel mit passenden Handschuhen daraus schneidern. Die hielten mich an kalten Tagen so vortrefflich warm, dass ich mich manchmal fragte, wie es dem Biest wohl in jenem Winter ohne seinen Zottelrock ergangen sein musste.

42.

Wie Münchhausen die Liebste genommen wurde

Einmal vor Jahren, allerdings erinnere ich mich so lebhaft daran, als ob es gestern gewesen wäre, spielte mir das Schicksal besonders arg mit. Ausgerechnet um das allerheiligste Weihnachtsfest bekam ich es mit dem schlimmsten Abschaum der Menschheit zu tun. Am Abend des 22. Dezember wurde ich zum Ziel einer hinterhältigen Erpressung.

Meine Frau Jacobina hatte sich an jenem Tage reichlich verspätet. Von ihrem Spaziergang zu unserem Gartenhaus außerhalb der Bodenwerder'schen Stadtmauern hin war sie noch immer nicht heimgekehrt, obwohl es schon zu dunkeln begann. Seit Jahren verwehrte mir der Bürgermeister den Bau eines Steges über einen vergleichsweise schmalen Seitenarm der Weser neben unserem Grundstück. Dieser sogenannte Mühlgraben trennte besagtes Gartenhaus vom meinem übrigen Gehöft ab. Mangels jenes Steges mussten wir jedes Mal mühselig mit einem Boot übersetzen.

Freilich, zur Winterzeit könnte man zwar auf dem Eise gehen, aber es bestand die Gefahr, dabei einzubrechen und im kalten Wasserlauf zu ertrinken. Also nahm Jacobina lieber den beträchtlichen Umweg bis zur nächsten Brücke am Stadttor auf sich, um dorthin zu gelangen. Eben diese Umstände begünstigten das Geschehen der erwähnten Missetat. Bei diesem unnötigen Spaziergang muss sie in die Fänge von Häschern geraten sein. Als ich nämlich gerade mein Pferd sattelte um ihr entgegenzureiten, folgte mir mein treuer Diener Johann in den Stall nach und reichte mir einen Brief, den er eben erst an den Klopfer der Eingangstür geklemmt gefunden hatte.

Weder Anrede noch Siegel zierten den Umschlag. Dafür war der Inhalt umso aufschlussreicher.

Dies Schreiben hatte Mutter Gothel verfasst, und es unterrichtete mich von der Entführung meiner liebsten Jacobina. Bis zum Heiligen Abend solle ich zweihundert Reichstaler in einer ledernen Tasche hinter dem Jesuskreuz an der Wegscheide deponieren, ansonsten wäre das Leben meiner Frau verwirkt. Eine Drohung, welche unbedingt ernst genommen werden musste. Bloß den Namen dieses niederträchtigen Weibs zu erwähnen, ließ die Leute bereits schaudern, weshalb sie nur hinter vorgehaltener Hand darüber redeten. Und Mutter Gothel arbeitete nicht allein.

Gemeinschaftlich mit ihren übel beleumundeten sieben Söhnen schreckte sie vor keiner Missetat zurück. Diese Banditen konnte man ohne Übertreibung als die widerlichsten Halsabschneider der deutschsprachigen Herzogtümer bezeichnen. Wo sie zugange waren, herrschten Angst und Schrecken. Nicht zuletzt, weil der Räuberhaufen dafür berüchtigt war, seine Opfer bisweilen spurlos verschwinden zu lassen. Man munkelte, dass diejenigen, welche ihnen nicht mehr von Nutzen schienen, am Spieß gebraten und restlos abgenagt würden. Normalerweise gebe ich nicht sonderlich viel auf derlei abscheuliches Gerede. Nur wenn ich daran dachte, dass sich meine Jacobina in der Gewalt dieser Unholde befand, mochte ich es extra glauben, um dadurch mit vielfach gesteigertem Heldenmut gegen jene Mordsbande gewappnet zu sein.

Selbstverständlich setzte man seit Langem einiges daran, die Familie dingfest zu machen. Aber es erwies sich schon als schwierig, diese überhaupt aufzuspüren, da sie nie länger als nötig an einem Ort hauste. Zwanzigmal oder öfter kamen die mit allen Wassern gewaschenen Dragoner in der Vergangenheit wenigstens dicht heran, und es gab außerdem Berichte, dass sie mindestens einen der Lumpen bei der Flucht angeschossen hätten. Doch egal wie geübt der Schütze auch gewesen war, wie sicher die Kugel ihr Ziel traf, niemals konnten diese Strolche aufgehalten werden. Keinen Tropfen Blut fand man hernach entlang des Weges, auf welchem ihm die Wunde sicher beigebracht worden war. Fast so, als bestünden ihre Leiber vollständig aus reinem Eisen. Ein mysteriöser Gegner hatte sich da gegen mich in Stellung gebracht.

Die Nacht brach herein und machte eine Verfolgung augenblicklich unmöglich. Weil an Schlaf nicht zu denken war, bereitete ich mich gebührend auf den folgenden Morgen vor. Die Utensilien für die Jagd wusste ich griffbereit im Schrank. Auch eine Montur für kalte Tage. Nun wurde alles von mir gereinigt, geölt, geschliffen und sorgsam auf Funktion geprüft, als ob ich wie früher ins Scharmützel zöge.

Mit dem ersten schwachen Licht, welches die Sonne durch die Talsohlen schickte, ritt ich vom Hof. Mein frisch gewetzter Säbel dürfte an jenem Tag genauso scharf gewesen sein wie mein Verstand. Und mit kalter Wut war ich geladen, grad so wie die beiden Pistolen in der Satteltasche mit Blei.

Unerschrocken, die Schurken zu stellen, suchte ich die Strecke ab, die Jacobina gestern gegangen sein musste. Mir zum Vorteil hatte es des Nächtens nicht geschneit, und sämtliche vorhandenen Abdrücke zeichneten sich leicht angefroren deutlich im weißen Schneeteppich ab. Den zierlichen Schritten ihrer Stiefeletten nachzureiten, stellte keine Kunst dar. Bald entdeckte ich draußen hinter der Mauer den Platz, an dem man sie zweifelsfrei überwältigt und verschleppt hatte. Ein Kerl mit großem Schuhwerk an den Beinen war daran beteiligt. Bestimmt einer der Söhne. Auffallend tiefe Fußstapfen führten von da aus in den Hopfenwald hinein. Der Entführer dürfte sie über die Schulter gelegt und davongetragen haben. Ich folgte seiner Spur, bis sich aus dieser einen zwei weitere, eine nach links und eine andere nach rechts, herauslösten. Die abgefeimten Buben waren demnach zu dritt und hintereinander bis dahin jeweils in die Fußabdrücke des Vordermanns getreten. An dieser Stelle versuchten sie nun mögliche Spitzel zu täuschen, indem sie sich in unterschiedliche Richtungen aufgeteilt hatten.

Der Trick war mir aber wohl bekannt. Ich ahnte, dass diese falschen Fährten nur ins Nichts gingen. Sie würden schlicht irgendwo in einem freien Schneefeld enden, sodass man glauben solle, der Verfolgte müsse von da an senkrecht hinauf in den Himmel geflogen sein. Die Finte wäre gelungen, und bevor man begreift, dass der Gejagte einfach wieder in seiner eigenen Spur rückwärtsgelaufen ist, hätte man wertvolle Zeit verloren.

Sinnigerweise wählte ich also jene Fährte aus, deren Abdrücke ich am tiefsten in den Schnee gebohrt vorfand. Sie wiesen zwar ein anderes Muster auf als bisher, doch dies bedeutete lediglich, dass es nicht der Letzte gewesen sein kann, der Jacobina trug. Denn zum Schluss hatten ja alle wieder diese eine Spur benutzt,

um darin zu ihrem Versteck zu laufen. Dicht und unwegsam wurde der Forst, weshalb ich meinen Gaul zurücklassen musste. Dennoch blieb ich den Halunken weiter unbeirrt auf den Fersen. Dornenbewehrtes Gestrüpp schlitzte meinen Rock auf. Dünne Äste stachen mir ins Gesicht, und sonst so schöne Rosenranken versuchten meine Stiefel zu umschlingen, um mich zu Fall zu bringen. Insgesamt zeigte sich die Flora mit jedem Schritt etwas feindseliger mir gegenüber. Die Baumstämme standen in einer befremdlichen Reihung so knapp beisammen, dass ich mich nur noch dazwischen hindurchzwängen konnte. Da meinte ich, nicht weiterzukommen. Wäre es nicht um Leben oder Tod gegangen, hätte ich längst kehrtgemacht, als sich hinter einer Hecke giftigen Efeus endlich eine unbekannte Waldblöße vor mir auftat.

Ein halbzerfallener alter Turm stand darauf gebaut. Offenbar eine ehemalige Warte, die nach vielen Dekaden des Leerstands nur noch verdreht und unförmig wie der gichtgebeugte Finger eines Riesen dastand. Die Fußspuren verschwanden genau da hinein. Dort also hatten sich Mutter Gothel und ihre Söhne auf ihren Raubzügen durch die Lande diesmal versteckt.

»Na wartet nur, ihr Teufel in Menschengestalt, mich schreckt ihr nicht. Mit Gott im Herzen werde ich euch gleich entgegentreten. Heute büßt ihr für eure schändlichen Taten. Egal wie stark und gewitzt und listig ihr auch sein mögt, weder wanken werde ich noch weichen, solange bis ich das, was mir am wertvollsten ist, wieder gut behütet an meiner Seite weiß.«

43.

Wie Münchhausen
Mutter Gothel und ihre Söhne besiegte

Aus sicherer Entfernung, im Dickicht versteckt, betrachtete ich den Unterschlupf eine Weile lang. Durch das löchrige Dach des Turms stieg eine dünne Rauchfahne auf. Obwohl sich keiner von dem Gesindel am Fenster zeigte, konnte ich ihre Anwesenheit doch spüren. Eine ausgefuchste Strategie für den Angriff fehlte mir. Den Gedanken, draufgängerisch wie ein Wirbelwind hineinzustürmen und das Element der Überraschung für mich nutzen zu können, ließ ich fahren, als ich nahe der Eingangstür ein Gehege mit einer Gänseschar darin entdeckte.

So aufmerksam wie ein Wachhund mit fünfzig Augen bemerkte mich das Federvieh, kaum dass ich die Lichtung betreten hatte. Ihr schrilles, aufgeregtes Geschnatter taugte zum Tote Erwecken. Festen Schrittes lief ich stracks zu dem Turm hin und stieß die klapprige Tür mit einem Fußtritt auf. Keine Weile länger sollte Jacobina dieser Sippschaft ausgeliefert bleiben. Bereit, auch mit dem eigenen Leben für meine Ideale einzustehen, sprang ich in das baufällige Gemäuer. Den Rücken gegen die nächste Mauer gepresst und beide Pistolen schützend vor mich gehalten, begutachtete ich den Raum.

Die brüchigen Außenwände waren notdürftig mit Brettern und Sackleinen abgedichtet worden. In einer im Steinboden eingelassenen Senke brannte ein Feuer. Darüber hing ein großer schwarzer Kessel mit einem bleiernen Deckel darauf. Gleich daneben stand ein langer Holztisch mit acht Stühlen. Auf einem davon hockte ein hageres, runzeliges Weib und kicherte gallig   Mutter Gothel!

»Aha«, rief sie höhnisch, »du willst die Frau Liebste holen, aber der hübsche Vogel sitzt schon im Kessel. Die Katze hat ihn geholt und wird dir auch noch die Augen auskratzen. Für dich ist Jacobina verloren, du wirst sie nie wieder erblicken.«

Diese ihre Worte brachten eine unbändige Wut in mir hoch, dass ich spornstreichs auf sie losgehen wollte. Doch vor Mutter Gothel standen auf einmal noch

sieben riesenhafte Bullenkerle gegen mich. Ihre wüsten Blicke verrieten mir, dass sie keine Gnade kannten. Mit Schwertern und Pistolen stürzten sie sich auf mich. Gleich ging's um Leben und Tod.

Ich schoss die Rohre leer, ließ fallen und zog hurtig meinen Säbel blank, um mit den ersten schnellen Schlägen ihre heranfliegenden Pistolenkugeln so vor mir zu zerspalten, dass die Splitter nach den Seiten weg an meinem Rumpf vorbeigeleitet wurden. Nachträglich wehrte ich ihren kräftigen Schwerthieb ab. Sie schlugen alle gleichzeitig zu wie ein einziger Mann und siebenmal so heftig. Es bereitete mir große Mühe dagegenzuhalten.

Schon befürchtete ich, dass meine Klinge zerspringen könnte oder dass sie mich zu siebt niederzwingen würden. Es blieb mir nur, ihre relative Trägheit auszunutzen. Deshalb schlüpfte ich flink wie ein Wiesel zwischen ihren Beinen hindurch. Umseitig schnitt ich allen behände das Kreuz auf und wähnte mich bereits als

231

Sieger. Jedoch, die sieben drehten sich um und bekämpften mich weiter, als ob ihnen nichts getan wäre. Darum attackierte ich sie von Neuem mit einer bravourösen Parade. Verpasste jedem dabei einen Strich über die Brust, aber diese zeigten gleichsam keine Wirkung.

Sämtliche Blessuren vermochten ihnen nichts anzuhaben. Es hatte fast den Anschein, als ob ich unentwegt in Säcke voller Sand stach. Immerfort hieben sie auf mich ein. Ich wehrte mich erbittert, aber langsam schwanden mir die Kräfte. Fast war ich schon besiegt, wollte mich allerdings von solchen Rohlingen auch nicht kleinkriegen lassen. Zu Boden gerungen und ohne Aussicht darauf, aus diesem ungleichen Kampf siegreich hervorzugehen, fiel mein Blick zufällig auf Mutter Gothel. Es erstaunte mich zuerst, wie sehr sich das garstige alte Weib drüben am Tisch krümmte und wand, als peinigten sie die furchtbarsten Schmerzen. Bis ich es begriff.

Aber natürlich, darin musste das Geheimnis der Unverwundbarkeit ihrer Söhne liegen! Jedes Weh, welches man ihnen zufügte, spürte die Mutter am eigenen Leibe. Sie trug die Schmerzen für ihre Kinder aus. Womöglich verschaffte mir allein die Kenntnis dieser Achillesferse einen unerwarteten Vorteil. Mit letzter Kraft kämpfte ich mich frei.

Noch einmal trat ich den sieben hartgesottenen Angreifern mutig entgegen und nutzte die Gelegenheit, als sie zurückwichen, meinen Säbel in die Tischplatte zu rammen, auf dass er stecken bliebe. Mit beiden Händen bemächtigte ich mich nun des Stuhles samt der kreischenden Alten darauf und schleuderte sie nach der Senke in das lodernde Feuer hinein. Die Unselige brannte sogleich lichterloh wie ein Scheit dürres Pappelholz.

Helle Funken stoben wilder als bei jedem Schmiedefeuer empor, und im Inneren einer dichten grünen Qualmwolke fuhr die Hexe mit Gebrause durch das Dach hinaus direkt zur Hölle.

Des Schutzes beraubt, verfielen ihre sieben Söhne im selben Moment in einen Starrkrampf. Regungslos verharrten sie in ihrer letzten Position. Kein Muskel zuckte mehr an ihnen, nur ein leises Stöhnen gaben sie noch von sich. Ströme von Blut ergossen sich plötzlich aus allen ihren Wunden. Selbst hinter alten Narben sprudelte es da rot hervor, solange, bis sämtliches Leben aus ihnen herausgesickert war. Leergelaufen wie durchlöcherte Weinschläuche sackten ihre zerschundenen

Leichname schlaff in sich zusammen, und in ihren eigenen Blutpfützen liegend fanden die Haderlumpen die ewige Ruhe.

Wie ich eben unter Aufbietung meiner ganzen Mannhaftigkeit die düstere Gesellschaft endlich ins Jenseits befördert hatte, wurden mir die Glieder ganz schwach.

Doch noch galt es, Jacobina umgehend ausfindig zu machen. Nach den hämischen Worten der Alten zu urteilen, befand sie sich in dem großen Kessel über dem Feuer. Das Schlimmste befürchtend stürzte ich zu der Kochstelle und hob den Deckel an. Kaum dass er einen Spalt weit geöffnet war, sprang eine pechschwarze Katze heraus, mir geradewegs auf den Kopf. Fauchend hielt sie sich in meiner Perücke fest und begann mir mit ihren scharfen Krallen nach dem Augenlicht zu trachten. Das Unglück des rasenden Tieres sollte es sein, dass ich bereit war, mich von meinem Haarschopf zu trennen.

Ohne Zögern packte ich hinten den langen Zopf, hob ihn an und beförderte die Perücke zusammen mit dem Wildfang ebenfalls in die reinigenden Flammen. Sie verbrannte genauso zischelnd wie ihre boshafte Herrin grad zuvor. Von allergrößter Sorge um meine liebste Jacobina beherrscht, riss ich den schweren Deckel nun vom Kessel.

Ihr zarter, bleicher Körper schwamm tatsächlich in einer seifigen Brühe. Die Hexensuppe brodelte, doch heiß war sie nicht. Bestenfalls handwarm glich das vermeintliche Abkochen vielmehr einem Bade.

Ein Buch über schwarze Magie, das ich in meiner Hausbibliothek wusste und zu Rate zog, gab mir späterhin Aufschluss über jenes Ritual, welches da an meiner Jacobina vorgenommen worden war. Was in dem Kessel mit den Opfern geschah, kann man am ehesten als ein Ausschwemmen der Seele bezeichnen. Hätte sie noch länger darin gelegen, wäre ihr Geist völlig leer geworden und empfänglich für jeden neuen noch so gemeinen Inhalt. Nimmermehr hätte ich sie danach zurückgewinnen können. Als stumpfsinnige Marionette wäre sie fortan auf dieser Erde gewandelt, immerwährend kontrolliert von den ruchlosen Gedanken der Zauberin.

Behutsam holte ich sie heraus und hüllte sie in weiche Felle ein, welche über den Stühlen hingen. Bei Bewusstsein war sie nicht mehr, aber am Leben.

Nur weg wollte ich sie von diesem grauenvollen Ort bringen. Mit wiedererstarkten Kräften trug ich sie hinaus, wo ich im Vorbeigehen das Gatter niedertrat

und den Gänsen die Freiheit schenkte, bevor sie über Nacht der Wolf gestohlen hätte. Und mit einem Mal ereignete sich eines der ungewöhnlichsten Mirakel, welches so selten geschieht, dass es bisher nur sehr wenige Menschen jemals mit eigenen Augen gesehen haben.

In einem Kreis von fünfzig Schritten um den Turm herum verneigten sich alle Bäume vor mir tief, dass der Schnee von ihren Wipfeln herabrieselte. Aus ihren Kronen flatterten bunte Singvögel jubilierend der Sonne entgegen. Auch die Dornenbüsche, welche vorhin noch hartnäckig an meinem Rock gezerrt hatten, gaben bereitwillig den Pfad frei. Sogar der nun einsetzende Schneegriesel fühlte sich mir freundlich gesonnen an. Die Natur dankte mir auf ihre Weise, denn die Tiere und Pflanzen hatten nicht minder unter dem Einfluss der Hexe gelitten. Derartig von den Elementen begünstigt, entwickelte sich der Heimritt leicht zum Triumphmarsch.

Wenn da nicht noch die Not meines entseelten Eheweibes gewesen wäre. Doch am Weihnachtsabend kam auch diese Episode zu einem glücklichen Abschluss.

Im Laufe der heiligen Messe in unserer Kirche fand Jacobina wieder zu sich selbst. Just in der Minute, als der Pfarrer von der Kanzel herab die Geburt unseres Herrn Jesus Christus verkündete, regten sich in ihr die bekannten Lebensgeister. All das, was sie einst ausmachte, ergriff erneut und noch viel schöner Besitz von ihr. So unbefangen rein, fast wie das Kindlein in der Krippe. Weil ihr von dem ganzen Schrecken nichts in Erinnerung geblieben war, wurde sie sich ein zweites Mal geschenkt. Seligmachender als Glockenklang erfüllte ihre unbeschwerte Wesensart fortan unser gemeinsames Leben.

44.

Wie Münchhausen und seine Frau Jacobina
ein Picknick unternahmen

Der lange betrübliche Winter war endlich vorübergegangen. Mutter Natur tat ihr Bestes, einen diese triste Periode vergessen zu lassen, auch bei uns in Bodenwerder. Allerorts kleidete sie sich erneut in ihre grüne Frühlingstracht und schmückte dies taufrische Blätterkleid zusätzlich mit Millionen von duftenden Blüten. Die Bächlein plätscherten fröhlich durch die Wiesen, als ob sie niemals still gestanden hätten. Ihr kristallenes Wasser sorgte dafür, dass die bunten Blumen an ihren Rändern besonders gut gediehen. Frösche und Salamander krochen aus gutgedienten Mäuselöchern hervor, um die Tümpel aufs Neue zu besiedeln. Eitle Störche wateten auf der Suche nach ihnen durch die dunstigen Flussniederungen. Stachelige Igel, diese putzigen Gesellen, rollten schon vereinzelt aus ihren Betten unter den Laubhaufen ins Freie und grunzten froh der anbrechenden Saison entgegen. Die Lüfte zeigten sich erfüllt von einem lebendigen Schwirren, und endlich konnte man im Garten auch wieder dem lieblichsten Vogelgesang lauschen.

Nun hielt es meine Frau Jacobina gar nicht mehr in der Stube bei ihren Stickereien. Sie packte kurzentschlossen einen Korb mit vielen Leckereien voll, nahm mich wohlgemut bei der Hand, und wir spazierten gemeinsam über die Weiden. Wenngleich der Wind auch noch unbehaglich kühl säuselte, konnte man den Nachmittag im Freien an solchen Stellen, wo die Sonne die Erde wohlgefällig küsste, nahezu unbeschwert genießen.

Unterhalb eines baumlosen Hügels auf einer Streuobstwiese fand sich ein Platz, an dem wir uns ein wenig niederlassen wollten. Ich rollte die Decke über den Klee aus, und unser Picknick entwickelte sich in vielerlei Hinsicht zum Genuss für Körper und Geist. Irgendwann führte ein Schäfer seine Herde auf diesen Grund. Die Hammel, meist noch jung und schmal, sprangen ungestüm in die Höhe und ließen im Spiel ihre Köpfe zusammenkrachen. Uns amüsierte solch unbeschwerte Ausgelassenheit, die der Jugend innewohnt. Zunächst hatten die

Springböcke aber genug vom Spielen und machten sich über die Wiese her. Begierig rupften sie mit ihren Mäulern den saftigen Klee ab und schlangen diesen büschelweise in sich hinein, bis sie kugelrund davon wurden.

Doch nicht nur das Futter ließ ihre Bäuche wachsen, sondern nicht minder die Luft, die sie mit hinunterschluckten, weil sie meist gegen den Wind fraßen. Dazu kam noch das Gas, welches sich, hervorgerufen durch das frische Grün, in ihren Mägen bildete. Die Sonne trug das Ihre bei, dieses Gemisch zu allem Überfluss auch noch aufzuheizen. Der unerfahrene Schäfer erfreute sich indes noch am Anblick der offensichtlich satten Heidschnucken. Als aber vom Westen her ein Unwetter aufzog, wollte er sie am liebsten auf dem kürzesten Weg in den Stall zurückbringen.

Dieser führte direkt über den Hügel, doch die Schafe gaben sich schwerfällig. Sie trödelten und ließen sich nicht recht antreiben. Das Wetter war zügiger da, als gedacht. Wir wurden davon auf unserer Decke überrascht und flüchteten unter einen Apfelbaum. Die Temperaturen fielen merklich. Ein eisiger Sturm fegte über uns hinweg. Ich stellte mich schützend vor Jacobina und schloss meine Arme eng um ihre bloßen Schultern. Der Schäfer, mitsamt seinen bräsigen Tieren vom Unwetter oben auf dem Hügel getroffen, tat Ähnliches mit seinem großen Hut. Eine donnernde Böe ergriff da die aufgedunsenen Schafe und löste sie vom Untergrund. Blökend hob die ganze Herde von der Kuppe ab, stieg auf und schwebte in das östliche Land hinein. Die graue Wetterfront trug ausnahmslos jedes mit sich fort. Völlig entgeistert stand der Schafhirte nun unerwartet verlassen im Wind. Kraftlos ließ er die Arme sinken und schickte den am Himmel immer kleiner werdenden Tieren auch noch seinen Hut hinterher. Hoffentlich sind sie alle wohlbehalten wieder irgendwo gelandet.

Ein anderes Mal, es dürfte im Juli gewesen sein, blieben wir bis weit nach Sonnenuntergang an diesem Fleck, um uns hinter der eindrucksvollen Verfärbung des Himmels das aufgehende Sternenzelt anzuschauen. Es dauerte etwas, bis die Sonne ihr Licht an meinen Mond und die Sterne verloren hatte. Diese Langsamkeit der Jahresmitte kam uns gelegen. Sie verlängerte die Einmaligkeit des Augenblicks. Bewusst unbekümmert genossen wir die traute Zweisamkeit eng am

Busen der Natur. Sorglos lebten wir Momente privaten Vergnügens. Rings um unsere Picknickdecke zirpten die Grillen dazu emsig ihre allzeit gleiche angenehme Melodie. Die Serenade warmer Sommernächte. Nichts rührte am Frieden des ruhigen Wiesengrundes. Zu dieser intimen Stunde waren wir im schwindenden Licht eins mit ihm geworden. Alles, was uns umgab, war in Harmonie vereint. Auch der Tag und die Nacht mit ihren Gestirnen.

Als erster Stern über der Aue offenbarte sich irgendwann die Venus mit ihrem hellen Schein. Ordnungsgemäß folgten Jupiter und Mars, bis sich schließlich das ganze Himmelsgewölbe nach jedem Blinzeln mit unzähligen neuen Sternlein schmückte. Wir wetteiferten, wer wohl die meisten Sternbilder ausmachen könne. Dabei fiel mir unweigerlich mein alter Freund Panorama ein, der seinerzeit aus solchen Herausforderungen jedes Mal zwangsläufig als Gewinner hervortrat. Jacobina unterbrach den sentimentalen Gedanken, indem sie mit Leier und Schwan gleich zwei Sternbilder vor mir entdeckt hatte. Ich konzentrierte mich wieder auf den Wettbewerb und antwortete mit Herkules und Kleiner Bär. Worauf sie Pegasus benannte. Mir fiel der Bärenhüter dort oben auf. Letztlich zeigten wir im Überschwang gleichzeitig mit den Fingern auf das Füchschen und fielen uns lachend wegen dieses eindeutigen Unentschiedens um den Hals. Ihr Kuss schmeckte genauso süß wie früher. Derweil wir uns auf der Decke, die eben zu einem Rosengarten wurde, inniglich liebkosten, zerteilte eine Sternschnuppe das Firmament. Dein Wunsch wird in Erfüllung gehen, wie man sagt. Doch was mehr hätte ich mir in dieser Nacht noch wünschen sollen?

Nicht lange, und eine zweite blitzte kurz auf und verglühte alsbald. Gleich zog schon die nächste ihre vergängliche Bahn über uns. Sie tauchten ganz willkürlich irgendwo am blauen Nachthimmel auf und boten ihren glitzernden Schweif auch bloß für eine Sekunde dar, sodass man allgemein froh darüber sein musste, dieses Faszinosum überhaupt gesehen zu haben. In jener Nacht schwärmten sie allerdings förmlich. Kreuz und quer schossen sie funkelnd nach der Erde zu und zerstäubten dabei auf ihrem Weg.

Doch einer der Irrsterne, groß und prächtig wie keiner vorher, fiel unentwegt weiter. Sein breiter Schweif wechselte die Farbe von hellorange zu grünblau, je näher er kam. Als seine Flugbahn klar ersichtlich in Richtung unserer Wiese deutete, griff ich ohne lange nachzudenken meinen Dreispitz und sprang ihm von

der Wolldecke aus entgegen. Solch eine himmlische Offerte musste ich einfach annehmen. Jacobina schrie angstvoll auf.

Gekonnt hielt ich meinen Hut zum Fang bereit. Mit einem scharfen Zischen sauste die Schnuppe hinein. Sie hätte den Filz auch glatt durchschlagen, wenn ich ihre Wucht nicht durch einige Drehungen um die eigene Achse abgedämpft hätte.

Jacobina verstummte. Noch leicht bestürzt, aber zutiefst gerührt schaute sie mich an. Ein wahrhaftiges Himmelslicht lag da brutzelnd und qualmend in meinem Hut. Und welch ehrlicheres Kompliment hätte ich ihr in dieser unvergesslichen Sternstunde machen können, als ihr den Kometen unumwunden zu schenken.

Bei Tageslicht betrachtet, büßte das Ding dagegen erheblich an Glanz ein. Erkaltet und nicht mal faustgroß, blieb ein schnöder grauer Klumpen übrig. So erinnerte er mich nur noch an profanes Vulkangestein. Einzig die zartlila schimmernden Diamanten, die in ihm steckten, waren von einer außergewöhnlichen Qualität. Mit Jacobinas Einwilligung löste ich diese heraus und ließ die prächtigsten zu einem Collier fassen. Fortan trug sie zu besonderen Anlässen jenes einzigartige Geschmeide, das so apart funkelte wie kein anderes auf diesem Erdenrund.

45.

Wie Münchhausen
im Königreich der Käfer erwachte

Als unübertroffen sind mir die Gärten von Schloss Sanssouci in Erinnerung geblieben. Mit militärischer Akkuratesse, die man den Preußen bekanntlich schon in die Wiege legt, waren Park und Orangerie nach französischem Vorbild erstklassig angelegt worden. Fernab des Zwangs der höfischen Etikette spazierte ich dort gern allein auf den weißen Kieswegen und entzog mich den Blicken der Gesellschaft im Schutz der streng gestutzten Hecken. Gelegentlich begegnete einem irgendwo vielleicht einmal der Gärtner. Deshalb eignete sich die weitläufige Anlage bestens, um darin zu lustwandeln und sich in den eigenen Gedanken zu verlieren.

Zur Erquickung pflückte ich mir hin und wieder süßlich duftende Früchte von fremdländischen Baumgewächsen, um diese, im Schatten liegend, zu genießen. Nicht jede mundete dabei so vorzüglich, wie es ihr appetitliches Aussehen versprach. Dennoch sagte ich mir stets aufs Neue, dass der Mensch viele Zitronen kosten muss, bevor er den goldenen Apfel der Hesperiden finden wird. Um dieses Wunder zu erfahren, versuchte ich manch faule Quitte, die mein Innerstes nachher in bedauernswerte Zustände versetzte. Von einer dieser »Verkostungen« möchte ich berichten, welche an Skurrilität kaum zu überbieten ist.

Wovon ich damals probierte, kann ich heute nicht mehr sicher sagen, bloß, dass mich der Verzehr der purpurnen Frucht in einen leichten Schlaf versetzte. Darin träumte mir, dass sich die Welt aufblies. Obwohl alles rings um mich her größer wurde, blieb ich doch, wie ich war. Und gerade so, als hätte ich das Wachsen des Universums verschlafen, erwachte ich als ein Winzling drunten im Grashalmwalde. Immer noch am selben Ort und dennoch in dieser fremdartigen Landschaft gestrandet, entdeckte ich nichts außer riesigen grünen Stängeln, soweit das Auge reichte. Erfreulicherweise gelang es mir, an einem der helleren emporzuklettern. Wie sich herausstellte, war es ein Löwenzahn. In der Hoffnung, jemanden oder etwas von dort oben zu erspähen, der oder das mir hätte helfen können, steckte ich

meinen Kopf aus der Blume heraus. Gleichwie, es war mir nicht vergönnt, mehr zu erblicken als die wogende Weite der endlos scheinenden Wiese.

Dummerweise entdeckte mich dabei eine junge Bachstelze, der ich als Appetithappen verlockend erschien. Sie flatterte heran und hackte im Standflug in mein Kraut hinein, dass ich beinahe zu Tode gestürzt wäre, wenn ich nicht sogleich an einem Samenschirmchen Halt gefunden hätte. Nun riss der Stelze Flügelschlag sämtliche Schirme von dem Stängel los, und so wehte ich hinfort. Natürlich flog sie mir nach, jedoch trieb mich der Wind ihres Geflatters jedes Mal aufs Neue an, sodass sie alsbald ermüdete und von ihrer missglückten Verfolgungsjagd abließ.

Gemächlich glitt mein Schirmchen nieder und brachte mich sacht auf den Boden. In dem Bewusstsein, dass mir dank meiner unvorteilhaften Größe plötzlich ungleich mehr Feinde und Gefahren auflauerten als sonst, zog ich es vor, besser im Schutz des Grases zu bleiben. Ohne Ziel lief ich los, im guten Glauben daran, dass ich schon auf etwas stoßen würde. Zur Sicherheit hielt ich aber die Hand am Säbel, falls sich mir eine Spitzmaus oder eine Kröte in den Weg stellen sollte.

Wiewohl von alledem nichts geschah, traf ich hinter einer großen Ampferstaude auf eine Abteilung Ameisen. Sie wimmelten unter einer Wurzel hervor, und ehe ich michs versah, hatten sie mich umringt. Die kleinen gelben Kameraden reichten mir aufrechtstehend kaum bis an den Hosenbund, was mich zunächst beruhigte. Ihr Anführer kam wie ein Ulan auf einem braunen Heupferd geritten. Eine trockene Tannennadel aus dem nahen Fichtengehölz diente ihm dabei als Lanze. Er knurrte mich an, und es klang, als wollte er mir sagen, dass ich sein Gefangener wäre. Als er auch noch begann, mich mit seiner Tannennadel zu traktieren, zog ich meine Klinge heraus, um ihm diese damit in zwei Teile zu hauen. Doch ach, seine gelben Fußsoldaten streckten augenblicklich die Hinterleiber gegen mich in die Höhe und drohten, mit ihrer Säure zu schießen. Die halsstarrigen Burschen schienen wild entschlossen, mich auf der Stelle zu füsilieren. Also schob ich den Säbel zurück in die Scheide und gestikulierte, dass ich willens sei, mit ihnen zu gehen.

Der Trupp führte mich fort in ein ausgedientes Wespennest. Vom Ast, an dem es einst hing, längst abgefallen, lag es verwittert und wenig ansehnlich am Fuße einer Trauerweide. Nur zwei schwarz-gelb gestreifte Drohnen bewachten noch treu den Zugang. Problemlos gewährten sie uns Einlass. Drinnen erwartete mich, gegen den äußeren Anschein, ein goldener, honigglänzender Wabenpalast voll lebhafter Insektenkultur. Je tiefer mich die Ameisen hineinbrachten, desto breiter wurden die wächsernen Gänge. Mehrere davon vereinigten sich zu einem hohen Flur, der wiederum in ein geräumiges Kabinett mündete. Dort angekommen, machten die Ameisen unvermittelt kehrt, und drei rundliche Marienkäfer watschelten aufgeregt herbei, um mich offensichtlich auf etwas vorzubereiten. Einer putzte mir ungefragt die Stiefel sauber, ein anderer bürstete meinen Rock glatt, und der Dritte gab mir allerhand gutgemeinte Ratschläge, bevor er mich eilig auf eine mächtige, aus Propolis gemachte Flügeltür zuschob. Lange, spindeldünne Stabschrecken öffneten mir das Portal, und ich schritt in eine sagenhaft prunkvolle Festhalle hinein. Von ihrer Decke wuchsen gewaltige Schachtelhalme herab, an denen hunderte leuchtende Glühwürmchen klammerten, die den ganzen Saal in ein magisches grünes Licht hüllten. Darunter verlustierte sich eine solche Menge verschiedenartiger Insekten, dass der riesige Raum sie kaum fassen konnte. Farbenfroh schillerten ihre Panzer und Flügel in jeglicher Kombination, welche die

Natur hervorzubringen im Stande war. Offenbar gut gelaunt standen sie aufrecht beieinander und feierten aus einem mir unbekannten Anlass.

Wenig begeistert begriff ich, dass mein Versuch, den höfischen Zeremonien des Preußenkönigs zu entfliehen, bloß dazu geführt hatte, wieder in ein anderes frappierendes Zeremoniell zu geraten. Wenigstens schien ich gegen meinen bisherigen Eindruck bei der illustren Gesellschaft nicht gänzlich unwillkommen zu sein. So wollte ich die mir angediente Freundlichkeit nicht länger schmähen und mich nun, den ortsüblichen Gepflogenheiten entsprechend, galant beugen.

46.

Wie Münchhausen dem König der Käfer begegnete

Die allgemeine Unruhe legte sich etwas, als ich den Saal betrat. Unzählige Facettenaugen waren zu meiner Verwunderung sofort auf mich gerichtet. Die raunende Menge machte eine Gasse frei, durch welche ich wie selbstverständlich nach vorn direkt auf einen Thron zulaufen mochte. Im Vorbeigehen musterte mich die groteske Gemeinde mit ihren Blicken ebenso abschätzend wie ich sie. Die Fülle an Formen und Farben, die Vielfalt der Arten täuschte mich nicht darüber hinweg, dass mir vieles an ihrem Verhalten nur allzu menschlich vorkam.

Sie tranken vergorenen Nektar aus kleinen Blütenkelchen, so wie wir Wein aus Gläsern trinken, und kokettierten miteinander, wie es auch an unseren Höfen üblich ist. Dienstbare Marienkäfer fungierten als Pagen, die mal flitzend, mal fliegend den Herrschaften Kompott in Blattschalen servierten. Ein Rosenkäfer brüstete sich vor mehreren Goldrandkäferdamen mit seiner Tugendhaftigkeit, worauf sich der Nashornkäfer bloß indigniert räusperte. Der völlig betrunkene Taumelkäfer ließ sich gleich ganz in die Fruchtbowle fallen, und einige impertinente Rüssler saugten dreist eins-zwei-fix die Schüssel unter ihm leer, dass er schneller wieder auf dem Trockenen saß, als ihm lieb war. Ein Freundeskreis von pummeligen Erdhummeln labte sich daneben exzessiv am Pollenbüfett und schwelgte in unterirdischen Erinnerungen.

Sowie ich an einer glotzäugigen Gottesanbeterin vorüberkam, reckte diese ihren Kopf zu mir hin und brabbelte unorthodoxe Psalmen in mein Ohr. Um der grünen Witwe zu entwischen, lief ich noch hurtiger dahin, bis ich endlich vor einem Podest mit einer halbierten Kastanienschale angelangt war. Auf dem Thronsitz hockte ein fetter Florentiner Prachtkäfer mit Allongeperücke über dem Kopf. Er stellte wohl den König dieses Reiches dar. Um ihn herum gruppierte sich eine Schar garstiger Küchenschaben, die dem Monarchen sicherlich als Räte beistanden. Gebieterisch

hob der Potentat eines seiner sechs Beine und befahl damit den anwesenden Untertanen Ruhe. In seiner knackenden Lautsprache begrüßte er mich.

»Wir heißen Euch willkommen, Monsignore. Er hat uns lange warten lassen!«

»Ich bitte untertänigst um Verzeihung, Euer Oberherrlichkeit«, erwiderte ich schlagfertig. Zumal mir nicht entgangen war, dass man einen wie mich ohnehin erwartet hatte. Ich erachtete es für richtiger, auf die Scharade einzugehen, als vorzeitig mit der unglaubwürdigen Wahrheit zu kontern.

»Die Anreise ist weit gewesen und nicht ohne Gefahren. Doch einstweilen darf ich mich glücklich schätzen, an Eurem hochgelobten Musenhof verweilen zu dürfen.«

Der Schabenrat flüsterte ihm etwas zu.

»Wohlan, Er spricht ein wahres Wort. Nur wünsche ich dennoch zu erfahren, was Euch aufgehalten hat! Lasst uns an den Gefährdungen teilhaben«, drangsalierte mich seine Majestät darauf.

Um eine begreifliche Geschichte nie verlegen, brachte ich etwas Passendes zu Gehör.

»Bei allem Respekt, Eure durchlaute Hoheit, ist es mir gar nicht möglich gewesen, früher zu erscheinen. Ich möchte auch soweit gehen zu behaupten, dass ich ohne Übertreibung froh sein kann, noch am Leben zu sein.«

Der Monarch lauschte gespannt, und die Menge erschrak leicht aufgesetzt.

»Da hatte ich zunächst erst ein Kornfeld glücklich hinter mir gelassen, durch welches mich unentwegt die Hamster verfolgten, als mich ein junges Menschentier von der Landstraße aufsammelte. Nur so zum Spaß begann es, ma personne hemmungslos zu zerschindludern. Erst brach es mir die Flügel, dass ich nicht mehr in die Lüfte hochsteigen sollte.« Wie zum Beweis hob ich mit den Händen die schlaffen Schöße meines Rockes an.

»Dazu stutzte es meine Fühler so kurz, dass mir danach die Orientierung fehlte.« Auffällig zwirbelte ich die Spitzen meines Schnauzbartes.

»Am schlimmsten aber war, als es begann, mir nacheinander meine Beine aus dem Rumpf herauszureißen. Nur diese viere hier konnte ich noch behalten, indem ich mich so totstellte, dass ihm deshalb gleich langweilig wurde und es mich fallen ließ.« Mit gespieltem Stolz präsentierte ich dem restlos schockierten Hofstaat meine angewachsenen Gliedmaßen. Zu meinem Glück trat da ein Gebetsfalter aus den Reihen hervor und ergriff das Wort.

»Preiset die Erschafferin der Welt!«, tönte er lauthals. »Huldigt der Übermotte, die wachet vom Himmel herab über uns, ihre Familie! Danket der Erzmutter für dieses Wunder, welches wir heute schauen dürfen! Entbehrungsreich und schmerzvoll war der Weg für diesen ihren Jünger. Allein sein fester Glaube hat ihn von dem Peiniger errettet und wieder in die Geborgenheit unserer Gemeinschaft zurückgeführt.«

Unter dem schützenden Mantel der Religion durfte ich mich nun etwas sicherer fühlen, und darüber hinaus war meine Geschichte auf diese Weise über jeden Verdacht erhaben gewesen. Lediglich die Schaben blieben argwöhnisch. Der einhelligen Meinung und der stillen Ehrfurcht aller anderen zum Trotz redeten sie dem König ein, was er mich als Nächstes fragen sollte. Ohne davon eine größere Ahnung zu haben, sollte der mir weiter auf den Zahn fühlen. Er durchbrach dann das andächtige Schweigen mit folgender Spitzfindigkeit.

»Abgesehen von Eurer ramponierten Schale erkenne ich darunter eben nichts, was unserem Typus entspräche. Welch sonderbarer Art entstammt Ihr eigentlich, mein Lieber?«, stichelte er. »Zweifellos der Seltensten«, entgegnete ich. »Einer wenig bekannten Linie der adretten Kavalierskäfer bin ich zuzuordnen.«

Das allgemeine Erstaunen schlug in pure Bewunderung um, was selbst die Schaben zum Schweigen brachte. Zufrieden schob sich der König die Perücke zurecht und gab seinen Bediensteten einen verabredeten Wink. Die Grillen spielten sogleich heiter auf, und ein edler Hirschkäfer, der höchst ehrbare Oberhofmarschall, gesellte sich zu mir. »Ihre Majestät war ob der Verspätung reichlich ungehalten«, erklärte er mir. »In Eurem eigenen Interesse, Monsignore, hoffe ich, dass die Zeremonie nun ohne weitere Zwischenfälle vonstattengehen kann. Ihr fühlt Euch doch hoffentlich in der Lage, die Trauung vollziehen zu können?«

»Wie Ihr wisst, hat mir die Tortur beträchtlich geschadet. Ich fühle mich schrecklich schwach«, gab ich zu bedenken. »Bei meiner Treu, dieses Mal möchte ich den feierlichen Akt vielleicht doch besser einem anderen Würdenträger überlassen.«

»Seid Ihr von Sinnen! Wenn Ihr Euren Kopf nicht verlieren wollt, waltet Ihr wie bestellt Eures Amtes«, mahnte der Hirschkäfer nachdrücklich. Nun wusste ich, was es galt. Nichts Geringeres, als das königliche Paar zu vermählen, erwartete das Käfervolk von mir. Während die Stimmung im Saal wieder festlicher wurde, rutschte der König ungeduldig auf seinem Thron hin und her. Missgelaunt schickte er nach seiner Braut, damit die Verheiratung endlich beginnen sollte. Ich versuchte mich inzwischen unauffällig unter die Gäste zu mischen. Eine Möglichkeit zur Flucht fand sich nicht, denn der Oberhofmarschall wich nicht mehr von meiner Seite. Bloß mein vermeintlicher Titel schützte mich noch. Kein diplomatischer Winkelzug, kein akrobatisches Kunststück fiel mir ein, mich aus dieser Lage herauszuwinden. Fürderhin hatte ich also dieses hausgemachte Problem. Und es sollte noch schlimmer kommen. Zum ersten Mal in meinem Dasein befürchtete ich, dass eine Sache so gründlich schiefgehen könnte, dass ich mich kaum mehr davon erholen würde.

47.

Wie Münchhausen
beim König der Käfer in Ungnade fiel

In kürzester Zeit öffnete sich das Portal erneut. Ein Geleitzug von Ameisen führte die Braut herein. Die zierliche Jungfer, ein bezauberndes, fragiles Schmetterlingswesen, hielt ihren Blick beharrlich auf den Fußboden gerichtet. Nicht einmal, als sie vor ihrem zukünftigen Gemahl stand, sah sie auf.

Ich ahnte, dass sie mein Schicksal teilte und gleichfalls gegen ihren tatsächlichen Willen in dem Palast festgehalten wurde. Noch begriff ich das ungesittete Spiel nicht, doch es missfiel mir schon da. Der König erhob sich von seinem Thron, stieg hinab und stellte sich der Unglücklichen zur Rechten hin. Mich drängte der Oberhofmarschall indes, meinen Platz auf dem Podest einzunehmen, um die Vermählung zu vollziehen.

Also trat ich vor die beiden und begann mit der mir aus meiner Welt bekannten Prozedur. Bloß formulierte ich das ganze Brimborium nicht im Angesicht Gottes, sondern dem der Erzmutter, der Motte auf dem Mond. Ich salbaderte, was das Zeug hielt. Meine Wortwahl traf den erwarteten Tonfall gewisslich selten, aber man übte Nachsicht mit meiner geschändeten Seele und ließ mich ungehindert fortfahren. Die meisten rümpften ihren Rüssel hinter vorgehaltenem Flügel. Nachdem die verbindenden Sätze von mir gesprochen waren, blickten etliche der Anwesenden zwar etwas verstört, aber erleichtert drein.

Ausgenommen die Braut, welche den Kopf immer noch gesenkt hielt. Was dem Florentiner Prachtkönig aber gleich zu sein schien. Er wendete sich von ihr ab, in Richtung seiner Gäste, und hub zu einer selbstherrlichen Rede an.

»Meine Erhabenheit, von der Erzmutter berufen, in Glanz und Gloria, Siegbert XVI., freuen uns, das Bundnis zwischen Sommervogelland und unserem Königreich als besiegelt verkünden zu dürfen. Unter dem väterlichen Schutz unserer Herrschaft wird Sommervogelland fortan nach unserem Vorbild wachsen und gedeihen. Eine neue Blütezeit bricht itzo für das Volk der Schmetterlinge

segensreich an. Schickt die Herolde hinaus, dass es bekannt gemacht werde und ein jeder die frohe Botschaft gebührlich feiern möge.«

»Vivat, Papa!«, rief darauf die Menge dreimal hintereinander wie aus einem Munde und stieß zur Würdigung des großartigen Höhepunkts mit einem Tröpfchen Gelee Royal an. Die Jubelschreie waren noch nicht verklungen, als sich das Portal ein weiteres Mal öffnete und das Unglück in der Gestalt eines feuerroten Kardinalkäfers einließ. Mit jenem neuerlichen Gast hatte keiner mehr gerechnet. In Nullkommanichts wurde jedem klar, dass es sich bei ihm um den echten Monsignore Roché handelte und ich nichts weiter als ein unwürdiger Hochstapler sein konnte. Der Oberhofmarschall vibrierte vor Aufregung. Die Empörung der Insektengemeinschaft schlug mir bitter entgegen.

Im kollektiven Zorn dünsteten ihre Körper übelriechende Sekrete aus, welche begannen, meine Nase zu beleidigen. Der König schäumte fast über vor Wut und lief giftig gelb an. Da die Eheschließung ungültig war, ist ihm das ganze Sommervogelland schneller wieder abhandengekommen, als er es hatte für sich beanspruchen können. Selbstredend drängte er auf eine Wiederholung der Hochzeit, durchgeführt von seiner Hochwürden, dem Kardinalskäfer.

Das muss dann auch der Moment gewesen sein, in dem die Schmetterlingsprinzessin den Blick hob und endlich fest in die Menge schaute. Froh, dem Joch des Käferlandes durch diese Unregelmäßigkeit noch einmal entgangen zu sein, sah sie sich dadurch in dem Entschluss bestärkt, kein weiteres Mal einzuwilligen.

»Die Vorsehung hat entschieden. Mein einmaliges Ja-Wort habe ich wie vereinbart gegeben. Von einem zweiten war nie die Rede.« Nachdem sie ihre Entscheidung kundgetan hatte, fuhr sie der König grimmig an.

»Ganz wie Ihr wollt, Madame. Die Zeit der Diplomatie ist hiermit abgelaufen. Die Stunde des Krieges schlägt allzu nah. Ich schwöre, dass ich diese große Geißel so lange über Euer Land schicken werde, bis auch der letzte Schmetterling im Staub seiner Heimat vor mir niederkniet. Aber Euch, meine Schöne, wird das alles nichts mehr angehen, denn ich verurteile Euch wegen Ungehorsams und Treuebruchs zum Tode. Und diesen falschen Heiligen gleich mit. Die Hinrichtungen mögen auf der Stelle vollstreckt werden!«

Umgehend strömten die Ameisensoldaten aus dem Hintergrund hervor und packten uns. Der König ließ zudem auch keinen der Anwesenden im Unklaren

darüber, dass es ihm bitterernst mit seiner Drohung war. Er lud die ganze Hochzeitsgesellschaft dazu ein, den Enthauptungen persönlich beizuwohnen und diesen geschichtsträchtigen Wendepunkt mitzuerleben, nach welchem eine neue Ära anbrechen würde. Unter seiner Führung setzte sich der ganze Tross in Bewegung, heraus aus dem Honigpalast und hin zu der Richtstätte am Kompostberg.

Der Marsch glich einem Trauerzug. Außer dem übergeschnappten Monarchen war nur noch wenigen wohl dabei. Jeder wusste, dass nach dieser Hinrichtung ein zerstörerischer Krieg unvermeidbar wäre, und keiner fühlte sich in der Lage, dieses zu erwartende Jammertal aus einer bloßen Laune heraus mit zu verantworten. Die meisten hofften, dass jemand den Tyrannen hinterrücks erdolchte. Doch fand sich keiner, der diese Rolle zu übernehmen bereit gewesen wäre. Eine übergeordnete, größere Macht griff da von oben in die Geschicke jenes winzigen, unbedeutenden Reiches ein – der Gärtner.

Justament, als wir den schützenden Graswald verließen und eben im Begriff waren, den Kiesweg zu überqueren, stampfte dieser mit bebenden Schritten über uns hinweg. Wie durch ein Wunder blieben dabei alle unverletzt.

Alle bis auf einen – den König.

Der klobige Absatz des Gärtnerschuhs senkte sich direkt auf ihn nieder wie eine Stempelpresse und setzte seiner Willkürherrschaft ein promptes Ende. Die zertretene Hülle des so dahingeschiedenen Prachtkäfers nahm der Erlöser an seiner Sohle klebend mit sich. Lediglich die ausgelaufenen Körpersäfte blieben von ihm am Boden zurück. Eine blau-weiß-rote Pfütze, in welcher die Allongeperücke langsam versank.

Der Oberhofmarschall stürzte sich darauf und angelte sie mit seinem Marschallsstab heraus. Als höchster Hofbeamter und weil der König kinderlos verschied, beanspruchte er künftig den Thron für sich. Die infamen Schaben sahen das als seine ehemals engsten Berater anders und griffen ebenfalls danach. Dem Hauptmann der Ameisengarde gefiel das ganz und gar nicht. Er wollte sie als Nächster an sich nehmen und drohte, allesamt niederzumachen, wenn sie ihm die künstliche Haartracht nicht freiwillig überlassen würden. So zerrten sie gemeinsam jeder für sich an der Perücke der absoluten Macht, bis diese schlussendlich auseinanderriss und jeder sein kleines Stück für sich behielt. Das Machtgefüge zerfiel.

Währenddessen nutzte die Schmetterlingsprinzessin das Durcheinander zur Flucht. Doch nicht, ohne an mich zu denken. In einem unbeobachteten Augenblick schwirrte sie los und packte mich dabei am Kragen. Es machte ihr deutlich Mühe, mein Gewicht noch zusätzlich mit in die Höhe zu heben. Und wir wären sicher auch ein leichter Fang für die anderen Kerbtiere gewesen, doch der Schwarm folgte uns nicht. Gewiss, in Anbetracht der veränderten Umstände hatte keiner mehr Interesse an unseren Köpfen. Man ließ uns einfach davonkommen und hinüber nach Sommervogelland entfliehen.

Bevor wir das Blumenbeet jedoch erreichten, wurde der Prinzessin die Last viel zu schwer, und ich entglitt ihrem Griff. Bei einem Sturz aus dieser enormen Höhe hätte ich mir leicht den Hals brechen können, aber mein Schicksal wollte es anders.

Die Wirkung der exotischen Frucht muss wundersamerweise in dieser Sekunde nachgelassen haben. Noch im Fallen begriffen bildete sich mein Körper wieder

um. Schlagartig breitete er sich in seinen ursprünglichen Umfang aus. Anstatt zu stürzen, wuchsen meine Beine vielmehr hinunter bis zum Boden, ebenso wie sich auch mein restlicher Leib gleichermaßen in jede andere Richtung streckte. Als wäre seit vorhin weiter nichts geschehen, stand ich unversehens im Garten des alten Fridericus. In voller Pracht und wieder verhältnismäßig groß, aber geheilt von dem Glauben, dass das Streben nach Macht einzig der menschlichen Rasse angeboren sei.

48.

Wie Münchhausen
die Stadt Hameln von den Ratten befreite

Die Monate der großen Hitze waren vorerst Vergangenheit, die Felder abge-
erntet, und der grüne Blätterhut der Bäume verdorrte nach und nach zu einem
bunten Potpourri. Ein güldener Herbst, der wie Nusskuchen duftete, gab sich
die Ehre und brachte eine Menge Regen mit sich. Kleine Windböen bestürmten
den welkenden Rasen. Zum Ärger der Flurheger zerwühlten sie dabei manchen
ordentlich zusammengeharkten Laubhaufen. In den Nächten kroch vielerorts der
Frost schon weiß über den kahlen Acker, und die angenehm warmen Sonnenta-
ge wurden seltener. Ein solcher lockte mich dann auch, mit meinem Litauer in
der Wochenmitte einen längeren Ausritt zu unternehmen. Zum Ziel wählte ich
Hameln, und weil es sich anbot, verband ich damit auch gleich einen Besuch bei
meinem Busenfreund, dem Medicus.

Oft standen die ärmsten Leute der Stadt auf seiner Schwelle und baten ihn
um Hilfe. Ohne Ansehen der Person behandelte er ihre Leiden, wohlwissend, nie
ein Honorar dafür zu erhalten. Das störte ihn nicht im Geringsten. Die Kranken
zu heilen war seine Berufung. Seine Leidenschaft aber galt der Alchemie. Sie wurde ihm zum Verhängnis. Keiner weiß, weshalb er sich gerade dieser alten verrufe-
nen Lehre so hingebungsvoll widmete. Er wusste um die Gefahren, die es birgt, in
solche geheimen Bereiche der Wissenschaft vorzudringen, welche den schlichten
Gemütern vollkommen unerklärlich waren und zwangsläufig gefährlich erscheinen mussten. Bei aller Verschwiegenheit und Vorsicht, die er bei seinen Experi-
menten walten ließ, nahmen die Gerüchte im Lauf der Jahre dennoch überhand.
Denn als ich an jenem Tag vor seinem Haus ankam, wirkte es verlassen. Die Tür
war zugesperrt, die Fensterläden fest verschlossen.

Weil auf mein wiederholtes Klopfen hin auch keiner öffnete, schaute ich durch
einen Schlitz zwischen den Läden hindurch. Das Zimmer dahinter lag zum größten Teil im Dunkeln, aber was ich von der Einrichtung erkannte, war unverändert

geblieben. Also meinte ich, er wäre bestimmt auf einer Reise, und die Haushälterin hätte ausgerechnet mittwochs ihren freien Tag. So ein Pech! Allerdings konnte ich mich nicht des Eindrucks erwehren, dass etwas nicht stimmte. Um darob sicherzugehen, versuchte ich einige Kinder zu befragen, die auf der gegenüberliegenden Straßenseite selbstgebaute Holzschiffchen im Rinnstein fahren ließen. Aber die Lausejungen und Mädchen rannten wortlos davon, sobald ich sie angeredet hatte. Infolgedessen schlossen sich etliche Haustüren in der Gasse ganz leise, wie von Geisterhand bewegt. Mich beschlich ein ungutes Gefühl. Niemand wollte mit mir reden. Nicht einmal die Katzenmamsell oder der Trunkenbold.

Nur ein Nachbar, dem mein Gesicht erfreulicherweise doch noch bekannt vorkam, gab mir zögerlich und anfangs etwas einsilbig Auskunft darüber, was da geschehen war.

»Nehmt es den Leuten nicht krumm, mein Herr!«, erklärte er leise. »Sie fürchten sich. Das ist auch verständlich. Vorgestern hat man den Doktor abgeholt. Drei schwer bewaffnete Söldner und ein Inquisitor aus dem Elsass drangen zur Morgenstunde in sein Haus ein und nahmen ihn mit. Die Magd konnte aus der Stadt fliehen. Sie suchen immer noch nach ihr.«

»Bei allen Heiligen!«, entfuhr es mir entsetzt. »Eine Hexenjagd in unserer aufgeklärten Zeit?«

»So ist es, mein Herr. Und wer laut darüber spricht, der stirbt an Roter Ruhr. Drum schweige ich jetzt besser.«

In der Bürgermeisterei verlangte ich, mit meinem vorgeschobenen Status als Advokat, über den Fall unterrichtet zu werden. Man gewährte mir Einblick in die verfügbaren Niederschriften. Die Sache lag so, dass ihn mehrere Stadtbewohner der schändlichen schwarzen Magie und des Herbeiholens einer Ungezieferplage beschuldigten. Sie wollten gesehen haben, wie nachts in seinem Hof eine Schar Ratten hinter ihm hergelaufen sei. Er habe diese sodann mit Mandragora und Blutwurz gefüttert und wieder verschwinden lassen. Die Stadträte erbaten sich daraufhin Rat von seiner Eminenz dem Erzbischof, welcher die spanische Inquisition schickte.

Zutiefst erschüttert entnahm ich den Akten außerdem, dass der Medicus unter der Einwirkung der hochnotpeinlichen Verhörmethoden zwar keinen der Anklagepunkte gestanden hatte. Weil aber die Zeichen des Teufels an ihm entdeckt wurden, verfügte man seine Exekution auf dem Scheiterhaufen. Ich setzte alles daran, unbedingt bis zu ihm vorgelassen zu werden, noch ehe das Urteil vollstreckt würde. Mein ausgezeichnetes Renommee und der Beutel Dukaten, den ich dem wachhabenden Offizier im Hungerturm zusteckte, machten es möglich, dass ich einige Minuten ungestört mit meinem arretierten Freund reden konnte.

Er sah entsetzlich zermartert aus. Die Folter hatte deutlich sichtbare Spuren an seinem Körper hinterlassen. Gleichwohl lächelte er froh, als er mich erblickte. Schmerzgebeugt schleppte er sich mühsam von seiner Pritsche bis zum Gitter vor und reichte mir seine verkrüppelte, mehrfach gebrochene Hand wie zum Gruß hindurch, ehe er sich wieder entkräftet auf die Bettstatt sinken ließ. Dabei hatte er mir eine kleine Flöte zugesteckt.

»Gut, dass du noch gekommen bist. Ich fürchtete schon, das Wetter würde nie besser werden!« Wie gewohnt verblüffte er mich bereits mit seinen ersten Worten. Als ich darauf etwas sagen wollte, gebot er mir mit einem Kopfschütteln zu schweigen und fuhr fort.

»Uns bleibt nicht viel Zeit, mein Freund, die Wache ist unterwegs. Sorge dich nicht um mich! Was du siehst, ist so wahr wie eine Lüge, die zur Wahrheit werden kann. Sie wissen nicht, was sie tun … Und nun hör gut zu! Gib Acht auf diese Pfeife und rette die Stadt damit, wenn es soweit ist! Ich konnte die Heimsuchung in meinen Keller bannen. Doch dort wird sie sich durch meine Abwesenheit nicht mehr lange halten lassen. Rette die Unwissenden, rette die Sünder, rette diese Stadt!«

Da trat auch schon ein Soldat in das Gefängnis und brachte mich drängend wieder hinaus. In Windeseile ritt ich zum Haus meines Freundes zurück, aber der Inquisitor mit seinen Mannen war mir zuvorgekommen. Unter Beihilfe des Justizrats und des Priors durchsuchten sie zur Stunde sämtliche Kammern nach Beweisen für die angewandte Zauberkunst und seine Buhlschaft mit Luzifer. Durch die Fenster beobachtete ich ihr ignorantes Handeln.

Als sie in seine Alchemistenküche traten, bestand für sie an der Schuld des Doktors kein Zweifel mehr. Ich nahm es deutlich in ihren Gesichtern wahr. Nicht

nur die Vielzahl von Tinkturen oder die Kräutersammlung begünstigen das. Die präparierten Missbildungen in den Behältern und die seltsamen Apparaturen überzeugten die Würdenträger dann vollends. Noch am Ort verfügten sie, das Gebäude zu versiegeln und baldigst abzureißen, wenn das ganze Inventar erst samt und sonders den reinigenden Flammen übergeben wäre.

Einer der spanischen Söldner meinte da im Hinausgehen, er habe eben ein wildes Kratzen hinter der Kellertür gehört. Der Inquisitor befahl, die schweren Riegel aufzuschieben, um diese zu öffnen. Was nach seinem Willen geschah und unabwendbar ihren Tod bedeuten sollte. Es rumorte in den dunklen Gewölben darunter, widerlicher Gestank wie nach Faulschlamm wehte ihnen in die strengen Mienen, bevor sich eine gigantische Menge von Ratten aus der Tiefe des Kellergangs herauf, einer Springflut gleich, in den Raum wälzte. Die anwesenden Herren verschwanden im Handumdrehen in dem wuselnden Pulk aus Tausenden scharfen Nagezähnen. Nicht das kleinste Stück blieb von ihnen erhalten.

Binnen Kurzem füllte sich das untere Stockwerk mit Ratten. Der Druck sprengte die Scheiben einschließlich der Rahmen aus den Mauern, dass sich die fiepende schwarze Masse danach in einem dichten Schwall durch die Fensteröffnungen auf die Straße ergoss. Minutenlang versiegte dieser Strom nicht, und was ihm in den Weg kam, musste jämmerlich darin untergehen. Wie eine Armee schwärmten die Nager kolonnenartig in alle Himmelsrichtungen aus, um die Stadt für sich einzunehmen – bis das zauberhafte Spiel meiner Flöte erklang. Wie es vor drei Jahrhunderten schon einmal gelang, gehorchte das Ungeziefer auch in unseren Tagen noch der Melodie.

Unfähig, sich diesen magischen Tönen zu entziehen, folgte mir die gesamte Brut willfährig zum Stadttor hinaus nach. Bloß die Musik durfte mir niemals ausgehen. Ansonsten hätten sie sich gleich und ohne Erbarmen auf mich gestürzt, um mir das Fleisch von den Knochen zu reißen. Noch wusste ich nicht, welches Finale mein Flötensolo haben sollte. Der Ausgang meiner Darbietung war ungewiss. Wenigstens hatte ich genügend Puste, um weiter darüber nachzudenken. Draußen auf den freien Feldern versetzten meine Melodien die Horde darauf derartig in Taumel, dass sie, immer zu Zwölfen, Kreise bildeten. Die Hinterteile gegeneinandergestellt, tanzten ihre langen Schwänze in die Höhe wie die Kobras bei einer Schlangenbeschwörung. Je ungezügelter mein Spiel nun wurde, desto

mehr verfingen sich diese ineinander, bis sie irgendwann so sehr verschlungen waren, dass die Ratten nicht mehr voneinander loskommen konnten.

Als ich die Flöte daraufhin schweißgebadet absetzte, wollte jede Ratte nach vorn flüchten und zog damit die Knoten fest zusammen, dass keine mehr vom Fleck kam. Da brauchte man sie nur noch mit Pech zu übergießen und in Brand zu stecken, wodurch sich die Plage buchstäblich in Rauch auflöste.

Der Hamelner Schulze zeigte sich mir gegenüber deshalb äußerst dankbar und bot mir freimütig einen Sitz im städtischen Rat an, welchen ich ablehnte. Denn das eigentliche Wunder hatten sie nicht mir, sondern einem anderen zu verdanken. Dem Wohltäter, den sie als Haretiker gebrandmarkt hatten und an den Galgen wünschten. Ausgerechnet ihn. Doch mein langjähriger Freund war inzwischen spurlos entkommen. Man fand am Morgen des nächsten Tages seine sicher verschlossene Zelle leer. Bis heute ist dieses Mysterium in Hameln ungeklärt. Euch bleibe ich diese Antwort aber nicht schuldig. Schließlich seid ihr bei mir zu Besuch, um die ganze Wahrheit zu erfahren.

Kürzlich erst brachte mir ein Bote einen Brief ins Haus. Das Schreiben schien schon sehr lange unterwegs gewesen zu sein, nach seinem lädierten Äußeren zu urteilen. Wahrscheinlich war es tatsächlich um die halbe Welt befördert worden. Es trug unverkennbar das Siegel und die Handschrift meines Freundes. Er unterrichtete mich darüber, dass er für den Rest seiner Tage an einem heiligen Ort lebe, wo Friede und Einigkeit zwischen den Menschen herrschten. Und die Aussicht von dort wäre die erhabenste auf der ganzen Erde.

49.

Wie Münchhausen den Sinn des Seins verstand

Es kam nicht selten vor, dass mein guter Name mir Einladungen zu den besten und erlesensten Debattierclubs verschaffte. Ohne Dünkel kann ich behaupten, dass ich ein gern gesehener Gast im philosophischen Zirkel von Voltaire gewesen bin. Am kaiserlichen Hof zu Wien bewunderte die hohe Gesellschaft vielmals den Salonlöwen an mir. Auch galt ich ebenfalls als ein weltmännischer Unterhalter erster Garnitur gleichsam bei der englischen sowie der russischen Aristokratie.

Jedoch möchte ich euch mit diesen meinen Ausflügen in die formellen Gefilde der großen Staatsbankette, deren Abläufe hinlänglich bekannt sein dürften, nicht langweilen. Vielmehr steht es mir an, auf ein geruhsames Treffen im Jagdschloss des Grafen Ludwig Günther II. von Schwarzburg-Rudolstadt zu sprechen zu kommen. Mit einem ausgemachten Sinn fürs Romantische hatte er sich seine Wochenendresidenz neben eine verwitterte Klosterruine bauen lassen. Manchmal, wenn allen der Punsch in den Kopf zu steigen begann und mir der gesellige Kreis zu eng wurde, entschwand ich für ein Weilchen nach der friedvollen Ruine hin.

Durch die Wiesen, auf denen Johanniskraut, Salbei und Wegerich, die Überreste des klösterlichen Kräutergartens, blühten, streifte ich zu dieser ehemaligen Anstalt der inneren Einkehr hinüber. Wilde Holunderbüsche wucherten entlang des Fundaments an den Seitenschiffen. Efeu umrankte das Portal bis hinein in den romanischen Säulengang. Schwarz-weiße Birkenruten reckten sich vereinzelt von der Mauerkrone des Querhauses nach oben. Durch die Fugen am Steinboden der Vierung schossen zahllose junge Eschen wie Unkraut in die Höhe. Das Pflanzenreich trotzte sich einzelne Bereiche des bröckelnden Bauwerks kontinuierlich ab. Schon deshalb ließ ich mich gewollt ziellos von den Naturgeistern hindurchgeleiten. Derbes Wurzelgeflecht versperrte mir den Zugang zur ohnehin halb eingestürzten Sakristei. Einige Schritte weiter seitlich kannte ich aber einen geeigneten Punkt um innezuhalten. Dort nahm ich auf einem abgefallenen

Steinquader Platz und richtete den Blick in den hellblauen Himmel, durch das fehlende Dachgestühl hinauf zu den Wolken.

Die verwunschene Eleganz des geschichtsträchtigen Gemäuers überwältigte den Besucher leicht mit seiner gottgefälligen Vergangenheit. Der unübersehbare Niedergang der archaischen Schöpfung an diesem Ort ließ einen unweigerlich über sein eigenes kleines Leben im riesigen Weltenraum nachdenken. Verschwommene Bilder aus längst verstrichenen Vorzeiten huschten an meinem inneren Auge vorbei. Ich sah die bärtigen Druidenpriester der Altvorderen drüben auf den Bäumen Misteln schneiden und wie der Klosterbau um mich herum einst begonnen wurde. Wie sich die Benediktinermönche neben mir zum Gebet versammelten sowie die Nonnen auf den Emporen. Wie Banden bewaffneter Bauern den Reliquienschrein plünderten und die Reformatoren das heilige Haus schließlich verwaisen ließen. Alles das geschah ehemals an dieser heiligen Stätte.

So viel Frömmigkeit seit Tausenden von Jahren, selbst bei den Heiden. Auch glaubte jeder zu seiner Zeit, in den Augen seines Herrgotts Rechtes zu tun. Doch nun sank sein Haus zurück in den Staub. Für jeden ersichtlich. Soweit lag's auf der Hand. Ich konnte nicht verstehen, dass dies sein Wille sein sollte. Ratlos schickte ich meine Frage seufzend gen Himmel, um diese Sorge einmal loszuwerden. »Wieso?« Und gar wunderherrlich strahlte ein Licht, das reiner als die Sonne schien, auf mich hinunter. Eine Stimme, deren Klang man im Gewittersturm genauso wie im Glockengeläut, allzeit aber im Gesang der Buffo-Kastraten, hören kann, antwortete mir.

»Wieso nicht?«

Meine Schwermut, mein Kummer waren im Nu verflogen. Gleich stand ich aufrecht. Das gehört zum guten Ton, wenn man das Wagnis eingeht, Zwiesprache mit dem Allmächtigen zu halten. Nun wollte ich um jeden Preis demütig und nicht unhöflich sein, jedoch meinem Unverständnis gleichzeitig auch genug Ausdruck verleihen. Also formulierte ich präziser.

»Wie konntet Ihr das zulassen, mein Gott?«

»Wen meinst du?«

»Euch, meinen Gott und Herrn, den Erschaffer von Himmel und Hölle. Den Weltenlenker.«

»Ach ja, wenn du diesen Namen für mich gewählt hast, dann darfst du mich so nennen.«

»Danke, Herr und ewiger allmächtiger Richter.«

»Das schließt sich gegenseitig aus. Wenn ich mich selbst nicht hinrichten kann, weil ich ja unsterblich bin, dann kann ich darum auch nicht allmächtig sein.«

»Dann seid Ihr also nicht …?«

»Ich bin, was ich bin.«

»Aber warum das alles?«

»Weißt du denn nicht, mein Sohn, mit wie wenig Verstand die Welt regiert wird? Wem sollte ich da den Vorzug geben, dem Märtyrer oder dem Despoten?«

»Wollt Ihr damit sagen, es wäre ein jeder gleichgestellt?«

»Deshalb werdet ihr nackt geboren. Einem kleinen Kinde wird seine Lebenswelt von den Eltern zum Besten bereitet, doch solange die Sorge den kindlichen Verstand nicht durchdämmert hat, kann es nicht begreifen, dass ihm das Beste

gerade widerfährt. Wenn ich folglich zu viel mache, merkt keiner mehr, dass ich überhaupt etwas gemacht habe. Das Streben nach Vollkommenheit, geziertes Ideal, durch das Zeitglas betrachtet auch nur Materie. Die Perfektion liegt im Unperfekten, das Schönste findet man im Fehlerhaften. Allein dadurch nehmen die Geschöpfe den Wert ihres Lebens erst wahr. Das mächtige Werkzeug der freien Gedanken wurde dabei einzig den Menschenkindern und den Drachen geschenkt. Ihr Glück müssen sie mit dieser Begabung freilich selbst machen.«

»Welche Drachen?«

»Die sind bereits ausgestorben.«

»Doch was ist mit unserem Glauben, unseren Andachten und Fürbitten? Was ist mit den zig Religionen, die letztlich Euch anbeten?«

»Religionen habt ihr wahrlich genug um einander zu hassen, aber nie genug um einander zu lieben. Ich höre euch schon lange nicht mehr zu.«

»Dann bleibt die Menschheit in ihrer eigenen Suche nach der Erlösung gefangen!«

»Solange sie aus ihren Irrtümern nicht lernt, ohne Zweifel ja. Doch fehlerfrei zu sein, bedeutet Stillstand und zwangsläufig das Ende aller Tage. Deshalb ist das Menschenwesen geformt, als ein Mittelding von sogenannten Engeln und von Vieh, welches mit seiner Vernunft prahlt und sie doch nur selten zu nutzen weiß. All seiner Weisheit hohe Lehren helfen ihm wenig. Denn es ist zu schwach, sie zu verstehen und zu stolz, sie zu entbehren.«

»Es heißt doch aber, wem Gott ein Amt gibt, dem gibt er auch Verstand.«

»Ich vergebe manchmal Sünden, aber keine Ämter. Das tut ihr alles selbst.«

»Also ist das Menschengeschlecht mitnichten die Krone der Schöpfung?«

»Gerade das, mein Sohn, ist die Ironie dabei. Jedes Geschöpf, und sei es noch so winzig und scheinbar unbedeutend, hält sich für vollkommen. Einzig der Mensch, ausgestattet mit gutem, logischem Verstand, müsste es deshalb besser wissen. Nur, das Gegenteil ist der Fall. Ausgerechnet aufgrund seines Verstandes hält auch er sich für ideal und bleibt somit ein Floh.«

»Demzufolge ist unser Streben nach Höherem vergebens? Demnach bin ich ganz und gar egal?«

»Das kann man nicht sagen. Euch wird nur das Leben geschenkt. Von da an entwickelt ihr euch weiter. Wenn bloß ein Einziger begreifen würde, dass ihr keine

Vorsehung, sondern auch nicht mehr als eine weitere Laune seid. Wie der Wind, die Erde, das Feuer, das Wasser und die Unendlichkeit, so kann jener im Einklang mit den Elementen der gesamten Schöpfung zur Glückseligkeit verhelfen. Die andauernde Veränderung ist der Schlüssel dazu, bis sich der Kreis von Geburt und Tod endlich schließt. Und aus der Summe des Nichts wird die Ewigkeit entstehen.«

»Danke, mein Herr, ich werde versuchen, das Kreuz des Verstandes besser zu tragen.«

»So sei es! Und vergiss nicht, der Teufel steckt im Detail. Gehab dich wohl, Pilger.«

Von diesem denkwürdigen Tag an war mein Leben von einer tiefen Zufriedenheit erfüllt, und die Suche nach dem Sinn verlor für mich an Bedeutung. Die Frage nach dem Wieso stellte sich nie wieder, und ich akzeptierte das Sein als solches, denn ich lebe zweifelsohne in der besten aller bestmöglichen Welten – nämlich in meiner eigenen.

50.

Wie Münchhausen neben sich stand

Wie sagte einst ein weiser Mann – ach, das war ich ja selbst: »Man begegnet sich immer zweimal im Leben.« Ist der Mensch stets redlich zu seinen Mitmenschen gewesen, wird dieses Treffen sicher ein erfreuliches werden. Soweit sei es jedem bekannt, und wer nach dieser Maxime lebt, kommt allgemein gut durch die Welt, erklärt der Volksmund. Nur ist aber das, was mein Sprüchlein ursprünglich meint, nicht das, was die Leute darunter verstehen. Im Folgenden berichte ich euch die Geschichte dessen, was sich in den Tagen ereignete, bevor ich diese Worte sprach.

Damals begab ich mich noch vor Sonnenaufgang mit meinem Jagdhund Felix hinunter an die Weser, um vom Boot aus eine Ente zu schießen. Ich ruderte in einer stillen, verborgenen Bucht, die nur mir bekannt war in das Schilf hinein und erwartete dort geduldig das morgendliche Ausfliegen der mittäglichen Braten. Als die Enten wach wurden und nacheinander schnatternd aufstiegen, legte ich ruhig auf sie an.

Gerade als ich einen schönen fetten Erpel ins Visier genommen hatte, knallte nebenan im Schilf ein Schuss los, und meine Beute trudelte getroffen hinab. Erschrocken und verärgert ließ ich meine Flinte sinken und verpasste dadurch auch noch den Rest der Schar, der hochgescheucht vom Krach nun aufgeregt davonflatterte. Um jegliches Ziel gekommen, gab ich das Vorhaben für diesen Tag auf. Doch wollte ich nicht abziehen, ohne nicht wenigstens kurz des Schützen, welcher mich so frech um mein Jagdglück gebracht hatte, gewahr zu werden. Mit einem der Ruder bog ich die Schilfhalme beiseite. Der Blick auf den Störenfried wurde so frei, und mir war's, als sähe ich mich dahinter selbst in einem Boot sitzen.

Dieser Jägersmann dort trug den gleichen Rock, hielt sich den gleichen Hund, benutzte die gleiche Flinte und sah mir zu alledem auch noch im Angesicht verblüffend ähnlich.

Ohne ihn anzusprechen und etwas irritiert kehrte ich heim, als die Glocke von Sankt Marien die fünfte Stunde schlug. Meine teure Haushälterin, die Frau Nolte, hielt schon wie gewohnt einen Eimer heißes Wasser bereit, um die erwartete Ente darin abzubrühen. Leider taugte es diesmal nur zum frühen Fußbade.

Da mich der Gedanke, vielleicht nicht einzigartig zu sein, beunruhigte, erzählte ich der Nolte von der Begegnung. Doch die Gute schmunzelte nur darüber und meinte, dass mir sicher der Dunst in der Flusssenke ein Trugbild vorgegaukelt oder die kalte Morgenluft die Sinne vernebelt hätte. Und gesetzt den Fall, dass tatsächlich ein anderer Jäger zur selben Zeit wie ich am selben Ort gewesen war, dann hätte er mir gewiss nicht ähnlich gesehen. Zudem sei sie überzeugt davon, dass keiner, selbst wenn er mir durch reines Glück beim Schuss zuvorkäme, es anderswie mit mir aufnehmen könne.

Diese ihre Meinung schmeichelte mir, und wenn sie auch nicht recht schlüssig gewesen ist, galt sie mir doch viel. Es blieb nun leider keine Zeit, der sonderbaren Sache nachzugehen, denn ich musste tags darauf dringender Geschäfte wegen nach Bremen reisen. Am schnellsten kommt man seit jeher zu Pferde übers Land, und weil diese Angelegenheiten eilig waren, zog ich einen abenteuerlichen Ritt auf meinem litauischen Hengst einer drögen Fahrt in einer muffigen Kutsche vor.

Auf halber Strecke sah ich aber eine schwere Regenwand von Norden heraufziehen und kehrte umsichtig im nächsten Wirtshaus ein. Mein Ross wusste ich da gut versorgt im Stall, und so wollt ich's ebenfalls gleich gemütlich haben. Sollte sich das Unwetter draußen austoben.

Drin in der gediegenen Gaststube konnte man's aushalten und so man mochte auch am Gespräch der anderen Gäste teilhaben. Ich ließ mir etwas vom Besten bringen. Im hinteren Eck hörte ich einen mit dröhnender Stimme die ganze Zeit fröhlich lang und breit über Braunschweig schwadronieren. Als mein Becher dann zur Neige ging, bestellte ich gleich zwei neue, um mit dem Landsmann auf die Heimat anzustoßen. Nur blieben mir die Grußworte glatt im Halse stecken, als ich, den Wein in der Hand, an seinen Tisch hintrat.

Zum zweiten Mal traf ich nun auf diesen Menschen und schaute meinem Doppelgänger direkt ins Gesicht. Also hatte ich mich gestern doch nicht getäuscht. Der Kerl war so wirklich wie ich auch. Die Leute amüsierten sich darüber und hielten uns für Zwillinge, die aus Jux die gleichen Kleider trugen. Doch

als der Possenreißer sich überdies auch noch erdreistete, sich mit meinem guten Namen und all meinen Titeln vorzustellen, war es der Affronts genug.

Ich stellte den Mann zur Rede, was er sich einbilde, sich für mich auszugeben!

So bei seiner Ehre gepackt, verschwand das Lächeln aus seinem Gesicht, und er funkelte mich wütend an.

Mehr noch: Er fragte mich, wer ich denn wohl sei, dass ich nicht nur seinen Namen, sondern auch seine Würde in Zweifel zöge! Schon zuckte meine Hand zum Griff meines Säbels, um ihn Mores damit zu lehren. Die meines Gegenübers tat im beinahe selben Moment das Gleiche. Doch bemeisterte ich mich meines Zorns, indem ich meinen Becher Wein in einem Zug austrank. Was mir bloß zur Beruhigung diente, kam meinem Gegenüber als Herausforderung eben recht.

Er griff sich den anderen, von mir mitgebrachten Becher und leerte ihn ganz provokant ebenfalls in einem Zug. Auf diese Weise entbrannte ein Wettstreit darüber, wer den Namen und den Ruf des Barons von Münchhausen zu Recht für sich beanspruchen durfte. Viele meiner Heldentaten und Talente waren damals schon weithin bekannt. Demgemäß erwartete das Volk von einem Münchhausen vor allem auch, ein wortgewandter Erzähler zu sein.

Nichts leichter als das. Sogleich begann ich ein Stückchen aus dem Türkenkrieg zu berichten. Die Aufmerksamkeit aller Anwesenden war mir daraufhin gewiss. Selbst jener, der sich für mich ausgab, lieh mir so artig sein Ohr, dass ich glaubte, er hätte sich besonnen. Wie ich aber zum Schluss kam, wagte es dieser Plagegeist doch tatsächlich, gleich ein weiteres meiner ureigenen Abenteuer anzufügen. Es missfiel mir, wie sehr er dabei übertrieb und die Wahrheit unentwegt mit wilden Phantastereien ausschmückte.

So sah ich mich gezwungen, ihn hin und wieder zu verbessern, was schließlich dazu führte, dass wir meine Geschichten bald gemeinsam erzählten. Das lief eine Weile lang so nebeneinander, bis die kuriosen Anekdoten gleichzeitig aus unser beider Münder drangen wie ein Echo. Noch sehr viel ähnlicher war er mir geworden, je mehr Zeit wir miteinander verbrachten.

Bald war jedes Wort, das wir gebrauchten, dasselbe, und dieselben Gesten folgten darauf. Keine Bewegung, kein Blinzeln mehr von mir, das nicht haargenau so erwidert worden wäre. Nun hatte dieser Kerl sein Nachäffen soweit auf die Spitze getrieben, dass ich auf ihn wie auf einen Spiegel schauen konnte.

Kurz dachte ich, dem krummen Hund mit einem Pistolenschuss sein Leben zu nehmen. Doch wie es stand, würde das auch meinen sofortigen Tod bedeuten. Also könnte ich die Kugel ebenso gut gleich gegen mich selbst abfeuern. Dies schien mir paradox.

Ich forderte ihn also besser auf Säbel, und gleichzeitig zogen wir blank. Erschreckt stoben die Wirtsleute und die Gäste auseinander, dass wir genug Raum für das Duell hatten. Entschlossen schlug ich drauflos, und mein Rivale kreuzte meine Klinge stets spiegelverkehrt auf die gleiche Weise, wie ich ihn angriff.

Hieb mit Hieb und Stich mit Stich parierte er exakt. Über Tische und Bänke schlugen wir uns bis hinaus vor die Tür geradewegs in das Unwetter hinein. Weiter ging es über den gepflasterten Hof und bis ins offene Feld. Das Gewitter toste da gewaltig über unseren Köpfen. Die Donnerpauke grollte so heftig, dass die Eier in den Vogelnestern rissig wurden. Scharf blies der Sturm den kalten Regen

in unsere Augen, und nur die grellen Blitze zerteilten ab und zu den finsteren Vorhang der Nacht. Doch selbst in tiefster Dunkelheit, vom Wasser geblendet, verfehlten sich unsere Klingen nie.

Der Erschöpfung nahe wollte dennoch keiner von uns aufgeben. Es war nur noch eine Frage der Zeit, bis wir uns zugrunde gerichtet hätten. Und wahrscheinlich wären wir irgendwann beide in derselben Sekunde am Herzschlag gestorben, wenn mir dort draußen seine leichtverzögerte Reaktion nicht noch zum Vorteil gereicht hätte. Letztlich erkannte ich die einzige Möglichkeit zum Sieg in der Ausnutzung dieses minimalen Moments. Irgendwann geschah das Unvermeidliche, und einer der gleißenden Blitze raste bedrohlich zischend auf uns zu. Ohne Zaudern riss ich meinen Säbel lotrecht in die Höhe, um ihn sogleich wieder fallenzulassen. Mein Zwilling tat es mir erwartungsgemäß gleich, doch sein Stahl zeigte gerade noch zum Himmel hoch, als der tödliche Blitz schon darin einschlug.

Begleitet von einem infernalischen Knall verbrannte ihn ein weißes Feuer vollständig zu grober Asche, die der Wind gleich mit sich davontrug. Mich hatte die Explosion einige Schritt weit weggeschleudert. Durchnässt bis auf die Haut und niedergekämpft lag ich flach auf dem noch knisternden Boden. So betete ich zur Heiligen Jungfrau, damit sie künftig darauf achte, dass ich mir niemals wieder selbst über den Weg laufen möge.

Bisher war ich mir zweimal begegnet, ein drittes Mal würde ich vielleicht nicht überleben. Bleibt man sich selbst doch ein Leben lang beständig der schwerste Gegner.

51.

Wie Münchhausen die Irrlichter befragte

Meine Geschäfte in Bremen hatte ich äußerst zufriedenstellend und zeitiger als erwartet zum Abschluss bringen können. Weil bis dahin die Turmuhr am Sankt-Petri-Dom noch nicht einmal die Mittagsstunde zeigte, entschied ich mich, die Heimreise unverzüglich anzutreten. Obendrein hielt sich das Wetter, anders als vorvergangene Nacht, bedeckt, aber freundlich.

Beste Voraussetzungen also, um einen eiligen Ritt durch die Heide trotzdem genießen zu können. Bei meinem vollblütigen Litauer brauchte ich inzwischen nicht einmal mehr die Sporen, um ihn scharf lospreschen zu lassen. Mein schriller Pfiff genügte völlig aus, und gleich war es, als flögen wir, dicht beisammen wie zu einem Wesen vereint, durch die Alleen. Folglich kamen wir auch so trefflich voran, dass ich meinte, bis zum Abend das heimische Gut sicher erreicht haben zu müssen.

Wider Erwarten wallte in der Gegend um Uchte ein dichter Nebel auf. Anfangs versuchte ich noch um ihn herumzureiten, was misslang. Unausweichlich legte sich der weiße Schleier über uns. Der Sicht fast vollkommen beraubt, lotste ich meinen Schimmel nun mit Bedacht Schritt für Schritt durch die wolkigen Schwaden.

Schon länger hatte ich keinen Wegweiser mehr entdecken können. Nur die Landstraße unter mir war noch zu erkennen. Nach einer guten Meile wurde aus der Straße aber aus unerfindlichen Gründen ein Pfad, der sich wiederum auch verschmälerte und dessen Ende sich dann irgendwo im Nirgendwo verlor.

Normalerweise wäre ein jeder an dieser Stelle umgekehrt, nur mich verstimmte die bisher verschwendete Zeit ungemein. Deshalb behielt ich zielstrebig meine Richtung bei. Wir durchschnitten die Nebelwand stetig weiter, hinein in eine unwegsame Wiese an zahllosen rundköpfigen Korbweiden vorbei, der Hoffnung folgend, nächstens wieder einen ordentlichen Weg zu finden. Stattdessen lagen

die Wiese und der angrenzende Pappelhain irgendwann hinter und eine ausgedehnte, nahezu baumlose Niederung vor uns.

Dort senkte sich der Nebel ab und glitt flach darüber, dass ich mich nun endlich in die Ferne orientieren konnte. Doch viel war nicht zu sehen, außer einer großen gebieterischen Eiche inmitten dieses seidenen Meeres. Von ihrer Krone aus sollte sich doch deutlich mehr erspähen lassen! Ich ritt direkt auf sie zu.

Je näher wir aber dem knorrigen Baum kamen, desto widerspenstiger wurde mein Schimmel. Es blieb mir nichts weiter übrig, als ihn fortwährend anzutreiben. In solchem Maße störrisch hatte ich ihn niemals zuvor erlebt. Dass er es zu Recht gewesen war, zeigte sich gleich. Eben bei der Eiche angelangt, griff ich nach dem tiefhängenden Geäst, um daran hinaufzuklettern. Jedoch statt in die Höhe zog mich etwas an dieser Stelle, wo wir einmal still standen, mitsamt dem klugen Tier in die entgegengesetzte Richtung.

Meinem legendären Glück im Unglück geschuldet, bekam ich noch mit beiden Händen einen starken Ast zu fassen, sonst wäre es zweifelsohne um uns beide geschehen gewesen. Unter dem Nebel heimtückisch verschleiert, war ich nämlich geradewegs in ein gärendes Moor hineingetrabt.

Eine vertrackte Lage, doch die Kraft meiner Arme zog mich zusammen mit dem Pferd, was ich fest zwischen die Beine geklemmt hielt, aus dem Morast heraus.

Dicht bei dem mächtigen Stamm, von dem aus das verschlungene Wurzelgeflecht nach allen Seiten hin einen schmalen, aber stabilen Saum bildete, hatte ich uns mit einem akrobatischen Kraftakt auf standfesten Untergrund gerettet. Um weiteren Fehltritten vorzubeugen beschränkte ich meine Bewegungen vorläufig auf das Nötigste und behielt auch den Litauer am Zügel kurzgehalten nah bei mir. Indes neigte sich der Tag. Nach dem schwindenden Licht ging ein roter Mond hinter den Pappeln auf.

In dieser Stunde begannen auch die Unken ein schrullig-schönes Konzert zu quaken. Die bevorstehende unbequeme Nacht mit Unlust erwartend, nahm ich ein schwaches Leuchten drüben am gegenüberliegenden Ufer wahr. Gemächlich schwebte es zwischen den Baumstämmen hindurch.

»Heda!«, rief ich es an. »Zu Hilfe, Freund! Der Sumpf hält mich gefangen.«

Mit überraschendem Erfolg, denn schon kam es auf mich zu. Der trübe gelbe Schein hüpfte mit Leichtigkeit einfach kreuz und quer über das gefährliche Moor

hinweg und brachte, wo immer er dabei anlangte, die Nebelbank zum Glühen. Etwas mulmig wurde mir dann doch, als das Licht die Eiche erreicht hatte und in der wabernden Dunstschicht vor mir Halt machte. Plötzlich schnellte es aus dem Nebel heraus nach oben auf mein Gesicht zu und entpuppte sich als Laterne.

»Ach, so einer bist du!«, krächzte eine menschliche Stimme herauf. »Groß und stattlich, sowas hab ich nicht oft!«

Nun musste ich doch einmal in den milchigen Dunst eintauchen, um mir die darin versteckte Person, welche solch direkte Rede führte, wenigstens anzusehen. Ein kleines, altes krummbuckliges Weib mit einem Bündel Reisig auf dem Rücken stierte mich an. Das fast zahnlose Grinsen in ihrem faltigen Gesicht verriet ihre freundliche Natur. »Los, folge mir!«, bot sie an. »Länger als dreißig Jahre lebe ich in diesem Ried. Gott weiß, ich helfe jedem, der sich hierhinein verirrt. Aber so einen Eleganten hatte ich noch nie.« Damit machte sie kehrt und wackelte los. Was blieb mir anderes übrig, als ebenfalls loszulaufen, um den Anschluss nicht zu verlieren und mich und mein Pferd von ihr leiten zu lassen. Genaugenommen folgte ich dem Schein ihrer Funzel, denn sie selbst reichte ja nicht aus dem Bodennebel heraus. Den ganzen Weg lang brummelte sie etwas Unverständliches vor sich hin, bis wir schließlich halbwegs trockenen Fußes bei einer windschiefen Holzhütte ankamen.

»Des Nachts ohne Not noch weiter durch das Moor zu gehen, ist nicht gescheit. Morgen früh führe ich dich ganz sicher hinaus«, entschied sie.

»Mach deinen Gaul an einem Baum fest und komm rein ans Feuer. Es gibt Suppe.« Schmunzelnd tat ich, wie mir geheißen. Die Alte verschwand in ihrer Behausung. Als ich den Litauer festgebunden hatte, tauchten etliche zartblaue Irrlichter vor mir auf. Sie tänzelten kurz um mich herum und schwirrten dann ein Stück auf das Schilfgras zu.

»Die schon wieder!«, schimpfte es drinnen hinter der Scheibe. Mürrisch sprang die Alte durch die offenstehende Tür herbei und scheuchte die Erscheinungen fuchtelnd fort. »Sei auf der Hut. Lass dich nicht auf die ein! Das sind die ruhelosen Seelen der Ertrunkenen, die sich der Sumpf in der Vergangenheit geholt hat. Solange dazu verdammt, den nächtlichen Wanderer in den Tod zu locken, bis dieser an ihre Stelle tritt!«

Die Warnung klang ernst. Dennoch hatten sie mein Interesse geweckt. Wir gingen in die Hütte, in der alles etwas kleiner und enger war, als ich es gewohnt bin. Zudem schien nichts darin gerade gebaut worden zu sein. Die krummgetretene Türschwelle genauso wenig wie der Kaminofen aus grauen Feldsteinen, dessen Feuer als einzige Lichtquelle das düstere Zimmer etwas erhellte. An den schrägen, grobbehauenen Balken hingen büschelweise Blumen oder trockene Kräutergebinde. Es roch nach Dost und Hundsknoblauch, wie bei den Gewürzkrämern. In den Wandregalen stapelte sich das Dörrobst neben dem selbstgetöpferten Tongeschirr. Für die gedrungene Alte hatte die spartanische Einrichtung genau die richtige Größe. Ich für meinen Teil stieß mir erst mal gehörig den Kopf an, bevor mein Hinterteil auf einem Schemel am Tisch zu sitzen kam. Im Kienspanhalter, der in die Tischplatte gebohrt war, steckte ein Kiefernsplint, den sie nun dankenswerterweise anbrannte. Danach holte sie einen Kanten Brot aus einer Truhe herbei und bedeutete mir, dass ich es mit dem Messer an meinem Gürtel für uns zerteilen sollte. Als ich es deswegen aus dem Futteral zog, äugte sie danach. Solch gutes Besteck war dort draußen selten.

»Lässt sich mit diesen bedauernswerten Wesen reden?«, wollte ich von ihr wissen. Sie rührte inzwischen in einem Suppentopf herum, der halb über dem Feuer im Ofen hing, und zog die Stirn kraus. Ohne aufzusehen gab sie mir zur Antwort: »Pah, was werden die schon wissen? Die kann man so nötig gebrauchen wie einen Kropf. Willst du dich denen etwa hinopfern? Nun gut, wenn es dein Wunsch ist, mache ich dir den Trank zurecht, durch den es gelingt.«

Ich nickte nur kurz. Sie reicherte meine Rübensuppe an, und nach dem Essen fand ich mich nunmehr seltsam betäubt an einen schmalen Baum gefesselt direkt am Ufer wieder. Schnell schwärmten die Irrlichter herbei. Umringten mich. Und diesmal verstand ich auch ihr Wispern.

»Dein Leben ist bloß die andauernde Verzögerung des Unvermeidlichen.« »Lass diese trostlose Welt hinter dir.« »Folge uns.« »Werde einer von uns.« »Werde zu Licht!« Wie die Sirenen verführten sie mich, und wäre ich nicht festangebunden, hätte ich ihrem Flehen sicherlich nachgegeben. Statt nun in den Tod zu wandeln, hörte ich mich selbst wie aus weiter Ferne fragen: »Wer seid ihr? Woher kommt ihr?«

Sie antworteten keck und alle durcheinander.

»Man nannte mich einst Isabella von Wolkenburg.« »Mir wurde der Name Karl der Kahlköpfige verliehen.« »Ich heiße Leonardo.« »Verneige dich vor Kaiser Rotbart!« »Ihr sprecht mit Katharina Freifrau von Galler.« »Zieht gefälligst Euren Hut vor Hubertus von Thorhagen!«

»Wie ist es auf der anderen Seite? Was geschieht nach dem Tod?«

»Hier gibt es keinen Schmerz.« »Man ist wie das Flirren.« »Erst Weiß, dann Schwarz und endlich alle Farben.« »Wir fliegen zeitlos durch die Äonen.« »Ein endloser Traum der völligen Zufriedenheit.«

Da trat die Alte aus dem Dunkel hinter mir neben mich hin und kicherte. »Darauf würde ich einen Teufelsdreck geben. Sie lügen. Sie lügen immer! Mehr können sie nicht. Verschwindet, ihr kleinen Missgeburten!«

Mit wedelnden Händen trieb sie die Irrlichter wieder davon und band mich los. Ein Stück entfernt im Schilf gackerte irgendwo ein Sumpfhuhn. Benommen von der intensiven Erfahrung wankte ich in die Hütte und ruhte bis zum Morgen zufrieden auf einem Strohsack. Dann erschien mir das Erlebnis wie eine seltsame Halluzination.

Nachdem mich die Alte wie versprochen im Tageslicht an den Rand des Moores gebracht hatte, fing ich an zu begreifen, welchen Wert die wohltuende Vergessenheit dieses Reservats in sich barg. Als Dank für ihren Gutwill, den sie mir so unvoreingenommen entgegenbrachte, wollte ich ihr unbedingt etwas überlassen. Zum Abschied schenkte ich ihr deshalb mein verlässliches Jagdmesser »Tannwart« und versäumte auch nicht, den Namen des Stahls zu nennen. Außerdem wünschte ich seiner neuen Besitzerin alles nur denkbare Glück dazu.

Noch heute erinnere ich mich genau an ihre freudestrahlenden Augen, als sie das Andenken an sich nahm. Frohlich tappte sie damit wieder zurück in ihr torfiges Reich und zeterte gutgelaunt beiseite, was ihr dabei in die Quere kam.

52.

Wie Münchhausen von der Zukunft träumte

Unlängst, nachdem meine geliebte Jacobina auf ewig von mir gegangen war, kehrte ich nach einem erfolglosen Jagdausflug erst zu nachtschlafender Zeit wieder heim. Die Pirsch hinter einem Zwölfender her hatte mich tief ins Herz des Waldes hineingeführt, wo sich seine Spur verlor. Der schwierige Rückweg muss über Abkürzungen, die sich als Umwege herausstellten, gut doppelt so lang geworden sein. Es lässt sich denken, dass mir dabei mit nachlassenden Kräften auch die Geduld abhandenkam. Weil sich neben der Trauer zu meinem Leidwesen dann zusätzlich noch ein Hunger in meinem Bauch breitmachte, vertrieb der mir durch sein lautstarkes Grummeln überdies sämtliches Wildbret im Umkreis von zwei Meilen. Vom Jagdglück gänzlich verschont geblieben und hungrig wie ein alter Wolf im Haupthaus angekommen, blieb ich gleich unten in der warmen Küche sitzen, um mir dort Käse und Speck aufzutischen.

Mit dem langen Brotmesser schnitt ich die Stücke großzügig ab, piekte sie an und schlang sie hastig hinunter, grad wie ein Tier. Und ach – herrje – da war es schon passiert! Beim Nachstopfen glitt mir das Messer aus der fettigen Hand in den Schlund. Einmal darin, wurde es unwillkürlich im Ganzen mit verschluckt.

Das Messer wanderte weiter die Speiseröhre entlang bis in den Magen, wo es erst einmal liegen blieb. Mein Appetit war mir vergangen. Der Schrecken darüber ließ mich kreidebleich wie eine Wand werden. Um den Doktor zu holen, war es viel zu spät. Also verquacksalberte ich mich selbst mit einer Mixtur aus Rizinusöl und Selbstgebranntem, wovon ich reichlich in mich hineinschüttete. Jedoch, trotz allen Pressens und Würgens bewegte sich das Messer keinen Fingerbreit in meinem Bauch fort. Wenig später im Federbett wurde mir elend. Ich bekam fürchterliche Krämpfe. Dazu schüttelte mich das Fieber tüchtig. Mir war heiß und kalt zugleich. Schweißgebadet döste ich vor mich hin und entfloh den Schmerzen in einen wirren Traum.

Leicht und körperlos wie ein Schaum durchmesse ich die Zeit, bis meine Seele in einem möglichen Futurum strandet. Die Welt sieht öd aus, ohne Grün irgendwo. Überhaupt fehlt es überall an Farbe. Schnörkellos glatt strecken sich vor mir die grauen Bauten einer Stadt hoch bis an die Regenwolken. Aus Glas und Eisen hat man sie gebaut. Dazwischen fliegen lenkbare Kisten herum. Deren Kutscher versorgen die Bewohner der langen Türme durch die Fensterluken mit Nahrung. Ein überreiztes Stampfen und Jaulen klingt durch die dunstigen Häuserschluchten – Zukunftsmusik. Alles dort ist mit einer Zahl versehen. Auch das kleinste Ding sehe ich nummeriert. Sogar die Menschen tragen Ziffern. Aber nicht offen, sondern auf einer winzigen Metalltafel hinten unter der Kopfhaut. Über diese kann jeder Mensch jederzeit gefunden werden. Allerdings ist das Menschenwesen der Zukunft sowieso meistens bei seiner Anstellung. Oder es kehrt nach getaner Arbeit in eine kleine, eckige Kammer zurück. Eine saubere Wohnzelle.

Hier folgt es einer flimmernden Bilderschau an der Wand, die ihm seine Wahrheit verkündet. Alte Ängste werden geschürt und täglich neu propagiert. Zierrat braucht es nicht mehr. Haare gelten als unästhetisch. Alle sind glattrasiert von Kopf bis Fuß. Und trotz eines Gesichts gesichtslos.

Der Fortschritt hat die Menschen bestmöglich getrimmt. Männer und Frauen sind äußerlich nicht mehr voneinander zu unterscheiden. Partnerschaften gibt es nicht. Der absolute Staat hat sie glauben gemacht, dass nur das Alleinsein das Optimum sein kann, und bietet stattdessen ein Leben lang Spiele dafür an. Jederzeit kann gespielt werden – ohne Limit. Wem das nicht liegt, der schaut anderen dabei zu. Die Bilderschau macht's möglich. Pausen füllt die Reklame.

»Wer sich an nichts bindet, ist frei.« »Nichts haben, nichts wollen, nichts verlieren!« »Nur du bist du.«

Diese Freiheit indoktrinieren die Mächtigen als höchstes Gut in die Gehirne der Masse Mensch. Sie führen den Begriff der Menschenwürde ad absurdum, indem sie freie Sklaven schaffen, die sich neidvoll gegenseitig überwachen, bezichtigen und beim geringsten Fehlverhalten an den Pranger stellen. Wer sich schuldig fühlt, rebelliert nicht. Die sich selbst verwaltende Ressource Mensch.

Ihre Kinder züchtet das Hospital in Glasschalen heran. Kontrollierte Freude-
verordnung auf Rezept. Durch konsequente Einzelhaltung und ununterbrochene
Ablenkung bleibt die Menge gefügig. Der größte Feind des Menschen ist immer
noch der Mensch selbst. Und die Menschheit wird am Fatalismus zugrunde gehen.

Unsanft riss es mich aus diesem desolaten Albtraum heraus in die Wirklichkeit.
Erleichterung spürend, dass ich in meiner opulenten Zeit von Monarchie und Gerechtigkeit leben durfte, verschaffte ich mir dergleichen nach dem Aufstehen auch
auf dem Abort. Die angewandten Hausmittel zeigten endlich ihre Wirkung, und
das Messer verließ mein unbeschädigtes Inneres dabei wieder. Zur Verwunderung
aber stellte ich fest, nachdem es im Topf gescheppert hatte, dass durch die fiebrige

Hitze und den enormen Druck in den Windungen meiner Organe aus dem Messer ein Handbohrer geformt worden war. »Was soll's!«, dachte ich inwendig aufgeräumt. »Ein solches Instrument kann man ja in einem Haushalt ebenfalls gut gebrauchen«, und sortierte das seltene Stück mit in meine Werkstatt ein.

Wieder völlig genesen, aber die lieblose Isolation von künftigen Generationen noch dunkel im Bewusstsein, habe ich kurz darauf euch meine Freunde in den großen Salon eingeladen. Dass eure Gesellschaft mich auf andere Gedanken brächte und um erneut, wie oft zuvor, getreulich von den zahllosen Wundern zu erzählen, die ich in unserer kunterbunten Welt alle schon erlebt habe.

Epilog

Das erste weiche Schummerlicht des neuen Tages blinzelt golden durch die Fenster herein. Der Morgen graut. Es ist die frühe Stunde, in welcher man besser zum Schluss kommen sollte, wenn einen etwas solange wachgehalten und durch die Nacht geführt hat. Zudem war das, was ich berichten wollte, ohnehin an seinem Schluss angelangt. Doch jetzt, wo ich genauer hinschaue, bemerke ich erst, dass nur noch ein einziger Gast mir gegenüber am Tisch sitzt.

Das Zimmer liegt im Halbdunkeln, denn alle Kerzen sind bis auf den Stumpf niedergebrannt. Mein letzter Besucher hebt sich gerade als Schattenbild vor dem Hintergrund der noch zaghaft emporsteigenden Sonne ab. Die kleinen rechteckigen Scheiben des Gartenhausfensters in seinem Rücken funkeln dadurch orange wie dünne Bernsteinplättchen. Er sitzt einfach nur regungslos da, und ich frage mich, ob ihn mein Vortrag vielleicht hat schläfrig werden lassen.

Eingedenk der Uhrzeit wäre dies kein Kunststück, aber irgendetwas deucht mir verkehrt. Der Abend begann doch in gewohnt geselliger Runde im Salon, soweit ich mich erinnern kann? Und jetzt befinde ich mich im Gartenhaus, ohne eine Ahnung davon zu haben, wie ich hierhergekommen bin. Manchmal trügt ja der Schein, aber …

Ach, zum Teufel damit!

Um Klarheit in diese Düsternis zu bringen, wäre etwas Feuer vonnöten. Also greife ich mir, in alter Gewohnheit, mein dienstreiches Sprachrohr und rufe zur Tür hinaus jemanden vom Gesinde aus dem Haupthaus heran, der uns einen Fidibus bringen möge.

Bloß flammt nicht das kleinste Lichtlein dort unten im Gebäude auf.

Es bleibt so still als wie zuvor. Ein zweites Rufen verhallt genauso ungehört in die Dämmerung wie das vorher. Und plötzlich fühle ich mich unendlich einsam.

Mein Gast fordert mich zurück an den Tisch. Er rührt sich, und ich danke Gott dafür. »Nun, mein Teuerster!«, spreche ich ihn an. »Waren diese aventures nach Eurem Geschmack? Fühltet Ihr Euch gut unterhalten? Ihr seid immerhin der Einzige, welcher noch geblieben ist!«

»Ha, du Schelm, erkennst du mich nicht?«, schleudert er mir entgegen.

Ich stutze, versuche mehr zu sehen, aber vergeblich. Die Stimme kommt mir vertraut vor. Es will mir nur noch nicht einfallen, woher.

»Münchhausen«, beginnt er seine nächste Frage persönlicher. »Wie alt bist du?«

»Ihr seid mein Freund. Ihr solltet wissen, welchen Alters ich bin!«, entgegne ich etwas salopp.

»Sechsundsiebzig!«, meint er, und mir ist zum Lachen zumute.

»Dann gebt mir noch sechs Jahre, um Euch der Wahrheit näher zu bringen«, versichere ich.

Da durchzieht eine Ernsthaftigkeit seine Rede, die mir gefürchtet und nicht unbekannt ist. »Du kannst das Rad der Zeit nicht zurückdrehen. Keinen Tag länger kann ich dir geben! Es muss heute geschehen! Setz dich ruhig hin, Baron, und ich will dir den Rest deiner Geschichte verkünden.«

Somnus, der kreuzgefährliche Somnus.

»Sei's drum, es ist alles getan«, gebe ich ihm zur Antwort. »So lasst mich das allerletzte Abenteuer mit Euch erleben, Gevatter!«

Im Platznehmen steigt mir der aromatische Rauch des feinsten Tabaks in die Nase, und wirklich steht da mein Lieblingspfeifchen, fertig gestopft und ange-glimmt, wie aus dem Nichts vor mir auf dem Tisch. Zu müde, um jetzt noch über das Warum und Weshalb nachzudenken, nehme ich sie an mich und genieße das Gefühl, wirklich frei zu sein.

Umgeben von schwebenden Rauchkringeln, die ich zufrieden in die Luft paffe, nimmt mich die hypnotisierende, langsam leiser werdende Stimme meines letzten Gastes mit auf die Reise. Das lodernde Rund der Sonne bricht sich nun endgültig Bahn durch die finstere Wolkenwand hinter dem Horizont. Sie schießt gleißende Lichtstrahlen in meine Augen, bis Weiß und Schwarz für mich eins geworden sind.

Weitab vom diesseitigen Sein bin ich dennoch unbenommen auch heute und in Zukunft weiterhin unter euch, bei den besten Freunden, die ich jemals gehabt habe.

Danksagung

Ich bedanke mich für die freundliche Unterstützung während der Erstellung dieser Erzählungen bei:

Antje Beyer, Martin Breternitz, Andreas M. Cramer, Michael Dehmel, Eyck Eggener, Katharina Friedrich, Ralph-Uwe Heinz, Felix Kalbe, Arne Kalisch, Werner Koch (Münchhausenmuseum Bodenwerder), Anton Lysakowski, Alexander Mickel, Jens Müller (Kreisheimatmuseum Grimma), Uwe Müller, Peter Schneider, Dr. Bernd Seydel, Susanne Steinborn, Sabine Thiele und Kai Wiederanders.

Der Autor

Kai von Kindleben

Der Maler, Zeichner, Fotograf und Mit-
gründer der Agentur KreativWerkstatt Kai
Kretzschmar veröffentlichte 1996 sein erstes
Comicalbum. Seither erschienen neben seinen Cartoons (u.a. beim Erfurter Satire-Ma-
gazin UNNU?) diverse von ihm illustrierte
Bücher der Autoren Ulf Annel, Kurt Kauter
und Andreas M. Cramer. Er blickt auf erfolg-
reiche Ausstellungen seiner Zeichnungen und
Gemälde zurück und führt seit 2002 auch Re-
gie bei Theater- und Bühnenaufführungen,
u.a beim bekannten „Dinner auf Goth'sch".
Seine erste Veröffentlichung, für die er auch
als Autor verantwortlich zeichnet, erschien
2018 als Buch im Sutton-Verlag unter dem
Titel „Stülpner Karl - Der Robin Hood des
Erzgebirges".

Joachim Sohn
Sunnie & Pollis
Meistererzählungen

Endlich ist es soweit! Ein neues Abenteuer mit den Meisterdetektiven ist da! Und gleichzeitig ist es der Auftakt für eine ganze Reihe ihrer fantastischen und spektakulären Meistererzählungen.

Band 1
Aufregung in Dampfstadt

Der erste Band führt sie nach Dampfstadt. Gerade haben sich die pfiffigen Kater noch über die Vereinbarkeit von goldenem Schnitt und der Fibonacci-Reihe gestritten, als sie vom Besuch einer finsteren Gestalt überrascht werden, die gewöhnlich ihre Graffitis mit Mumpitz taggt. Mit ihm reisen sie widerwillig in einem Heißluftballon ins ferne Dampfstadt. Der Bürgermeister dort hat nach ihnen geschickt, denn seine Wiederwahl hängt von einem Versprechen ab, das er wohl nicht mehr halten kann. Sein Widersacher, ein berüchtigter Medienmogul, will ihm einen Strich durch die Rechnung machen. Die tapferen Kater lassen den Bürgermeister labern, denn sie sind schon längst einer anderen Sache auf der Spur: alle Bürger der Stadt weisen zu einem Lachen verzerrte Fratzen auf. Die Kater vermuten einen Skandal. Bei einer der beliebtesten Talkshows des Moguls lassen sie die Bombe platzen, ohne zu wissen, was es für eine ist. Denn dann passieren Dinge, mit denen niemand gerechnet hat!

Nicht für Klimawandelleugner geeignet.

Joachim Sohn
Sunnie & Pollis Meistererzählungen
Band 1: Aufregung in Dampfstadt

160 Seiten, 12 x 18 cm, mit 5 Illustrationen, Hardcover
ISBN 978-3-96815-000-0
13.00 EUR | 13.40 EUR (AT)

PROVIDO AUSPICIO

Usui et Lusui

Humanæ vincula genus

POSTARUM
seu
CURSORUM PUBLICORUM
diverticula
et mansiones per
GERMANIAM
et
Confin Provincias
opera et manu
M. SEUTTERI S.
C. M GEOGR.
AUG VIND.

A Chart of the
EASTERMOST
part of the.
EAST INDIES
With all the Adjacent Islands
from Cape Comorin to Iapan.
By Iohn Seller. Hydrographer
to the King, and are to be Sold at
the Hermitage in Wapping.